蜩ノ記《ひぐらしのき》

葉室 麟

祥伝社文庫

目次

蜩ノ記

ひぐらしのき

一

山々に春霞《はるがすみ》が薄く棚引《たなび》き、満開の山桜がはらはらと花びらを舞い散らせている。昨日まで降り続いた雨のせいか、道から見下ろす谷川の水量が多い。流れは速く、ところどころで白い飛沫《しぶき》があがっている。

昼下がりの陽光にくっきりと照らされた川辺の木々は瑞々《みずみず》しい葉を茂らせていた。その枝は、川面《かわも》を覆うように伸び、深緑の影を水面《みなも》に映し出している。

背に葛籠《つづら》を負《お》った檀野庄三郎《だんのしょうざぶろう》は谷川に下りると、丸石がごろごろと転がる川岸にかがみ込んで手をひたし、両手で水をすくい口に含んだ。眉が濃く鼻筋が通った庄三郎の顔が水面に映った。

木漏《こも》れ日が川面をまだらに照らし、光の粒のようにきらめいた。突然、青いものが横を過《よぎ》った。驚いて目を遣《や》ると、川縁《かわべり》の枝に止まって餌《えさ》を探すのか、雀より少し大きい鳥が長い嘴《くちばし》を傾けてじっと川面を見つめている。羽の上面《うわつら》は緑色で、背にかけて美しい空色をしたカワセミだった。

枝が風に揺れたと思ったその時、カワセミは「チー」という鳴き声とともに一直線に水中へ飛び込んだ。透明な水の中で青い色がきらめいたと見えた瞬間、カワセミは魚をくわえ、羽ばたいて飛んでいった。

緑の梢《こずえ》を揺らして吹き抜けていく風がさわやかだった。

庄三郎は、手拭《てぬぐい》で額《ひたい》の汗をふくと、腰に吊っていた竹筒に水を汲《く》んだ。目当ての向山村《むかいやまむら》まで、あとどれほどの道程《みちのり》だろうか、と思いながら竹筒を腰に戻した。

その時、傍らで水飛沫があがった。カワセミだろうかと思って川面に目を向けると、また、飛沫があがった。

川面をかすめて小さな物が二、三回飛び跳ねていった。

――石か

庄三郎はあたりを見回した。上流の丸木橋の上に前髪の少年が立っている。木綿《もめん》の着物に色褪《あ》せてはいるものの袴《はかま》をつけているところをみると、侍の子だろうか。

「こら、危ないではないか」

庄三郎が声をかけると、真っ黒に日焼けした少年は、にこりと人懐《ひとなつ》こい笑顔になった。丸顔で目が黒々としている。

「わたしは、石で魚を獲《と》っているのです。ひとに当てたりはしません」

「石で獲る？　川の中の魚に礫《つぶて》を当てるのか」

少年は真顔でうなずいた。

「まことか。泳いでいる魚に石を当てることなどできはしまい」

魚が潜《ひそ》む岩に大きな石を投げ落とし、その衝撃で魚を失神させて獲ることはあるが、礫で魚を獲るというのは聞いたことがない。

庄三郎がからかうように言うと、少年は川辺の木を指差した。

「一番下の枝――」

少年は前かがみになって腰を落とし、石を手に鋭く振りかぶった。

ひゅっと風を切る音がしたかと思うと、少年が指差した枝がぽきりと折れ、水音を立てて先端が水に浸《つ》かった。

庄三郎は袴が濡れるのも構わず川の中に入って、折れた枝を手に取った。樹皮が白くむけて、折れた部分は刃物で切ったようになめらかだった。驚いて庄三郎は振り向いた。

「たいしたものだな。これなら、魚も獲れるかもしれぬ」

少年は白い歯を見せて嬉しげに笑った。そして、

「あなたは、どこへ行かれるのですか」

と訊いた。好奇心に満ちた目が生き生きと輝いている。

「向山村だ」

「でしたら、ここがそうです」

少年は勢いよく言った。庄三郎はまわりを見まわした。人家はまれだが、すでに向山村に入っていたということか。

「向山村に住む戸田《とだ》秋谷《しゅうこく》という方をお訪ねしたいのだが」

「戸田秋谷なら、わたしの父です」

戸惑った顔をして、少年は庄三郎を見た。

(そうか、この子は戸田秋谷殿のご子息か)

庄三郎は緊張した。秋谷の名を聞いたとたん、少年の表情に翳《かげ》りが浮かんだような気がする。できるだけ声を励まして明るく言った。

「それはよかった。それがしは檀野庄三郎と申す。ご家老中根《なかね》兵右衛門《へいえもん》様に命じられて参った者だ。家まで案内してはいただけぬか」

少年はじっと庄三郎を見ていたが、警戒心を解く気になったらしい。頭を下げて、

「わたしは、戸田郁太郎《いくたろう》と申します」

と名乗った。秋谷には織江《おりえ》という妻と長女の薫《かおる》、それに十歳になる長男の郁太郎

という家族がいることは、兵右衛門から告げられていた。

背を向けて先に立つ少年に続いて丸木橋を渡りながら、郁太郎の背が、まだか細いことに庄三郎は胸が痛んだ。

谷川沿いに道を登り、雑木林《ぞうきばやし》が切り開かれた場所に出た。そこからは少しの間、田畑が続き、藁葺《わらぶき》の百姓家も散在している。畦道《あぜみち》を通ってしばらく行くと、丘陵へ続く細い道に出た。秋谷の家はまだ先なのだろうか。庄三郎は汗ばむ首筋を手拭でぬぐいつつ、郁太郎の後をたどった。

ほどなく薄暗い杉林に囲まれた登り道になり、ひんやりした空気が頬《ほお》に心地よく、足取りも軽くなった。

やがて大きな茅葺《かやぶき》屋根が見えた。屋敷の正面、真ん中あたりに入口があり、南側と東側は縁側に囲まれて障子《しょうじ》が立てられている。

入口の傍《そば》には、蕗《ふき》の薹《とう》や楤《たら》の芽、蕨《わらび》、薇《ぜんまい》などの山菜が載った笊《ざる》が置いてあった。庭先には割ったばかりの薪《まき》が高々と積まれている。

武家の屋敷というより、庄屋の家のように見える。入口の戸が開いていて、入ってすぐの土間から部屋に上がるようになっていた。

郁太郎は土間に入ると、客人を連れてきたと声を高くして告げた。やがて家の奥からほっそりとして目が涼しげな十六、七の娘が出てきた。薫だろう。掃除をしていたのか襷《たすき》を取りつつ頭を下げた。庄三郎は近づいて、

「それがし、先ごろまで奥祐筆《おくゆうひつ》を務めておりました檀野庄三郎と申す。このたび、ご家老様より、戸田様のお仕事を手伝うよう命じられてございます」

と挨拶した。薫は澄んだ目で庄三郎を見つめていたが、不意に顔を赤らめ、折悪《おりあ》しく父は他出いたしておりますと応《こた》えた。

「どちらへお出かけでございましょうか」

庄三郎は首をひねった。秋谷は三里四方内の外出は許されているが、それより遠方に出向くことはできないはずだ。

庄三郎の訝《いぶか》しむ思いを察したのか、薫はあわてて言った。

「父は、長久寺《ちょうきゅうじ》の慶仙和尚《けいせんおしょう》様をお訪ねいたしております」

長久寺なら、ほど近い瓦岳《かわらだけ》の南麓《なんろく》にある禅寺だ。慶仙和尚は藩内でも名僧として知られていた。

「さようですか。では、お帰りになるまで待たせていただいてよろしゅうございましょうか」

うかがうように庄三郎が言うと、薫はためらいながらも、白いあごをわずかにうな

ずかせて、

「ただいま、すすぎをお持ちいたします」

と告げ、土間へ下りると急ぎ足で裏へ行った。庄三郎は葛籠を脇に置き、上がり框《かまち》に腰を下ろした。

間もなく薫が持ってきた小盥《こだらい》の水で足をすすぐと葛籠を抱えて家に上がった。薫は重そうな葛籠を怪訝《けげん》な顔をして見たが、黙ったまま裏庭に面した座敷に通した。

床の間にまで堆《うずたか》く書物が積まれている。秋谷はこの座敷を書斎として使っているのだろう。明かり窓の傍らにある文机《ふづくえ》には硯《すずり》と筆が置かれ、料紙がきちんと揃えてあった。しばらくして薫が茶を持ってきて、

「母は今朝から具合が悪く、臥《ふ》せっておりますので、ご挨拶もできませず、申し訳ございません」

とひそやかな声で言った。そう言えば、この家に入った時、かすかに薬湯の匂いを嗅《か》いだような気がする。

傍らに郁太郎が来て座った。秋谷が戻るまで相手をするつもりらしい。

家の北側にある裏庭は竹藪《たけやぶ》に続くわずかな敷地でしかなかったが、日の当たる一部は畑にされており、放された鶏が畑の隅をつついて餌をついばんでいた。

鶏が鳴き声を上げながら畑のあちこちを行き来するのどかな光景を見ていると、この家の主人が幽閉されており、いずれ切腹しなければならないのだ、ということが現実ではないように思える。

薫が会釈《えしやく》して下がり、郁太郎とふたりになった時、庄三郎が何気なく、

「鶏を飼われているのですね」

と口にすると、郁太郎は身を乗り出し、

「暖かくなってくると、卵をよく産むのです。毎朝、卵があるかどうか見にいくのはわたしの役目です」

と、さも大事な仕事だと言わんばかりに力を込めて説明した。

「さようか」

庄三郎は苦笑しながらも、秋谷の妻が病で臥せっているのであれば、なるほど、母親に滋養をとってもらうため日々の卵を見張るのはたいせつなことではある、と思った。

秋谷のつましい暮らしぶりがうかがえるような気がした。庄三郎が茶を飲んでいると障子に影がさした。

「父上、お帰りなさいませ」

さっと立ち上がった郁太郎が縁側に出て頭を下げた。庄三郎が縁側に顔を向けると、筒袖《つつそで》にカルサン袴の四十過ぎの男が立っていた。

額が広く眉尻があがって、鼻が高い。あごが張った立派な顔に、微笑《ほほえ》んでいるのかどうかわからないほどの笑みを浮かべている。

（このひとが、かつて郡奉行《こおりぶぎょう》として農民に慕われたという戸田秋谷殿か）

秋谷はもともと羽根《うね》藩の勘定奉行を務めた柳井与市《やないよいち》の四男で、馬廻役《うままわりやく》戸田惣五郎《そうごろう》の養子に入った。名は光徳《みつのり》、順右衛門《じゅんえもん》と称した。秋谷は号である。

若いころから文武に優れていたと言われ、眼心《がんしん》流剣術、制剛《せいごう》流柔術、以心《いしん》流居合術を修行し、特に宝蔵院《ほうぞういん》流十文字槍術《そうじゅつ》は奥義に達したという。さらに和歌、漢籍の素養も深いと聞く。

二十七歳の時に郡奉行に抜擢《ばってき》されて五年間務めた。その間、精励恪勤《せいれいかっきん》して領内を巡察し、田圃《たんぼ》を見てまわった際、苗の色に濃淡があることから、農民の働き具合を推察した。勤勉な者には褒賞《ほうしょう》を与え、怠惰《たいだ》な者は叱責《しっせき》した。

ある時、巡察中に草が繁茂《はんも》した田を目にした秋谷は、通り過ぎることができず、槍《やり》を畦に立てさせ、従者とともに田に入って自ら草を抜いた。

このため怠《おこた》っていた農民も感奮《かんぷん》して稲穂の実りも豊かになったという。秋谷は家族を諭《さと》すがごとく農民に接したため、心服しない者はいないと言われるまでになった。

また、秋谷は畳表に使われる筵《むしろ》の生産を農民に奨励《しょうれい》した。

豊後《ぶんご》地方の七島《しちとう》筵は、〈豊後の青筵〉とも呼ばれる。

隣藩である府内《ふない》藩城下町の橋本五郎左衛門《はしもとごろうざえもん》という商人《あきんど》が、薩摩《さつま》で堅牢な筵を見つけ、その産地だという琉球《りゅうきゅう》に向かったところ、船が遭難して漂着した七島（吐噶喇《とから》列島）で藺草《いぐさ》の苗を発見し持ち帰ったのが始まりと言われる。

普通の藺草の畳表よりも肌触りは粗いが丈夫だということで、庶民の畳表として多く用いられるようになった。

秋谷の推奨で羽根藩でも作り始めた〈青筵〉は江戸、大坂《おおさか》にまで知られる特産品となって藩の財政を豊かにし、農民の暮らしも潤《うるお》したのである。

庄三郎はあらためて秋谷の顔を見つめた。

太い眉が迫って眉間《みけん》にやや険しさがあるものの、目はすずしく、表情にも逆境にいるとは見えない晴れやかさがうかがえる。

「客人か――」

秋谷はやさしく郁太郎に声をかけた。郁太郎がうなずくと、庄三郎は縁側まで出

て、

「ご家老様より、戸田様のお手伝いをいたすよう命じられた檀野庄三郎にございます」

と述べ、懐《ふところ》から書状を取り出した。

秋谷は、庄三郎が持つ書状にちらりと目を遣ったが何も言わず、足をはたいて縁側に上がり、座敷に入った。座って庄三郎から書状を受け取ると、はらりと開いた。秋谷はしばらくの間、書状に目を通した後、

「城中で喧嘩騒ぎを起こし、死罪になるところを、格別のお慈悲によって罪を免じられたとあるが」

二重《ふたえ》瞼《まぶた》の穏やかな目を庄三郎に向けた。

「相違ございませぬ」

庄三郎は正直にうなずいたが、声はさすがに少しうわずった。

二

きっかけは些細《ささい》なことだった。

城内の御用部屋で文机に向かっていた庄三郎の筆の墨が飛んだのである。

墨を含ませすぎたのだろう。藩主が親戚の大名に送る手紙だけに、庄三郎は日頃より緊張していた。それがいけなかった。

隣席の祐筆役水上信吾《みずかみしんご》の鼻から頬にかけて墨が二、三滴ついて黒子《ほくろ》のようになった。その様子を見て庄三郎は思わず笑ってしまった。

信吾とは藩校で文武を競った間柄であり、親友でもあった。ちょっとした無礼は許される仲だった。しかし、この日の信吾は違っていた。

色白でととのった顔立ちの信吾は、裃《かみしも》の紋を震える指でさし示して怒り出した。

紋にまで墨が飛んでいたのだ。しかも、その紋が〈五葉雪笹《ごようゆきざさ》〉だった。水上家が羽根藩初代藩主三浦壱岐守兼保《みうらいきのかみかねやす》から頂戴した〈拝領紋〉だった。

取り返しのつかぬ失策に気づいた庄三郎は平謝りしたが、信吾は許さなかった。何より、墨が飛んで信吾の顔についた時、笑ってしまった庄三郎に落ち度があった。

そのままに許せば、信吾は〈拝領紋〉を汚されながらおめおめ引き下がった軟弱者として、家名を傷つけることになる。信吾は血相を変えていた。

庄三郎はまわりが止めてくれることを期待したが、折悪しく奥祐筆差配の原市之進《はらいちのしん》は席をはずしていた。

市之進は奏者番《そうじゃばん》も兼ね、家老の中根兵右衛門の派閥に属していて、懐刀《ふところがたな》などとも言われている切れ者だけに物事の調整には長《た》けている。信吾がどれほど憤《いきどお》っても、巧みになだめてくれるだろう。

庄三郎は市之進に相談しようと座を立った。すると、信吾は庄三郎が逃げると思ったのか、脇差《わきざし》の柄《つか》に手をかけて追いかけてきた。

驚いた庄三郎は、広縁から足袋跣足《たびはだし》で中庭に飛び下りた。城中で刀を抜けば、信吾だけでなく喧嘩相手の庄三郎も切腹になることは明らかだったからだ。

追いすがる信吾から逃れようと、庄三郎は中庭の池にかかる石橋を走った。築山《つきやま》の陰に回り込んでひそんだが、信吾はすぐに見つけて脇差を抜き、斬りつけてきた。庄三郎は信吾の斬り込みをかわした。その瞬間、庄三郎は思わず居合を放ってしまった。

信吾はよろけて転んだ。庄三郎の脇差が信吾の右足を斬っていた。

庄三郎は愕然《がくぜん》とした。

城内での刃傷沙汰《にんじょうざた》は、喧嘩両成敗でともに切腹だが、信吾は家老の中根兵右衛門の甥《おい》だった。

一族の者を傷つけたとあっては、兵右衛門の怒りがどれほどのものであろうかと恐ろしかった。家禄《かろく》は没収、切腹のうえ、親類縁者にまで累《るい》がおよぶのを覚悟しなければならない。

傍らで傷の痛みにうめく信吾を見ながら、庄三郎が呆然《ぼうぜん》と立ちつくしていると、騒ぎを聞いた市之進が駆けつけた。

さすがに切れ者と呼ばれるだけあって、市之進はとっさにふたりをかばい、喧嘩口論はあったものの、斬り合いはしておらず、たまたま抜け落ちた庄三郎の脇差で信吾が怪我をした、と言い繕《つくろ》った。

幸いなことに、築山が目隠しになり、斬り合いを見た者はいなかった。さらに家老の甥の不祥事をことさらに暴こうとする者もおらず、市之進の強引とも言える辻褄《つじつま》合わせが通ったのだ。

庄三郎はほっとしたが、口論沙汰であれ、城内で騒ぎを起こしたことに変わりはない。まして信吾は家老の一族だけに、どのような報復をされるかわからなかった。実際、信吾は足を抱えたまま無念そうに庄三郎を睨《にら》みつけていた。

この騒ぎの処分は間もなく下った。

庄三郎は家督を弟の治兵衛《じへえ》に譲って隠居の身となり、市之進にお預けとなった。信吾は医師の手当てを受けたが、足の腱《けん》を切っており、歩行が不自由になった。

このため致仕《ちし》して江戸に出ることになった。かねてから江戸への遊学を希望しており、この際、学問の道を歩むことにしたのだ。

信吾が家老の一族であることから、一件はただの口論ということで処理された。それだけに庄三郎にとって居心地の悪いことになった。

将来を嘱望《しょくぼう》されていた信吾が致仕せざるを得なくなったことで、水上家の親戚は庄三郎を憎んだからである。お預けになった庄三郎が市之進の屋敷に出向くと、そのことを指摘された。

「水上の親戚の中には、おぬしを害しようとする者も出てくるやもしれぬ。城下にいては危ういゆえ、ご家老様の所領である向山村に預けられることになった」

向山村は城下を離れること七里、瓦岳と羽根山の間に位置する山間《やまあい》の村である。そんな山里に行くのか、と庄三郎は気が萎《な》えた。信吾と同様、藩を出たほうがよかったのかもしれない。

市之進は庄三郎が気落ちしたのを見て、目にわずかな笑みを浮かべた。

「まあ、がっかりするな。本来は切腹のところ、命が助かっただけでも儲《もう》けものだったのだからな」

「そのこと、まことに原様のおかげでございます」

庄三郎はすかさず頭を下げた。

「それがわかっておればよい。それに向山村に行くことは、そなたにとって悪いことではない。そのことで、いまからご家老様のお屋敷にうかがわねばならぬ」

市之進はそう言うと女中を呼んで身支度を始めた。庄三郎は驚いた。

「それがしもご家老様のお屋敷にうかがうのですか」

「内々でお申し付けになることがあるのだ。もし、そのことを無事に果たせたら、蟄《ちっ》居《きょ》が解かれ、江戸詰めぐらいにはしていただけるかもしれぬ」

諭すように言って、市之進は庄三郎を従えて家老中根兵右衛門の屋敷に行った。

兵右衛門の屋敷は城のお濠《ほり》に近い、武家屋敷が続く一角にあった。ほとんどが茅葺屋根の屋敷だが、一軒だけ瓦葺《かわらぶき》の大屋根で、庭も広くとってあるのが兵右衛門の屋敷だった。

市之進が訪れることはわかっていたらしく、門前で案内を請《こ》うと、すぐに奥座敷まで通された。

待つほどもなく着流し姿で出てきた兵右衛門は、四十過ぎで目が鋭くあごがとがっていた。顔に薄い痘痕《あばた》がある。

兵右衛門は怜悧《れいり》な目を庄三郎に向けた。

「わしが命じたいことがある、と原から聞いたか」

「なんなりとお申し付けくださいませ」

庄三郎は手をつかえた。

切腹になるところを許されただけに、殊勝《しゆしよう》に振る舞うしかない立場だった。兵右衛門は甥の信吾を致仕に追い込んだ庄三郎を憎んでいるかもしれないのだ。

「そなた、戸田秋谷について存じおるか」

庄三郎は首をかしげたが、やがて思い出した。

「たしか郡奉行でいらした」

「そうだ。十二年前、戸田秋谷は郡奉行から江戸表の中老格用人となったが、七年前の八月に事件を起こして失脚し、向山村に幽閉されておる。もともと向山村は秋谷の所領だったが、咎《とが》めを受けてお取り上げになり、その後わしの所領となっておる」

兵右衛門はそのことに感慨《かんがい》があるようだった。ふと黙り込んだが、大きく息を吐いて言葉を続けた。

「秋谷の罪は江戸屋敷でご側室と密通し、そのことに気づいた小姓《こしよう》を斬り捨てたというものだ」

庄三郎は耳を疑った。側室と密通し、そのことが露見するのを恐れて小姓を斬るなど、武士の風上にも置けぬ卑劣さではないか。

「本来なら家禄没収のうえ切腹だ。ところが、そうはならなかった」

「どういうことでございましょうか」

七年前と言えば、庄三郎は元服したばかりのころである。江戸表でそんなことがあったとは知らなかった。

側室と家臣の不義密通など御家の恥になることだけに、極秘のうちに処理されたのだろう。それでも幽閉ですんでいるというのはあまり例のないことで、不自然に思える。自分と同じように何らかの配慮が働いたのだろうか。

「すべては順慶院様《じゆんけいいん》のご仁慈《じんじ》によるものだ」

順慶院とは三年前に亡くなった六代藩主兼通《かねみち》のことである。

兼通は学問を奨励しただけでなく、領内の殖産興業にも心を傾けた名君の誉《ほまれ》が高かった藩主だが、四十七歳で急死し、嫡男義之《ちやくなんよしゆき》が七代藩主となっていた。

「秋谷は学問ができたゆえ、そのころ御家の家譜作りに取り組んでおった。そのため殿は、家譜の編纂《へんさん》が中断することを惜しまれた。秋谷が小姓を斬ったのは八月八日だったゆえ、十年後の八月八日を切腹する日と期限を切って、それまで家譜編纂を続けるよう命じられたのだ」

「しかし、十年ということは」

庄三郎は、はっとして兵右衛門の顔を見た。秋谷が七年前に失脚した、と先ほど聞いたばかりだ。

「そうだ。秋谷は三年後に切腹をせねばならぬ。その時、臆病風に吹かれて逃げるかもしれぬ。そうさせぬよう監視するのがそなたの役目のひとつだ。ふたつ目は、家譜の中で七年前の側室不義にまつわる一件がどう書かれているかを確かめ、報告することだ」

「それが、お役目でございますか」

庄三郎は息を呑《の》んだ。

「そなたは、本来なら切腹して当然の罪を犯しているのだぞ。それを許したのは、わしの甥を罪に落としたくなかったからだ。しかし、それだけではない。秋谷の監視をそなたにさせてはどうか、と考えたからだ。そちの剣の腕も見込んでのことだ」

だとすれば、もう逃れようはないのだ、と庄三郎は観念した。

「順慶院様が、十年後に秋谷をどうされるおつもりだったのかはよくわからん。あるいは、その時になれば、家譜編纂の功に免じて命を助けると仰《おお》せになるおつもりであったのかもしれぬ。だが、いまとなっては七年前にお命じになられた通りにいたすしかない。もし、秋谷が逃げでもしたら、順慶院様の名を汚し、わが藩の恥をさらすことになる。そのためには、監視役が必要なのだ。それに——」

言葉を切り、兵右衛門は手まねきして庄三郎を近寄らせ、耳もとで囁《ささや》くようにして言った。

「秋谷は家譜編纂を通じて、わが藩の秘事をことごとく知っておる。断じて他国へ逃がしてはならぬ。さらに秘事が他国へ漏れることも防がねばならぬ。秋谷が逃げる時は、本人だけでなく、妻子ともども斬り捨てよ」

兵右衛門の非情な言葉が庄三郎の耳を打った。

自分の命が助かるのと引き換えに、戸田秋谷が死ぬのを見届けよ、という過酷な使命を課せられたのだ。

三

「さようなことでしたか」

庄三郎が、城中での喧嘩口論のあげく隠居となり家譜の清書を命じられたと話すと、秋谷は穏やかな表情でうなずいた。

とても自決の日が決まっている人物とは思えない。しかもかつては三百五十石《こく》の中老格用人だった秋谷が、たとえ幽閉中とはいえ庄三郎にていねいな言葉遣いをするのが奥ゆかしく聞こえた。

秋谷は郁太郎に向かって、

「檀野殿は、きょうよりこの家で暮らしをともにされる。そのことを母上と薫に伝えなさい」

と笑みを含んで言った。郁太郎は嬉しそうな声で、

「はい、伝えてまいります」

と答えて元気よく立ちあがった。郁太郎が部屋を出ていくのを見届けてから、秋谷は厳しい目をして向き直った。

「檀野殿がここに来られたのは、それがしの監視のためでござろうが、場合によっては家族もともに斬れと命じられましたかな」

いきなり言われて、庄三郎は戸惑った。何も答えられず、額に汗を浮かべる様《さま》を見て、秋谷は表情をやわらげた。

「いや、うかがわずともよい。それがしは逃げ隠れはいたさぬゆえ、さような心配はいり申さぬ。心を安んじられよ」

その声には、心を落ち着かせる温《ぬく》もりが感じられた。

(このひとはいずれ死なねばならぬのだ。そのことが恐ろしくはないのだろうか)

そんな疑念がふと胸に湧《わ》いた。

死を恐れないのは武士として当然の覚悟かもしれないが、戦場で刀槍を振るっている時ならいざ知らず、日々死に向かって近づいていくということには底知れぬ怖さがひそんでいるような気がする。だが、秋谷には怯《おび》えや不安な様子が微塵《みじん》もない。そのことが庄三郎には不審だった。

(逃げない、などと言っているが、やはり土壇場になれば逃げるつもりなのではあるまいか)

そう思えてならなかった。秋谷は庄三郎の胸の内を察したのか、

「檀野殿、それがしは逃げぬとは申したが、死を恐れていないわけではござらぬ。死を恐れぬと高言するのは、武士の見栄《みえ》と申すもの。それがしとても命が惜しくて眠れぬ夜を過ごすこともござる」

と言った。やはりそうなのか、と思いつつ庄三郎は秋谷の飾らぬ言葉に聞き入っ

た。

「ひとは誰しもが必ず死に申す。五十年後、百年後には寿命が尽きる。それがしは、それをあと三年と区切られておるだけのことにて、されば日々をたいせつに過ごすだけでござる」

つぶやくように秋谷は言った。

「そのように思い定められるものでございますか。わたくしなどにはとうていわからぬ境地でござる」

「かようなことは言わば生悟《なまざと》りにて、それがしもどのような心持で最期を迎えるかはいまだにわかり申さぬ」

秋谷は笑って言うと、

「檀野殿は、この部屋の隣室で起居されるがよい」

と告げた。この家は書斎として使っている座敷の西隣の部屋を書斎の控え部屋にしていて、東側に秋谷の妻子が使う部屋が三間あるという。

「それがしは夜、妻のもとへ参って看病をいたすゆえ、檀野殿は気遣いなくお休みくだされ」

庄三郎は隣の部屋に目を遣った。

書物や書状などが積まれているが、布団を敷くことぐらいはできるだろう。裏庭に面しているうえに、座敷とは縁側でつながっている。秋谷の動きを監視するには都合がよさそうだ。

そう思いながら振り向くと、秋谷は静かな眼差《まなざ》しで庄三郎を見つめていた。庄三郎は、不意に気恥ずかしい思いがして膝《ひざ》を正した。

いつの間にか自分は牢屋の番人のようなつもりになっている。秋谷にそんな浅薄な気持を見抜かれたと思った。

「さて、これが、それがしがまとめている御家譜でござる」

秋谷は、書斎でこれまでにまとめた〈三浦家譜〉を庄三郎に見せた。すでに初代から五代藩主義兼《よしかね》までが十二巻にわたって書き記されている。

寛永《かんえい》九年（一六三二）の入部以来、天明《てんめい》六年（一七八六）に義兼が逝去《せいきょ》するまでの百五十四年間の藩史だった。

庄三郎はその膨大さに驚いた。各代の藩主の事績だけでなく、藩を取り巻く動きや家老を始め、藩士たちに起きた事件、農民一揆《いっき》まで詳細に記録されている。

「戸田様はこれをおひとりでなされたのですか」

「さよう。まだ、道半《なか》ばではござるが」

秋谷は淡々と告げた。

もともと諸大名家では〈由緒書《ゆいしよがき》〉として藩の成り立ちを記録していた。だが、幕府は寛政《かんせい》年間（一七八九～一八〇一）になって〈寛政重修諸家譜《ちようしゆうしよかふ》〉の編纂を始めた。三代将軍徳川家光《とくがわいえみつ》の代に編纂された〈寛永諸家系図伝〉の続集で、各大名家、旗本から記録を提出させ、校訂を行った。

これにともない大名家での家譜編纂が盛んになったのだ。幕府に対し、先祖がいかに徳川家に貢献したかを記録として示すことは、藩を守るためにも重要だった。

秋谷は藩命を受けた翌年には、家譜の一応の草稿を書きあげたという。三浦家の由緒書と家老の家に伝わる覚書《おぼえがき》をもとにしたものだ。

「だが、それは語り伝えをまとめただけのことでござった。まことの家譜とはそれを裏付ける証《あかし》を示して記録したものでござる」

家譜編纂にあたって、秋谷は藩に願い、感状、沙汰書《さたしよ》、諸大名からの手紙や三浦家に伝わる武具、茶器の来歴も確かめた。そのほか重臣たちの家に伝わる記録なども閲《えつ》覧《らん》したのだという。

「年に三度、それらの書状が届けられ、書き写して送り返す日々でござった」

秋谷は感慨深げに言った。

定められた死を覚悟しつつ、日々の努力を積み重ねていくのは、どのような思いだったのだろうか。

「それがしには、思いも及ばぬことでござる」

正直に庄三郎が言うと、秋谷は文机の上から一冊の書物を取り、庄三郎の前に置いた。

「これは、そのような毎日のことを書き留めた日記でござる。一年に一冊書き記し、すでに七冊目でござる。それがしがいかようにして御家譜編纂にあたってきたか、お知りになりたければご覧になっていただいて結構でござる」

庄三郎の前に置かれた日記には、

——蜩《ひぐらし》ノ記

とあった。

「蜩とは？」

庄三郎が訝しむと、秋谷はにこりとした。

「夏がくるとこのあたりはよく蜩が鳴きます。とくに秋の気配が近づくと、夏が終わるのを哀しむかのような鳴き声に聞こえます。それがしも、来る日一日を懸命に生きる身の上でござれば、日暮らしの意味合いを込めて名づけました」

庄三郎は恐る恐る、日記を開いた。これに秋谷の思いが書かれている、と思うと読むのが怖いような気がした。

同時に、兵右衛門から、秋谷が七年前の側室との不義密通について、どのように記載しているかを報告するよう命じられたことを思い出した。

(これに、そのことが書かれているかもしれぬ)

だが、日記には、その日の天候と書き写した史料の種類、数量とともに、家譜に記載すべき内容などが書かれているだけのようだ。

自身の心境などは記されず、ただ家譜編纂に必要なことのみが記録されている。それは、秋谷の家譜編纂に向ける姿勢の秋霜《しゅうそう》の厳しさをうかがわせるものだった。

(この日記には、戸田様の命への思いが込められているのだ)

そう思うと胸が詰まった。

この家に着いてすぐさま秋谷を見張るつもりになっていた自分が恥ずかしく思えた。城中での喧嘩沙汰で切腹しなければならないところを運よく助かった嬉しさから、この役目を引き受けたようなものなのだ。

庄三郎は〈蜩ノ記〉を置いて、秋谷に向かい合った。

「戸田様に、お訊《たず》ねいたしたいことがございますが、よろしゅうございましょうか」

「なんなりと」

秋谷は、有るか無いかわからないほどの笑みを浮かべて、庄三郎を見返した。庄三郎は思い切って訊いた。

「戸田様は七年前に罪を犯され、家譜の編纂を終えられる三年後には腹を召されるとうかがいました」

「いかにも、その通りでござる」

秋谷は落ち着いてうなずいた。

「初めてお目にかかりましたが、戸田様はさような罪を犯される方のようには思えませぬが」

「さて――」

秋谷は苦笑するだけで、何も言おうとはしなかった。やはり、何かがあったのだろうか。

「ならば申し上げますが、お察しの通り、それがしはその日までの見張り役として遣わされました。もしも戸田様が命を惜しまれるようなことをなされますなら、見逃すわけにはまいりませぬ。さよう、ご承知おきくだされますよう」

庄三郎は頭を下げた。自分はひどいことを言っている、と思った。額にじっとりと汗が浮かんでいた。

「お役目を果たされるのは、当然のこと――」

言いかけた秋谷は、ちらりと部屋の入口に目を遣った。そこには呆然とした郁太郎が立っていた。いまの話が聞こえたのか、顔を強張《こわば》らせている。

「郁太郎、檀野殿に無礼であろう。そこに控えよ」

秋谷の厳しい叱声に、郁太郎は部屋に入って膝をついた。顔を伏せたまま、絞《しぼ》り出すような声で訊いた。

「ただいまのお話、まことでございますか」

膝に置いた郁太郎の手は震えていた。何も知らなかったらしく、驚きの籠《こ》もった悲痛な声だった。

(しまった。郁太郎殿はこの話を知らなかったのか)

庄三郎は後悔した。郁太郎は衝撃を受けたに違いない。

「三年後にそなたを元服させ、話すつもりでいたのだが」

秋谷は目を閉じた。

「母上や姉上はご存じなのでしょうか」

「知っておる」

秋谷は静かにうなずいた。

「わたしだけが知らなかったのですね」

「知ったとて、何が変わるというわけではない」

秋谷の言葉を聞いて、郁太郎は立ちあがった。顔が青ざめ、そのまま物も言わずに部屋を飛び出した。

「郁太郎――」

秋谷が声を上げたが、そのまま外へ出ていったようだ。たまらず跡を追おうとした庄三郎に、秋谷は声をかけた。

「檀野殿、お捨ておきくだされ。いずれは話さねばならぬことでござる」

秋谷の声は落ち着いていた。

「されど、それがしが迂闊《うかつ》に話したがゆえでござれば」

庄三郎は頭を下げ、隣の部屋を抜けて土間に向かった。十歳の郁太郎に過酷なことを知らせてしまったと思うと、いたたまれなかった。

土間の西側にある台所から薫が出てきて、気がかりな素振《そぶ》りで庄三郎に声をかけた。

「郁太郎が顔色を変え、走り出ていきましたが、何があったのでしょうか」

庄三郎は唇を噛んだ。だが、事実を伝えないわけにはいかない。

「郁太郎殿は、戸田様が腹を召されることをわたしが話しているのを聞かれたのです。すぐに連れ戻してまいります」

と答えながら庄三郎は土間に下りて前庭に出た。郁太郎の行方を捜してあたりを見まわすが、どこにも姿はない。

すでに日は傾き、山の端《は》が茜《あかね》色に染まり、林や道は黄昏《たそが》れ始めている。薫も前庭に出てきて心配そうに、

「道を東に下ると、杉林の奥に溜池《ためいけ》があります。ひとりになりたい時はいつも、郁太郎はそこに行っております」

と教えた。

「わかりました」

庄三郎が行きかけた時、薫が駆け寄って真剣な表情で言った。

「わたしも参ります」

「いや、わたしひとりのほうがいいでしょう」

郁太郎は自分だけ知らされていなかったと口惜《くや》しく思ったのではないか。そう察した庄三郎は、薫にうなずいてから走り出した。

道に出て少し下ると杉林を見つけ、奥に入っていった。

「郁太郎殿――」

大声で呼んだが、返事はなかった。

まさか、とは思いつつも不安になった。もし、郁太郎の身に何事かあったら、秋谷に申し訳が立たない。庄三郎は杉木立の間を駆けた。

薄暗い林の向こうに、残りわずかな日に照らされた場所が見えた。林が途切れ、窪《くぼ》地《ち》になっている。

林から出て窪地に入ると、遠くに夕日に赤く照らされた平野が見えた。

瓦岳を水源とする高坂川《こうさかがわ》が、蛇行《だこう》して流れている。高坂川は、途中尾木川《おぎがわ》とふた筋に分かれて海に注ぎ、ふたつの川の間は丘陵になっていて、その頂《いただ》きに羽根城がある。

庄三郎は城の方角に目を遣った。先日まで城で執務をしていたのだ、と思うと複雑な気持になった。

同僚たちはもう城を下がって帰途についているころだろう。こんな山村に苦しい思いを抱きながら幽閉されている親子がいることなど知らないのだ。

密命を帯びて、これからその親子を見張らねばならないと思うと、不意に腹立たしくなった。

窪地はすでに闇に覆われ、足元も覚束《おぼつか》なくなりそうだ。用心しながら下りていくと、幅三十間《けん》ほどの溜池があった。そのほとりに、薫が言った通り、郁太郎が遠くに目を遣り、佇《たたず》んでいた。

溜池の水面に、暮れなずむ菫《すみれ》色の空が映っている。

「郁太郎殿――」

声をかけると、郁太郎は振り向いた。目を赤く泣き腫《は》らしている。

庄三郎はどう声をかけていいかわからず、黙ったまま郁太郎の言葉を待った。ふたりの間に張り詰めた空気が流れた。

刻々と夕闇がふたりを覆ってくる。

「あなたは、父が死ぬのを見届けにきたのですか」

沈黙を破って郁太郎は庄三郎を睨んだ。

「そうだ。すまぬが、それがわたしのお役目だ」

庄三郎が言い終わらないうちに、郁太郎はさっと手を振り上げた。石を握っている。


先刻、郁太郎が見せた礫の腕前を思い出して、庄三郎は思わず目をつぶった。まともに当たれば骨が砕けるかもしれない。だが、逃げようとは思わなかった。

痛ましさで胸がいっぱいになって、庄三郎は郁太郎を見遣った。

「つらかろう。郁太郎殿――」

庄三郎の言葉に郁太郎は、

「父上が腹を召されると、母上と姉上が夜半に話しているのを聞いたことがありました。まさか、そんなことがあるはずはないと思ってまいりました。父上は立派な方です。悪いことをされるわけがありません」

と懸命に言った。

「わたしもそう思う。戸田様には初めてお会いしたが、立派な方だとすぐにわかった。だが、ひとはどうしようもないことで罪に問われることがあるのだ」

「わたしにはわかりません」

郁太郎は激しく頭《かぶり》を振って、手にした石を投げる構えを取った。

「わたしは城中で喧嘩をして同輩の足を斬ってしまった。まさか、刀を抜くようなことになるとは夢にも思わなかった。どのように逃れようとしても、逃れられないことはあるのだ」

「父上も同じだと言うのですか」

郁太郎は真剣な表情で庄三郎を見た。

「わたしにはわからない。だが、戸田様は覚悟しておられるご様子だ。息子として父の覚悟を乱すようなことをしてはいけないのではないか」

「まだ十歳のわたしに、間もなく父上と別れよと言われますか」

郁太郎の哀しい訴えに、庄三郎は胸を突かれた。

父平十郎《へいじゅうろう》が亡くなったのは、二年前、庄三郎が十九歳の時だった。すでに元服をすませ家督を継ぐばかりになっていたが、風邪をこじらせた平十郎があっけなくこの世を去ると、一時に世間の荒波にさらされた気がして、不安な思いを覚えたものだ。

親はこの世に生のある限り、子を守り、無事を祈り続けてくれるのだ。その思いに支えられて子は育つものなのだ、と親を亡くして初めて知った。

十歳で親を亡くすかもしれないという思いに直面した郁太郎に、何と声をかけていいかわからない。

「わたしを憎みたければ憎め。石を投げつけるがいい」

「やーっ」

郁太郎は悲鳴ともつかぬ気合の声を上げて石を投げた。

庄三郎の額に石が当たった。しかし、川辺で見せた礫のような勢いはなく、かろうじて届いたほどの弱々しさだった。

額に手を当ててみると、血が滲《にじ》んでいるようだ。だが、あまり痛みを感じないのは、郁太郎が力を加減したからだろう。

痛みのなさが庄三郎にはせつなく感じられた。

四

その日の夕刻、秋谷の妻織江も病床から起き出して夕餉《ゆうげ》の膳についた。

織江は三十代半ばだろうか。痩《や》せてはいるが、病でやつれた見苦しさを感じさせない清楚《せいそ》な美しさを保っていた。

麦飯に焼き魚と菜の煮しめだけという質素な膳を前に、薫と郁太郎が体を気遣う風に母の顔をうかがい見た。

「せっかく檀野様がお見えになった日なのですから」

織江は言いながら子供たちに微笑みかけた。

秋谷は何も言わず、妻を見守っている。織江は、庄三郎の額が赤く腫れ、血が滲んでいるのに気づいた。

「その傷はいかがなさいましたか。郁太郎が何ぞいたしたのではありませんか」

郁太郎が身をすくめた。

「いや、さようなことではありません。先ほど郁太郎殿を捜しにまいったおり転んだのです。それがしの粗忽《そこつ》にも困ったものです」

庄三郎が笑って応えると、織江は嬉しげにうなずいた。庄三郎が郁太郎をかばったのが喜ばしかったのか、気がおけない口調で言った。

「七年前、こちらに参りましてから、郁太郎は長久寺の慶仙和尚様に手習いを教えていただくほかは、ひと交わりをいたしておりませぬゆえ、乱暴になって困っておりま す」

横から薫が口をはさんだ。

「本当に、いつも石を投げてばかりなのです」

郁太郎がむっとした顔で、

「姉上は文句ばかり言われますが、夕餉の魚もわたしが石で獲ってきたのです」

胸を張って答えると、薫は平然と言い返した。

「魚だけでなく、鳥も石で落とすと威張っていますが、一度も獲ってきたことはありませんね」

「鳥が木の枝に止まっているところを石で打つのですから、草むらに落ちて見つからないのです」

郁太郎がむきになるのを、秋谷が笑って止めた。

「よさぬか。さように礼儀知らずでは檀野殿が驚かれよう」

「いや、それがしの家ではかように皆で話すということがあまりございませんでしたので、楽しゅうございます」

庄三郎は笑顔で応じた。

溜池のほとりで泣いていた郁太郎を連れ戻ると、薫は目に涙を浮かべて喜び、秋谷も丁重に礼を言った。織江が思わしくない体調を無理して夕餉をともにしたのも、庄三郎への感謝の気持からなのだろう。

家族のうえには重くのしかかる暗雲があるはずだ。だが、誰もそのことに触れず、懸命に普段と変わらぬ会話をしている。

父の死が迫っていることを知りつつも互いを思い遣り、日々を送っているように見受けられる。来《きた》るべき時を忘れて過ごすしか術《すべ》はないのだ。

庄三郎が暮らしに加わることで、この家族はいつもそのことを突き付けられて日々を送らねばならなくなるのではないか、と思うと気が重くなった。この一家にとって自分は疫病神《やくびょうがみ》として、これからの日々を過ごさなければならない。

庄三郎は身の置き所がない気がした。すると、秋谷はちらりと庄三郎の顔を見て、

「檀野殿、いささか気が急《せ》くようで申し訳ないが、夕餉の後、御家譜についてあらためてお話しいたしたい」

と言った。

「さように願えればありがたく存じます」

ほっとして、庄三郎は答えた。家譜の話をするしか、庄三郎にできることはなかった。秋谷はそのことを察してくれたのではないか。

ふたりの遣り取りを微笑んで見ていた織江が、軽く咳《せ》き込んだ。

「母上――」

薫がすぐに立って織江の背に手をやった。咳《せき》が少し落ち着いてから、

「すみませぬが、先に下がらせていただきます」

織江は庄三郎と秋谷に頭を下げた。ゆっくりと立ちあがろうとして、わずかに体がふらついた。薫がすかさず織江を支えた。

「ひさしぶりにこのような楽しい時を持たせていただき、喜び過ぎたようにございます」

家族に気を遣わすまいと織江はほがらかに言った。薫も、

「ご無理なさってはなりませぬ」

とさりげなく応じて笑みを浮かべた。

秋谷は薫に支えられて部屋に戻る織江の後ろ姿を黙って見ていたが、その顔には病身の妻への心遣いが滲み出ている。

庄三郎は秋谷の横顔を見ながら、

(このひとは、まことに奥方をいとおしく思っておられる)

と感じた。その秋谷が殿の側室と不義密通を働いたなど信じられないことに思える。

あの話がまことなら、織江が子供たちとともに、このような貧しく苦しい暮らしを七年もの間続けられるはずがない。

兵右衛門が話した秋谷の罪状は、間違いなのではないか。そんな疑いが湧いてくるのを庄三郎は抑えられなかった。

夕餉を終えてから秋谷と庄三郎は書斎に移った。〈三浦家譜〉の草稿は壁際に置かれた細長い台の上に整然と積まれている。

秋谷は背を向けて、その中から数冊を取り出すと庄三郎の前に持ってきた。庄三郎は手に取っておもむろに読み始めた。記されているのは藩祖三浦壱岐守兼保の事績だ。

三浦兼保は、清和《せいわ》源氏《げんじ》新羅《しんら》三郎《さぶろう》義光《よしみつ》の裔《すえ》で、三浦兵部《ひょうぶ》清里《きよさと》の第二子として伊豆《いず》に生まれた。幼名を春松《はるまつ》といい、元和《げんな》元年（一六一五）、徳川秀忠《ひでただ》に仕えていた父に従い大坂の陣で敵と戦った。この時、兼保は大坂方に囲まれ進退谷《きわ》まった。

敵兵に追われて濠に落ちたが、途中の木にしがみついて底までは転落しなかった。これを見た敵兵が鉄砲で狙い撃とうとしたが、なぜか硝薬が燃えただけで不発だった。このため敵兵のひとりが、

「まだ少年だ。生かしておいても害はないだろう」

と言い、見逃したことによって、兼保は九死に一生を得たが、この戦で父清里と兄秀兼《ひでかね》は戦死した。

秀兼の嫡子千代松《ちよまつ》はまだ三歳と幼かったことから、これを憐《あわ》れんだ秀忠は、秀兼の妻を娶《めと》り、千代松を育てるよう兼保に命じた。その際、信州《しんしゅう》松本《まつもと》で三万石を与えら

れたが、寛永九年（一六三二）、転封して九州、豊後羽根で五万二千石を領した。

このころ、元服して秀治《ひではる》と名乗っていた千代松は、一万石を与えられ分家して松本に残った。以来、三浦本家は兼保の子孫が相続してきた。

秋谷が〈三浦家譜〉に記した藩祖の事績は、取り立てての武功話がないがゆえに、むしろ幸運に恵まれて家を保ってくることができた、と言っているようにも読める。

「御家の武功を今少し記された方がよろしくはありませぬか」

庄三郎はうかがうように秋谷を見た。家譜とはいえ、これほどあからさまに記してよいものだろうか。

他家の家譜では先祖の武功を華々しく記していると聞いている。幕府に対し、自らの功績を強調するためにも関ヶ原《せきがはら》や大坂の陣での武功は念入りに記されるはずだ。

「何事も記録のままに書き留めよ、との順慶院様の仰せであった。わたしは、仰せに従って記しているだけでござる」

「さようでは、ございましょうが――」

後の言葉を呑んで続きを読んでいった庄三郎は、二巻の中ほどに目を留めた。

――寛永八年家来騒動仕《つかまつる》

と書かれている。この年に家来が騒動を起こしたというのだ。

（何事が起きたのだろう）

急いで先を読み進むが、どのような騒動があったかはどこにも記されていない。しかし容易な騒動でなかったことは、この件が幕府の評定所の裁定にまで持ち込まれた、という記述があることでわかる。

幕府の裁きにより、家老中根刑部《ぎょうぶ》、江戸留守居役平田《ひらた》三右衛門《さんえもん》が遠島となり、その家族も他家へお預けとなったが、処分の内容が詳しく書かれているだけで、〈騒動〉の内容については触れられていない。

この件について、古い記録は、虫食いにより詳細はわからず、とのみ記されているが、但書《ただしがき》で長久寺に伝わる記録によれば、この年、

――秀治公御乱心
とさりげなく付け加えられていた。

一見、関わりのないように思える記述だが、なぜ長久寺の記録に三浦秀治のことが

遺されていたのか、と考えさせられる。

〈騒動〉があったとされる寛永八年は、兄の死後、兼保が家督を継いでから十六年後である。幼かった千代松は元服して青年となっていたはずだ。

養育されてきた秀治が、三浦家の家督を継ごうと意欲を燃やし、これに同調した家臣が騒動を起こしたのかもしれない。重臣ふたりが処分されたということは、家中を二分するほどの対立があったということではないだろうか。

秀治を押し立てた者たちは政争に敗れて処罰され、秀治自身は一万石を与えられ、信州松本へ押し込められたのではないか。

読みながら、そんなことを庄三郎は想像した。そこで気になったのは、遠島になった家老の姓が中根であることだ。

「寛永八年に遠島になった家老中根刑部とは、いまのご家老中根様のご先祖に当たる方でございましょうか」

庄三郎が恐る恐る口にすると、秋谷は平然として答えた。

「さよう、兵右衛門殿は、祖先が五百石の家禄を没収され七十石の軽格に落とされながら、這《は》い上がって家老にまで昇りつめた出頭人《しゅっとうにん》でござる」

やはり、と庄三郎は息を呑んだ。

いまや藩内で兵右衛門の意向に逆らおうとする者はいない。それほどの威勢を持つ兵右衛門の祖先が起こした不祥事を記載する〈三浦家譜〉を目にすることの恐ろしさに、庄三郎は慄然《りつぜん》とした。

「この家譜がまとまれば、ご家老様は祖先のことを蒸し返されるように思われるのではありませぬか」

庄三郎は舌で唇を湿して訊いた。

「家譜が作られるとは、そういうことでござる。都合好《よ》きことも悪しきことも遺され、子々孫々に伝えられてこそ、指針となりうる」

秋谷の言葉は揺るぎのない確信を感じさせた。これ以上、読み進めてよいものだろうか。戸惑いを覚えて、庄三郎は家譜の草稿を閉じた。

明日からはこれを清書しなければならない。そうなれば、当然、藩の様々な秘事を知ることになる。当の兵右衛門から、七年前の側室不義にまつわる一件を秋谷がどう書いているか確かめて報告しろと命じられていた。

秋谷の様子から察するに、おそらく事実がありのままに書かれるだろうと察せられる。

（仮に、不義密通が事実無根であったとすれば、戸田様はそのように書かれるであろ

う)

先代藩主兼通は、それを見越して秋谷に家譜編纂を続けるよう命じたのだろうか。

まさか、そんなことはあるはずがないと思った時、庄三郎はふと、

「秋谷は家譜編纂を通じて、わが藩の秘事をことごとく知っておる。断じて他国へ逃がしてはならぬ。さらに秘事が他国へ漏れることも防がねばならぬ。秋谷が逃げる時は、本人だけでなく、妻子ともども斬り捨てよ」

と兵右衛門から命じられたことを思い出した。藩の秘事を知った者は殺されるのであれば、秋谷と家族だけではない。自分もまた口封じのために斬られる恐れは十分にある。

(ご家老様がこのお役目をわたしに命じたのは、わたしへの死罪を申し渡したと同じことなのではないだろうか)

庄三郎は背筋に冷汗が流れるのを感じて、しばらく沈黙した。秋谷は身じろぎして、

「さて、今宵《こよい》の務めを果たさねばならぬ」

とつぶやくように言い、文机に向かい書を読み始めた。

五

明くる朝早く、庄三郎は鶏の鳴き声で目覚めた。居間に出るのは憚《はばか》られる気がして縁側から下り、裏庭に出た。靄《もや》があたりを白く覆っている。

朝の空気がしっとりと感じられるのは山間であるからだろうか。靄がかかって山容が薄く霞《かす》んで見える。

鶏が籠《かご》の中で、餌を催促してコッコッと鳴いている。間もなく郁太郎が起き出して世話をするだろう。足音を忍ばせ、裏庭を回って台所の外にある井戸に向かった。小さな板屋根がある井戸は、近くに小川があるためか、幸いなことに涸《か》れたことがないそうだが、それでも風呂の水などは小川まで汲みにいかねばならないと、昨晩、薫が言っていた。

おそらく、きょうから水汲みと薪割りは自分がしなければならないのだろう、と考えた時、いままでこの家では誰がそんな力仕事をしてきたのだろうと庄三郎は訝しく思った。

秋谷にできることではあろうが、家譜の編纂に携《たずさ》わっていれば、その暇《ひま》はないと思える。病がちな織江や薫などの女手でできることは限りがあるし、郁太郎はまだ筋骨が固まっていない少年で、この家の雑事をやりおおせるものではない。下男がいなければ、草むしりなど家の外回りのことに手が行き届くはずもないが、戸田家にひとを雇う余裕はないだろう。

それにしては戸田家の周囲は清々《すがすが》しく整えられている。わずかに不審を抱《いだ》きつつ、井戸に近づくと、板屋根に隠れるように男女がふたり立って、ひそひそと話していた。

薫と野良着姿の若い男だった。井戸端に野菜が置かれている。男は背に大きな竹籠を負っている。野菜は男が持ってきたものだろうか。

庄三郎に気づいた薫が驚いた様子で、おはようございます、と挨拶して頭を下げた。男も同じように頭を下げたが、庄三郎を見る目が何となくひややかな気がする。

庄三郎は挨拶を返して、うかがうように男を見た。薫が少し恥ずかしそうな顔をして、

「この村の市松《いちまつ》さんです。お父様の源兵衛《げんべえ》さんが、昔わが家に仕えていてくれたものですから、ここに参ってからお世話になっているのです」

と言うと、市松は黙って頭を下げた。

「さようですか。旧主に尽くされるとは忠義なことです」

庄三郎が応じても市松はむっつりと押し黙ったままだ。二十歳《はたち》を過ぎたばかりだろうか、百姓にしては色白でととのった顔立ちをしている。庄三郎は気軽な調子で、

「顔を洗いたいのですが、井戸を使ってもよろしいでしょうか」

と薫に声をかけた。あわてて釣瓶《つるべ》を上げようと伸びあがって綱を摑《つか》もうとした時、袖がめくれて薫の白い二の腕が見えた。すかさず市松が、

「わたしがやります」

と言って、薫に代わって釣瓶を上げた。庄三郎は、市松が汲み上げた釣瓶の水で口を漱《すす》ぎ、顔を洗った。釣瓶を傾けて水を注いでくれる際、市松の物腰に敵意が含まれているると庄三郎は感じた。

井戸の水は冷たくて心地よかった。庄三郎は手拭で顔をふきながら、

「戸田様にかつてお仕えした者が、向山村には多いのですか」

と訊いた。市松は目を光らせて答えた。

「はい。もともと戸田様のご領地でしたから、何代にもわたって仕えてきた家が何軒もあります。それに戸田様が郡奉行でおられたころ、お世話になった村の者も大勢います。皆戸田様を慕っておりまして、いまでもなにかとご相談にあがっておるくらい

です。村には戸田様を悪く言う者はひとりもおりません」

「いまでも、戸田様に相談することがあるのですか」

庄三郎は何気なくつぶやいた。

幽閉中の秋谷が村人の相談相手になるのは好ましくない。藩に伝われば咎められるかもしれないのだ。市松はすぐに失言に気づいたらしく、

「ご相談といっても天候のことや虫の害についてうかがうだけで、百姓の愚痴《ぐち》を聞いてもらうのです」

と言い換えた。それでも、秋谷が村人と接触したと話してしまったのはまずいと思ったのだろう、威圧するような目で庄三郎を睨みつけてきた。庄三郎は苦笑した。

「わたしは戸田様のお仕事を手伝うために、ここに来た者です。戸田様の邪魔立てなどいたしませんから、案ずることはありません」

「まことでございますか」

と口にしたのは薫だった。庄三郎の顔を気がかりそうに黒目がちの目で見つめている。

「まことです」

庄三郎はきっぱりと答えた。昨日、秋谷に接してから敬愛の念を抱くようになって

いた。秋谷のためにならないことはしないという気持に偽りはない。

だが、家老の中根兵右衛門から秋谷を監視するよう命じられたのは、言わば藩命である。秋谷が逃亡しようとした場合、見逃すわけにはいかないだろう。その時、自分がどう動くかわからないだけに、薫に答えながらも、内心忸怩《じくじ》たるものがあった。

庄三郎の胸の内を知らず、薫がほっとした表情を浮かべて嬉しげにうなずくと、

「お嬢様、この方の言葉を鵜《う》呑《の》みにされない方がようございます。お役目で来られている方なのですよ」

市松は苛立《いらだ》ったように言った。薫はびっくりしたように目を丸くして市松を見た。

この時、市松は薫に想いを寄せているのではないか、と庄三郎は思った。

そうであるならば、薫と同じ屋根の下で暮らすようになった庄三郎に市松が敵愾心《てきがいしん》を持つのは当たり前のことかもしれない。市松の乱暴な言葉にも腹は立たず、庄三郎は気持を落ち着けて部屋へ戻った。

秋谷の日常はほとんど変わることがない。

早朝に起き、仏壇に手を合わせた後、家譜編纂に取り組むのである。山積みになった書状をひとつひとつ開いては読み、抜き書きを記していく。

十分に調べ終えたところで、家譜の本記に記すのだが、これはまだ草稿の段階で、しばらく時間を置いた後にあらためてこれを本稿とするのだ。庄三郎の役目は清書して綴《と》じ合わせ、書物の形にしていくことだ。

いまのところ、庄三郎は藩祖から二、三代までのあたりに取りかかっていて、秋谷には時おり質問をするだけで、あとは黙々と清書していくのが日課になっている。

ひと月ほどたったころ、羽根に入部して三年後、百姓一揆が起きていることに気づいた。この年は蝗《いなご》の害と長雨が続いて凶作となったとある。そのため秋口になって百姓たちは村の庄屋を動かし、年貢減免の嘆願書を藩役所へ提出した。この時、回答が出るまで引き下がらない覚悟で百姓たちは街道をふさいだ。記録では村役人が藩に陳情したことになっているが、明らかな強訴《ごうそ》だった。さらに年貢の減免が認められないと知ると、二千人におよぶ百姓たちが城下まで押し掛け、通りを埋めつくした。

藩主は江戸にいたため、やむを得ず家老の独断で百姓の願いを認めると回答した。百姓側はこれに安堵《あんど》したが、藩は狡猾《こうかつ》な手段に出た。いったん百姓側の要求を呑んだと見せて、ひと月後に突如、庄屋など村役人三人を捕らえて磔《はりつけ》獄門としたうえ、一揆の誓文に連判していた十六人を捕らえて村方預けとした。この十六人のうち主だった三人を追放とし、残り十三人から〈首代《くびだい》〉としてそれぞれ二両を徴収したのだ。

庄三郎は記録を読むにつれ、藩が百姓を騙《だま》したやり方に憤りを感じた。

「なぜ、かようなやり方をいたしたのでしょう。年貢が正当であるのなら、きちんと説けばすむことではないでしょうか」

義憤に駆られた庄三郎の言葉に秋谷は首を横に振った。

「正当な年貢などというものはない。百姓にしてみれば年貢などない方がよいのだ。だが、武士は年貢がなければ食ってはいけぬ。おたがい生きるために食扶持《くいぶち》を取り合うのであるからして、いがみ合うのも無理はない」

庄三郎は目を瞠《みは》った。

「されど、それが世の仕組みというものではございませぬか」

「だが、先の世では仕組みも変わるかもしれぬ。だからこそ、かように昔の事績を記しておかねばならぬ。何が正しくて何が間違っておったかを、後世の目で確かめるためにな」

秋谷は筆を休めず、淡々と語った。

(戸田様は単に家譜を記しているのではない。この藩で起きたことを御家のためではなく、藩のため、領民のために、事実のままに書き遺そうとしているのだ)

その剛直な背を見つめて、庄三郎は胸を突かれる思いがした。

秋谷の家に来てから三カ月が過ぎ、夏が盛りになったころには庄三郎も戸田家の暮らしに慣れていた。着いた翌日に思った通り、水汲みと薪割りは庄三郎の仕事となったが、それ以外のことは市松と父親の源兵衛が来て、手際よくすませる。

市松はあの日以来、庄三郎と口を利こうとはしないが、源兵衛は小柄で人柄の良さそうな丸顔で、庄三郎にも時候の挨拶などよく声をかけてきた。

そんなある日の昼過ぎ、庄三郎は秋谷に断って長久寺を訪れた。これからは長久寺にある記録を見せてもらうことにもなるだろうとの理由はあったが、秋谷が最期の日を迎える時、長久寺の慶仙和尚を頼るかもしれないと思ったからでもあった。

慶仙は豊前小倉《ぶぜんこくら》の生まれで、幼くして黄檗宗《おうばくしゅう》の禅寺に入って修行に励み、俊才を謳《うた》われ、京に上って天龍寺《てんりゅうじ》の塔頭《たっちゅう》に住んだが、居ること三年にして時事の煩《わずら》わしさを厭《いと》い、羽根藩主の求めに応じて瓦岳南麓の寺に赴《おもむ》いた。

枯淡、清雅の風格を備え、時として秋霜の厳しさを見せるが、藩主の尊崇を得ている。すでに七十を越えているはずだ。

庄三郎が長久寺に行くことを告げると、秋谷は微笑した。

「慶仙和尚は、そこもとがこの家に来られることをご存じでおられた。訪ねられるならば喜ばれよう」

「それがしが参ることをご存じでございましたか」

秋谷のもとに来ることは藩の密命だったはずだが、と庄三郎は驚いた。

「和尚に私淑する者は多い。誰ぞがお耳に入れたのであろう。和尚からそこもとのことを聞かされた後、家に戻ると到着しておられたので、さすがに和尚は地獄耳だと感服いたした次第でござった」

「さようでございますか」

庄三郎はうなずきながらも、すでに自分のことが伝えられていたという話に、油断のならないものを感じた。

市松を始め、秋谷を守ろうとする者がこの村には多数いるような気がする。長久寺に行く道すがら、あたりに目を配りつつ進んでいった。

秋谷の家を出て一里ほど行くと山道に入り、林の中の細い道を通らねばならない。繰《く》り返し積もった落ち葉に厚く覆われた道を上っていくにつれ、全身汗みずくになった。やがて石段が見えてきて、三十段ほどある石段の先に瓦葺の山門があった。

夏の日差しが山門の屋根にぎらぎらと照りつけ、暑さがいや増す。山門から見上げると寺の大屋根の向こうに青空が広がり、白い雲が上へ上へと重なっているのが目に入った。蟬《せみ》の鳴き声が降るように喧《かまびす》しい。

本堂の前では小坊主が庭掃除をしていた。庄三郎が来意を告げると、慶仙が勤行《ごんぎょう》していた本堂へと案内された。慶仙は蠟燭《ろうそく》が点《とも》された薄暗い本堂で経を上げていたが、やがて庄三郎に向き直った。

鶴のように痩せた慶仙は、白くふさふさとした眉が目に覆いかぶさるように長い。白い僧衣に金色の袈裟《けさ》を重たげにかけている。

「秋谷殿のもとへ参られたのは、お手前か」

眉の隙間《すきま》からよく光る視線がじっと庄三郎に注がれた。読経で鍛《きた》えられた声はよく通り、腹に響いてくる。

「さようでございます。奥祐筆を務めておりました檀野庄三郎と申します」

「辛《つら》い役目を仰せつかったものだ。気の毒なことよ」

つぶやくように言う慶仙の言葉に、庄三郎はどきりとした。

秋谷の監視が辛いとはどういうことなのだろう。戸惑いを隠せず見返すと、慶仙は厳しい表情を崩さず口を開いた。

「秋谷殿がいざという時、逃げ出すような男ならば、そなたの役目も随分《ずいぶん》と気楽なものであろう。だが、秋谷殿は逃げはせぬ。それゆえ辛い役目になろう、と言うたまでじゃ」

「それがしは家譜編纂のお手伝いをいたすよう仰せつかっておるだけでございます」

「ならばこそ、そなたは秋谷殿が背負っておるものを抱えねばならなくなる。それゆえ、気の毒と申したのだ」

慶仙の言葉は穏やかな中にも、鋭さを秘めていた。

「戸田様が背負っているものとは何でございましょうか」

庄三郎はのどの渇きを感じつつ訊いた。

「そなたは秋谷殿が幽閉されたわけを聞いておるであろう」

「はい、耳にいたしております。ですが、戸田様がさようなことをなされる方とは到底思えませぬ」

庄三郎は膝を乗り出した。もし秋谷の幽閉が冤罪《えんざい》によるものであるとしたら、どうにかして罪を晴らせないかと思っていたのだ。しかし、慶仙はゆっくりと頭を振った。

「いや、秋谷殿が藩主の側室と一夜を過ごし、小姓を斬り捨てたのはまことのことじゃ。それは紛《まぎ》れもない。ゆえに秋谷殿は死なねばならん」

慶仙のひややかな言葉が庄三郎の耳朶《じだ》を打った。思わず庄三郎は目を膝に落とした。

「だが、秋谷殿は罪を犯したのではない。自ら望んで罪を背負ったのだ」

慶仙は痛ましげに言った。庄三郎は顔を上げた。

「それはいかなることでございましょうか」

「秋谷殿はおのれのために、あのようなことをいたしたのではない、ということだ」

「それでは藩のため、と申されますか」

またもや慶仙は頭を振った。

「藩のためかもしれぬが、ひとりの女子《おなご》のためであるかもしれぬ」

「女のため……」

庄三郎は愕然とした。女子とは秋谷と密通したと言われる側室のことだろうか。それは、秋谷には似つかわしくないことに思える。しかし、どのような事情があれ、女のために不祥事を起こしたというのであれば、切腹は止むを得ないだろう。

庄三郎は、ひそかに抱いていた秋谷への尊敬の念が打ち砕かれたような気がした。

慶仙はそんな庄三郎の様子を見つめて、はっはっと笑った。

「面白いものだ。誰もが秋谷殿の幽閉の話を聞くと、一度は助けてやりたいと思うらしい。しかし、それが女子のためだと知ると、途端に顔を背《そむ》け、知らぬ顔をするようになる。武士とは体面こそが大事であるようだ」

「まことにさようかもしれません」

庄三郎は胸の内を見透かされたような気がした。

「秋谷殿が密通したと言われておるご側室とはお由《よし》の方様だ。もともとは勘定奉行柳井与市殿に仕えた中間《ちゅうげん》の娘だ」

「柳井様？」

庄三郎は首をひねった。

「秋谷殿は戸田家に養子に入った。柳井殿は秋谷殿の実の父である」

「それでは、お由の方様は戸田様にとって、実家に仕えた者の娘であったのですか」

「そうだ。秋谷殿より、六、七歳年下であったから、いまは三十七、八におなりであろうか。七年前の一件で髪を下ろされ、下《しも》ノ江《え》の尼寺におられる」

下ノ江は羽根藩領内では最も北に位置する大坂への便船が出る港である。参勤交代のおりの船はここから出るのが通例になっている。

庄三郎が黙っていると慶仙は話し続けた。

「秋谷殿が戸田家の養子に入ったのは二十歳ころのはずじゃ。そのころお由の方様は十三、四歳であったろうか。つまりそのころまでふたりは同じ屋敷に住んでおったことになる。どのような縁があったのか知らぬが、お由の方様は数年後、馬廻役の赤座《あかざ》与兵衛《よへえ》の養女ということで順慶院様の側室となった。城下での花見のおりに順慶院様が見初《みそ》められたなどと噂《うわさ》されたが、まことのことはわからぬ」

ひょっとすると、秋谷とお由の方は柳井屋敷にいたころ、心を通わせることもあったかもしれない。

秋谷は四男に生まれたと聞いたが、一生、厄介叔父として日の当たらない暮らしを送らねばならなかったはずだった。そのような時、家僕の娘などが妾《めかけ》という形で宛《あて》がわれるのはよくある話だ。秋谷とお由の方にもそのようなことがあったとしてもおかしくはない。ところが、秋谷は戸田家の養子に入り、お由の方は側室となったのだ。行き違ってしまったふたりの仲を秋谷は取り戻そうとしたのだろうか。

「知っておるか。七年前の一件があったのは、濃春院《のうしゆんいん》様が亡くなられて間もなくのことであった」

濃春院とは、先代藩主兼通の正室お貞《さだ》の方のことである。お貞の方は豊前小笠原《おがさわら》家から嫁《か》したが、病弱で子が生まれなかった。

このため、ここ数年病床に臥せっているお美代《みよ》の方が産んだ義之が嫡男となったのである。兼通はお貞の方が亡くなった後、正室を置かなかったが、実は、最も寵愛《ちようあい》深かったお由の方を正室として遇したい気持があったと家中では囁かれた。お由の方はそのころ男子を産んだが、誕生後間もなく亡くしていた。再度、懐妊することがあったならば、嫡男義之の母であるお美代の方を差し置いてでも兼通はお由の方を正室にしたかもしれない。そうなれば義之が廃嫡《はいちゃく》された可能性もあった。藩内に様々な思惑が渦巻いていた七年前、秋谷とお由の方の密通とそれに連なる小姓斬殺が起きたのだ。

慶仙の説明を聞いた庄三郎は首をかしげた。

「戸田様に斬られた小姓とはどなただったのですか」

庄三郎は小姓のことが気になってきた。これほど騒がれた不祥事でありながら、斬られた小姓の名を耳にすることがなかったのはなぜだろう。

「赤座弥五郎《やごろう》だ。お由の方様の養父となった赤座与兵衛の五男だ。血はつながっておらぬが、形としてはお由の方様の弟ということになる。当時、秋谷殿に斬られた小姓のことがあまり騒がれなかったのは、お由の方様の不義密通が表沙汰になっては赤座家としても困ることになったからであろうな。おそらく病死ということになったのではないか」

慶仙の話を聞けば聞くほど、秋谷を取り巻く謎が複雑に絡《から》み合って、事の真相はわからなくなるばかりだ。

（事が殿の廃嫡に絡んだものだと言うのであれば、誰もが触れたくないはずだ）

おそらく家中の者は誰しも秋谷のことに口をつぐんだのではないだろうか。何より、藩主義之の側近や家老の中根兵右衛門は、秋谷がこのまま何も言わずに切腹してくれるよう望んでいるに違いない。

そこまで思い至った時、秋谷の負っている孤独がいっそう強く感じられた。しかし、慶仙の言う秋谷の抱えたものとは、それだけなのだろうか。もっと他にもありはしないか。

庄三郎は本堂の広縁から見える山並に目を遣った。

山裾《やますそ》には青々とした田が広がっている。今年は天候に恵まれたため、豊作の秋を迎えられるのではないか、と源兵衛が言っていた。

ひとが日々行っている営みは絶えることがなく続いていく。そうであってこそ、子が育ち、やがて新たな命も生まれる。ひとは老い、やがて死を迎えるが、変わりなくこの世は続いていく。

天然自然に目を向ければ、家中でのもめ事など愚かしく思えてくる。青田を吹き渡る風にさえ、ひとの及ばぬ輝きがあるように感じられる。遠く望める田畑を眺めなが

ら、

「ひとは、稲のようにまともには生きられぬものなのでしょうか」

と言うと、慶仙はかっかっと笑った。

「そなたは、坊主であるわしよりも抹香臭《まっこうくさ》いことを言う。気をつけることだ。凶作はいつ起きるかわからぬ。百姓の中には藩の農政に不満を抱く者もおる。そのような者が秋谷殿を一揆に担《かつ》ぎ出そうとするかもしれんぞ」

驚いた庄三郎が、どういうことです、と訊いたが、慶仙はそれ以上答えようとせず、

——三昧無碍《さんまいむげ》の空ひろく
四智円明《しちえんみょう》の月さえん

白隠《はくいん》禅師の和讃《わさん》を唱えるばかりだった。

六

「ただいま、戻ってまいりました」

庄三郎は長久寺から戻って声をかけたが、家はしんと静まり返っていた。台所に面した居間で、珍しく織江が起き出して繕い物をしている。庄三郎が戻ってきたのに気づいて手を止めた織江が、驚いたような顔を上げて言った。

「お戻りなさいませ。考え事をしておりましたので気づかずに失礼いたしました。源兵衛殿のお母上が亡くなられたそうでございます。夫は薫と郁太郎を連れて手伝いに参りました」

源兵衛の母親は今年八十だったという。

「腰は曲がっておられましたが、先だってまではたいそうお元気で、以前はよく野菜を届けてくださったものでしたが」

庄三郎が居間に入ると、織江は繕い物を脇に置いて話しかけてきた。庄三郎にとっては会ったこともない老婆の話だけに、

「さようでしたか」

と気のない返事をするほかない。織江はふと翳りのある笑みを浮かべた。

「ひとが亡くなられたという話を聞くと、ついあと何日残されているのだろうと考えてしまいます。愚かなことだとは思うのですが……」

庄三郎は胸を突かれた。

やはりこの家族には、秋谷の残された日々を数えることが、念頭から離れることはないのだ。織江の声はかすかに震えた。庄三郎が何も言えずうつむくと、

「武家の妻として、嗜《たしな》みのないことを申しました」

と言った織江の表情には、いつものゆったりとして相手をくつろがせる趣《おもむき》が戻っていた。その朗《ほが》らかな様に、庄三郎は思いがけない言葉を口にしてしまった。

「これは、お訊きすべきではないことはわかっておりますが、奥方様はなぜこの家に参られたのでございましょうか。幽閉された者に家族が付き添うのは珍しいことかと存じますが」

織江は動揺の色も見せず微笑して答えた。

「わたくしのわがままなのですよ」

「どういうことでしょうか?」

「わたくしと子供たちを親戚が預かるという話はあったのです。ですが、わたくしは

夫と離れようとは思いませんでした。そのため、藩にお許しを頂いたのです。薫と郁太郎に苦労をかけることになりましたが、悔いてはおりません。この歳月は掛け替えのないものになると存じておりますから」

返す言葉もなくうなずいた庄三郎は、これ以上のことを訊いてもいいものだろうかと迷って押し黙った。すると、織江の方からさりげなく声をかけてきた。

「お聞きになりたいのは、夫が江戸表でご側室様と密通いたしたと言われておることを、わたくしがどう思っているかでございましょう」

織江の目は興味深げに輝いて、庄三郎の顔を覗《のぞ》き込んだ。

「申し訳ございませぬ」

庄三郎は思わず下を向いた。

「よろしいのです。そのことで、ひとはわたくしを貞女の鑑《かがみ》だなどと申しますが、そのようなことはございません。わたくしにはわかっているのです」

「戸田様がさようなことをされるはずがないということを、でございましょうか」

「いえ、そのことについてわたくしは、何も知りません。夫がどのようなひととなりであるかをわかっていると申し上げているのです」

織江は迷いのない面持《おもも》ちで言葉を継いだ。

「と申し上げても、おわかりいただけないでしょうから、わたくしが存じておることをこれから申しましょう」

織江が膝を正すのに合わせて、庄三郎は気を引き締《し》めた。

「うかがえますなら、ありがたく存じます」

「主人とご側室お由の方様の間に密通の疑いがかけられたのは、七年前の八月のことでございました。その日、お由の方様は江戸屋敷にてにわかに腹痛を訴えられましたが、実は毒を盛られたとのことでございます」

「毒を——」

庄三郎は息を呑んだ。

お由の方が朝餉を食していた時のことだ。汁を飲んで間もなく腹痛が起き、激しい吐き気に襲われた。そのまま痛みが治まらないため、医師が呼ばれ、残されていた食事を検分したところ、汁に毒が入っているのがわかった。

当時、秋谷は江戸表の中老格用人だった。異変が起きると、その日のうちに筋違橋《すじかいばし》門内の上屋敷から本所亀沢町《ほんじょかめざわちょう》の下屋敷にお由の方を移した。

この時期、藩主兼通は帰国しており、江戸屋敷は江戸家老の宇津木頼母《うつぎたのも》を始め、お美代の方派で占められていたからだ。国許では中根兵右衛門がお美代の方派を率《ひき》いており、側室の対立といっても、実際にはお美代の方派が数の上で圧していた。

下屋敷に移したからと言って、お由の方が安全とは限らなかった。このため秋谷は三日の間、下屋敷に留まってお由の方の警護を続けた。

秋谷はどの派閥にも属しておらず、側室間の争いには関わってこなかったが、お由の方が毒殺されかかったとあっては見過ごすことができなかった。しかし、用人が上屋敷に戻らず、側室とともに下屋敷に居座り続けることは異常な事態という他ない。

宇津木頼母は秋谷とお由の方に不義密通の疑いがあると公言した。それでも、上屋敷にはお由の方に味方する家臣もおり、国許にひそかに使者を立てて、兼通にお由の方が毒を盛られたことを訴えた。

事態を鎮静化させるため兼通は、お由の方を国許に呼び寄せる使者を江戸に向かわせた。ところが、この使者が江戸に着く前に下屋敷のお由の方が襲撃された。

お由の方が下屋敷に移って三日目の夜のことだった。皆が寝静まったころ、秋谷は近くの部屋で宿直《とのい》をしていたのだが、どこから入り込んだのか、頭巾をかぶった武士が数人お由の方の部屋に迫った。

これに気づいた秋谷は、武士たちの前に立ちはだかった。秋谷は、白い夜着姿で布団に横たわるお由の方をかばって、出合えと叫んだ。だが、下屋敷の藩士たちは誰も応じない。藩士たちも皆、お美代の方派についていたのだ。

孤立していることを覚《さと》った秋谷は、すぐさまお由の方を背に負うようにして斬り合った。襲ってきた武士は五人だった。秋谷はふたりに怪我を負わせて退けたが、残る三人に追い詰められ、お由の方とともに裏口から外へ逃れた。

この時、追いすがった襲撃者のひとりを斬った。この男が小姓の赤座弥五郎だった。

弥五郎は、当然お由の方派の中心であると見られていたが、形勢が不利と見てお美代の方派に寝返っていた。弥五郎を斬った秋谷は、そのまま体の弱ったお由の方の手を引き、夜の闇に紛れて追手を振り切った。

その夜、秋谷は江戸市中に潜み、翌朝、お由の方とともに上屋敷に入った。下屋敷に戻ってもお由の方が安全ではない以上、上屋敷で事態を公《おおやけ》にした方がいいと判断したのだ。どこで都合したのか、お由の方は衰弱した体に商家の女房のような着物をまとっていた。

どこでひと晩を過ごしたか秋谷は明かさず、お由の方も襲撃されたことについては語らなかった。ふたりは何かを守るように口を閉ざした。

宇津木頼母は秋谷が不義密通を犯し、赤座弥五郎を斬ったとして座敷牢に押し込めた。秋谷は牢に入れられてもことさらな釈明をしなかった。

兼通の使者がこの日、江戸に着いており、取りあえず、お由の方の身の安全は守られることになったからだ。

お美代の方派は嫡男義之を擁《よう》している。申し開きを述べることは次の藩主である義之の生母を貶《おとし》めることになる恐れがある。秋谷は黙して罪に服するよりほかなかった。

兼通は江戸表からの報告を受けて、秋谷に引き続き家譜の編纂と、十年後の切腹を命じた。

お由の方は国許に送られて髪を下ろし、松吟尼《しょうぎんに》と称して寺に入り、秋谷は幽閉されることになった。

「しかし、それでは戸田様にはあまりのことではありませんか。江戸屋敷の者には戸田様の無実がわかっていたはずです。順慶院様もそのことは知っておられたのではありませんか」

庄三郎は身を乗り出して言った。

「やはり、順慶院様はお疑いになられたのだと思います」

さびしげに織江は微笑んだ。

「なぜです。戸田様が命がけでお由の方様を守られたのは明らかだと思われますが」

「ですから、そのことを訝しく思われたのではありますまいか。夫は派閥に属しませんでした。お由の方派でもなかったのに、なぜ、そこまでしてお守りしたのかと却《かえ》って不審に思われたのでしょう。しかも、夫はお由の方様とふたりだけでひと晩を過ごしました。その夜に何事かあったのではないかとお疑いになられたとしても無理のないことです。夫とお由の方様は若いころ同じ屋敷におりましたし、順慶院様には他にも疑念を抱かれることがおありだったのかもしれません」

言われてみれば、秋谷がそれほどまでにしてお由の方を守ったのは、普通のことととも思えない。

「奥方様は、そのことをどのように考えておられるのでしょうか」

庄三郎が恐る恐る訊くと、織江はゆるやかに首を横に振った。

「何があったのかは、わたくしにもわかりません。ですが、夫は何があろうとひとに恥じるようなことは決してしないと信じております」

織江はきっぱりと言った。

織江の話を聞き終えてから庄三郎は書斎に入った。話している間中、頭の隅に気にかかることがあった。

（いまの話に出てきた名を目にしたことがあったような気がする）

そう思いつつあたりを見まわすと、秋谷の文机の上に〈蜩ノ記〉が積まれているのが目に入った。気になっていたのは、この日記の記述だったのだ。

この家に来てから、家譜の史料が何によっているのかを確認するために時おり、〈蜩ノ記〉を読んでいた。

〈蜩ノ記〉は日記とは言いながら、秋谷の身辺のことはほとんど記されず、家譜編纂に関して記されていることが多かった。しかしたまに、それ以外のことも断片的に書かれていた。あらためて読み進むうちに、七年前の件に関するらしい記述を見つけた。三年前の文化《ぶんか》元年（一八〇四）八月の項である。そこに、

――松吟尼様、御許シノ事、仄聞《ソクブン》ス

とあり、さらにひと月後の九月二十日、

――松吟尼様、還俗《ゲンゾク》セラレヌ由《ヨシ》仰セニナル

と記されている。家譜編纂と関わりのない尼僧の名が記され、しかもその尼僧が仏門を出て還俗するかどうかについてまで言及されている。

（御許シノ事、とはお由の方様が順慶院様から許されたということなのだろうか）

先代藩主兼通が亡くなったのは、三年前の十一月だった。まだ壮年で活力に満ちた兼通だったが、遠乗りに出た際、落馬したのがもとで寝つき、そのまま世を去ったのである。密通事件から四年後、兼通はお由の方を許したが、その年のうちに亡くなったということなのだろうか。

だが気になるのは、松吟尼が許されたことを秋谷は「仄聞ス」としているが、九月二十日には「仰セニナル」と書いていることだ。松吟尼が許されたことは誰かに聞いたにしても、還俗しないと直《じか》に本人の口から聞いたようにも受け取れる。

（このことは、三年前、戸田様がお由の方様と会われる機会があったことを示しているのだろうか）

幽閉の身で許されるはずのないことだ。まして、そのことをうかがわせるような記述を〈蜩ノ記〉に残すのは不用心すぎる。そう思ったが、松吟尼について秋谷が家譜に書き残すつもりがあったとしたら別だ。

秋谷は松吟尼がいつ許されたのか、その後、どうなったのかを書き記しておく必要があると思ったのだろう。それに松吟尼が許されたということであれば、秋谷自身にも許しが出ていたのかもしれない。しかし、兼通は間もなく急死してしまった。

（三年前、何かがあったのだ）

中根兵右衛門が、

「順慶院様が、十年後に秋谷をどうされるおつもりだったのかはよくわからん。あるいは、その時になれば、家譜編纂の功に免じて命を助けると仰せになるおつもりであったのかもしれぬ」

と言っていたことを思い出した。

兼通はお由の方と秋谷を三年前に許したのではないか。しかし、そのことは、なぜか公にされないまま、埋もれてしまったのかもしれない。

庄三郎は続けて〈蜩ノ記〉を読んだ。兼通逝去の記述があるところで気になったのは、逝去から十日後、

――赤座与兵衛、他界ノ事。殉死ニ非《アラ》ズ

と記されていることだった。

ここを読む限り、兼通の死から間もなく与兵衛が死んだように読み取れるが、わざわざ殉死ではないと断るのはなぜなのだろう。

羽根藩では五代藩主義兼逝去のおりに殉死を禁じており、たとえ主君没後に追い腹を切っても殉死として扱われることはなくなっていた。だが、与兵衛はなぜか追い腹を切り、それが殉死とは認められなかったということなのか。

そうではないような気がする。秋谷が「非ズ」と強い語調で書いていることに意味がありそうだ。

与兵衛はお由の方の養父であり、秋谷が斬った弥五郎の実父でもある。秋谷としては、何らかの遠慮があって然《しか》るべき相手のはずだ。しかし、記載からうかがえるのは、秋谷の与兵衛に対するひややかな感情だ。

仮に与兵衛が自害したにしても、それが殉死と認められないのは当然だということなのか、あるいは殉死すべきであった与兵衛がただの病で死んだということなのか。

庄三郎が考えをめぐらせていると、表から戻ったことを織江に告げる郁太郎の元気のよい声が聞こえてきた。

あわてて〈蜩ノ記〉をもとのところに戻すと、庄三郎は居間に行った。秋谷はにこやかにうなずいて、

「源兵衛のご母堂は大往生であったそうだ」

とだけ庄三郎に告げた。

この日の夕餉の後、庄三郎は、

「いささか、体慣らしをしとうございますので」

と秋谷に断りを入れて、刀を手に裏庭に続く竹林に向かった。〈蜩ノ記〉に書かれた松吟尼のことを考えてみたいと思っていた。

竹林に入ってほどなく、刀の鯉口《こいぐち》に指をかけた。

庄三郎は亡くなった父の平十郎から田宮《たみや》流の居合を伝えられている。田宮流は居合を考案した林崎甚助《はやしざきじんすけ》の高弟、田宮平兵衛重正《へいべえしげまさ》が始祖である。

平十郎は家伝として庄三郎に伝えたため、家中でも庄三郎が居合を使うことを知る者は少ない。

田宮流の居合は敵に対した時、刀を抜かず鯉口に左手の指をかける。右手で握るの

は脇差の柄だ。敵が斬りかかって来た瞬間、刀の柄で敵の手首を打ち、同時に脇差を抜いて斬る。田宮流では、これを、

――行合《ゆきあい》

と称している。その動きが流れるように美しいことから、〈美の田宮〉とも言われる。また、柄で相手を打つことから、田宮流では、

――柄は八寸の徳

として長い柄の利を説き、普通の刀よりも柄を二寸ほど長くしている。このため庄三郎の刀も柄は長めだった。

竹が宵闇の風に揺れている。

庄三郎は目の前の竹を敵に見立てた。竹が風に揺れた瞬間、踏み込んで刀の柄で竹を叩き、同時に脇差を抜いて竹の枝を払う。

竹の枝が宙に飛ぶや否《いな》や脇差を鞘《さや》に納め、落ちてきた竹の枝に向かって刀を一閃《いっせん》させた。さらに刀を納める前に二度、閃《ひらめ》かせた。地面に落ちた竹の枝は三カ所で切断されていた。

腰を落とした庄三郎に苦い思いが蘇《よみがえ》った。城中で水上信吾に斬りかかられた時、刀があれば柄で手首を打つことができただろう。しかし、脇差しか腰になかったた

め、身をかわそうとした時、思わず居合を放ってしまった。

(気を鎮めることができておれば、あのように不様《ぶざま》な居合を使わずにすんだのだ)

いまでも、そのことに悔いがあった。

庄三郎はまた、別な竹に向かい合った。居合の構えを取ると頭が澄み切ってくる。

七年前の不義密通の一件の謎をどう扱えばいいのだろうかと考えた。

松吟尼に会って確かめるのが早道ではないかと思うが、仮にも前藩主の側室であった尼僧に気軽に会えるものではない。

しかも、この一件はいまの藩主義之が廃嫡されるのを防ごうとして起きた可能性もある。だとすると、迂闊に暴くことは庄三郎自身のためにならないのは疑う余地のないことだ。

(だが、何もせずに、このまま戸田様が切腹される日を待つことができるだろうか)

いまから三年後になる。その時が来るまで秋谷と過ごさねばならないと思うと、堪《こら》え難い気がする。自分はどうすればいいのかと途方に暮れる。

蒸し暑い風が吹いて竹が大きく揺れた。庄三郎は踏み込んで刀の柄で竹を打った。

脇差を抜きかかった瞬間、ひとの視線を感じて動きを止めた。

振り向くと、竹林の向こうに昇ったばかりの月の光に照らされて秋谷が立っている。腰に脇差を差していた。

「戸田様――」

庄三郎はうめいた。

「邪魔をいたしたようで、すまぬ。夜の竹林も風流であろうと、つい誘われてしまった」

秋谷はいつものように有るか無きかの微笑を浮かべた。そして、口を開いた。

「織江から七年前の話を聞いたようだが、詮索は無用にしてほしい。もはや、すべては過ぎたことだ。いらざることを掘り返すと、家中が迷惑いたすであろう」

「されど、戸田様の御名に関わることでありますれば」

「武士は名こそ惜しけれと申すが、名を捨ててかからねばならぬのが、ご奉公というものであろう」

秋谷はそう言い置いて背を向けたが、

「それにしても、竹林の中で居合を使えるとは、感服した。わが藩も存外ひとがおるようで喜ばしいことだ」

とうなずいて歩み去った。落ち葉を踏む音が遠ざかる。しかし、庄三郎が居合の稽《けい》古《こ》をしている間、足音は聞こえなかった。居合を使うため神経を研《と》ぎ澄ましていたにも拘《かか》わらず、秋谷が近づくのに気づかなかったのである。

(戸田様は気配を消して竹林に入ってこられたのだ)

一瞬、庄三郎は背筋がひやりとした。秋谷に討つ気があれば、斬られていたに違いない。ひょっとすると、秋谷は七年前の秘密を暴かれたくないと思って庄三郎を斬る気になっていたのではないか。

竹林を出ていく秋谷の背に、庄三郎は不気味なものを感じないではいられなかった。

七

秋が深まった。秋谷の家から五町ほど離れた小川まで桶《おけ》で水を汲みにいくのが庄三郎の日課になっている。水を汲みながら水面に舞い落ちる紅葉《もみじ》をつまんで陽にかざした。葉脈《ようみゃく》が透ける美しさに思わず見とれてしまう。

桶に水を汲み終え、戻ろうとした時、甲高《かんだか》い子供の笑い声が聞こえた。目を向けると、小川に架かる丸木橋の上で薪を背負った郁太郎が、同じ年頃の男の子と話しているのが見えた。百姓の子らしいが、背中に幼い女の子を負《おぶ》っている。

男の子同士、仲良さそうに何か話しては笑っていた。郁太郎は、時おり男の子に負さっている女の子をあやすように笑いかける。やがて女の子は、背から下りたくなったのかぐずり始めた。

「どげしたな、お春《はる》。もう辛抱できんのか」

少しの間、男の子はむずかる女の子を背であやしていたが、手足をばたつかせて嫌々をする。しゃがんで下ろしてやると、お春と呼ばれた女の子は嬉しそうな顔をして地面に立った。とことこと小川に走ろうとして転び、べそをかき出すと、男の子が走り寄った。女の子を抱き起こし、すりむいた膝小僧を手でさすってやった。

「ほうら、もう痛くねえぞ」

丸い愛嬌《あいきょう》のある顔をした男の子は、八の字に下がった眉尻をさらに下げて、団栗《どんぐり》眼《まなこ》をぐりぐりさせ、ぺろっと舌を出しておかしな顔をしてみせた。女の子はすぐに泣きやんでくすくす笑い出した。

「源吉《げんきち》は妹を本当によくかわいがるな」

郁太郎が男の子に近づきながら声をかけた。

「当たり前だろうが。たったひとりのかわいい妹じゃねえか。郁太郎だって、姉様がかわいがってくれるだろう」

源吉はにっこりして郁太郎を振り向いた。

「姉上は、あれをしてはだめ、これをしてはいかん、といつも小言ばかり言う」

「それは母様が体が弱くて寝ていなさるけん、母親代わりのつもりなんだ。ありがたいこっちゃねえか」

源吉はお春に背を向け膝をついて、また負った。その時初めて、郁太郎は庄三郎がいることに気づいた。庄三郎が水汲みをしているのを見て、申し訳なさそうに頭を下げ、

「坂を下ったところの家の源吉です」

と言った。そう言えば秋谷の家から少し下ったところに藁葺の小さな百姓家がある。家の近くにわずかばかりの田があるようだ。

「そうか。それで、ここで子守をしているのか」

庄三郎が話しかけると、源吉は、

「そうです」

と小さな声で答えて、腰をかがめた。先ほどまでの明るい笑顔とは打って変わって怯えた顔つきになっている。負さったお春が驚いたように目を丸くして庄三郎を見つめている。

郁太郎はあまりひと交わりをしないと織江は話していたが、さすがに同じ年頃の男の子同士だと、仲良くなるらしい。

源吉は継ぎを当てた野良着を着ている。野良仕事の合間に子守をしているのだろう。

「武家と話すのは苦手なようだな」

庄三郎が問うと、源吉はうなずきかけて、あわてて首を横に振った。

「身分が違うから」

「しかし、郁太郎殿とは、仲良さそうに話していたではないか」

重ねての問いかけに源吉はぽつりと答えた。

「郁太郎は友達だから」

源吉が帰ると目で告げると、郁太郎はうなずいた。源吉はようやくにこりと笑って庄三郎に頭を下げ、歩き出した。

お春が名残《なごり》惜しそうに郁太郎を何度も振り向いた。郁太郎が笑顔で手を振ってやる。庄三郎は桶を下げた天秤棒《てんびんぼう》を揺らしながら、

「あの子は武士が嫌いなのですか」

と訊いた。郁太郎は薪を背に歩調を合わせてゆっくり答える。

「村に来る郡方《こおりかた》は威張っています。百姓を搾《しぼ》り上げ、年貢を取り立てることばかり考えているからでしょうが」

「なるほど」

庄三郎は郡方になったことがなく、これまで村の様子などあまり知らなかった。

「しかし、郁太郎殿の父上は百姓たちからいまも慕われているようにお見受けします」

「皆、父が郡奉行だったころのことをよく覚えているのでしょう」

郁太郎は少し誇らしげに言った。

秋谷は郡奉行であったころ、馬で頻繁《ひんぱん》に村を見てまわった。供廻りは少なく、庄屋屋敷で饗応《きようおう》を受けることもしなかった。足軽が長柄《ながえ》の槍を担いで供をするのが常で、緋《ひ》色の房が付いた革《かわ》の槍鞘が騎馬の後ろで揺れるのを見かけると、百姓たちは、遠くであっても跪《ひざまず》いて見送るのが常だったという。

それらの話は庄三郎も、中根兵右衛門や源兵衛から聞いていた。

秋の日が林の木々の影を地面に長く伸ばしている。庄三郎と郁太郎は影を踏みながら家への間道をたどった。

庄三郎が裏手にある風呂釜に水を入れて台所口から土間に入ると、居間で秋谷が源兵衛、市松、さらにもうひとりの百姓と向かい合って何事か話していた。百姓は、三十代半ばの痩せて顔色が悪い男だ。道ですれ違ったことが何度かあった。

秋谷に頭を下げて書斎に向かおうとした時、

（ひょっとしたら、あの男が源吉の父親ではないだろうか）

という気がした。庄三郎が土間に入ったと同時に、百姓たちはぴたりと話を止めたが、書斎に入る直前、市松が、

「ですが、〈辛丑《しんちゆう》義民〉のこともございますので」

と押し殺した声で言うのが耳に入った。すかさず、秋谷が、さらに低い声で叱《しか》りつけた。

「さようなことを申すと、ためにならぬぞ」

市松が何と答えたのかは聞こえなかったが、不満げな様子は伝わってきた。書斎に入った庄三郎は、

（しんちゅうぎみん――）

どこかで聞いた言葉だ、と思って頭をひねるうち、ふと思いついて〈三浦家譜〉の草稿を開いた。天明元年（一七八一）辛丑《かのとうし》十月の項である。

——義民上訴之事

として、この年、藩で起きた異様な事件を記している。五代藩主義兼は、かねてから病弱で国許では海に近い城を嫌い、赤司村《あかしむら》の別荘に滞在することが多かった。それに対して家老の高橋新左衛門《たかはししんざえもん》始め重臣たちが、義兼が、

——乱心

したとして、別荘にそのまま押し込め、嫡男兼通に家督を継がせようと謀《はか》った。兼通はこの時二十四歳で、英明の評判が高かった。これに比べ、義兼は藩の台所事情も顧《かえり》みず、酒色にふけり、江戸では芸者を屋敷に呼ぶなど贅沢三昧《ぜいたくざんまい》の暮らしをしていた。

新左衛門らはこれを憂え、義兼が別荘に籠もっていることを幸いに、そのまま外に出られないように見張りを付けて閉じ込めた。その上で兼通の家督相続を幕府に届け出ようと画策した。

義兼は別荘の菜園を作らせている百姓に日頃から直に言葉をかけることもあり、中でも伊助《いすけ》、長五郎《ちょうごろう》、平蔵《へいぞう》という三人には特に親しんでいた。

義兼はある日、この三人に向かって重臣により押し込められ、隠居を強《し》いられていると話して我が身を嘆いた。

三人の百姓は藩主の思いも寄らぬ境遇を聞いて、義憤に駆られた。話し合った末、藩主の窮状を幕府に訴えようということになった。三人は信濃《しなの》へ善光寺《ぜんこうじ》参りにいくと称して国を出てから、苦労して江戸にたどりつき、老中の屋敷に訴え出た。

三人は義兼直筆の書状を持参していたため、幕府も無視することができず、羽根藩江戸屋敷に問い質《ただ》した。この結果、義兼は押し込めから解放されて城に戻ることになり、兼通への家督相続は先延ばしにされた。

義兼は高橋新左衛門らを隠居させただけで、あえて事を荒立てなかったが、三人の百姓にはそれぞれ新たに田畑を与え、夫役《ぶやく》を免除するなどして褒賞した。さらに別荘で義兼に仕えていた近習《きんじゆう》の中根大蔵《おおくら》を用人に取り立てた。

中根大蔵は寛永八年（一六三一）の〈家来騒動〉で失脚し、遠島になった中根刑部の子孫である。この間、中根家は、七十石の禄高で続いていたが、藩の要職に就くことはなかった。

別荘で近侍していた義兼が押し込められたことを奇貨として、大蔵は中根家の復権を目論《もくろ》み、三人の百姓を江戸へ向かわせたのではないか、と家中では噂した。

このおりは、大蔵は百石に加増されただけだったが、用人として晩年の義兼に重用され、さらに兼通に代替わりした時にもその地位を失わなかった。

兼通も大蔵の才覚を認めたためであろう。

大蔵は身長六尺を超す巨漢で、太い眉に高い鼻が目立つ造作《ぞうさく》の大きな顔をしており、あごも張っていた。

黒々とした目が鋭く光り、口を真一文字に引き結んで寡黙《かもく》だったが、おのれの意見を述べる時の舌鋒《ぜっぽう》は鋭かった。見るからに偉丈夫《いじょうふ》という言葉がふさわしく、威風あたりを払うと言われた。

用人を十年間務めた後、亡くなったが、嫡男である兵右衛門が、家老にまで昇りつめる土台を築いたのは大蔵である。

三人の百姓のうち、長五郎はその後、村役人を務めて五瀬《いっせ》郡、半沢《はんざわ》郡の大庄屋にまでなった。長五郎は十年前に亡くなったが、その子はいまも大庄屋を務めており、百姓たちにとって長五郎の出世は憧憬《しょうけい》の的《まと》だった。

市松が〈辛丑義民〉と口にしたのもその話を念頭に置いてのことだろうが、それにしては話している様子が暗かったのが気にかかる。秋谷が珍しく叱る口調になったのはなぜなのだろうか。

そんなことを思いながら庄三郎は〈三浦家譜〉の清書を行っていった。やがて居間が静かになった。話が終わって三人は帰ったのだろう、秋谷が書斎に戻ってきた。

いつもの場所に座った秋谷が手に取ったのは、先ほど庄三郎が見ていた天明元年の項がある〈三浦家譜〉草稿である。

しばらく読み進めた後、

「やはり、書き足りないようだ」

とつぶやいて秋谷は文机の前に座り、筆を執《と》った。書き上げて墨が乾くのを待ってから家譜草稿に添えて、

「この項には付け加えねばならないことがあるようだ」

と言い、庄三郎に渡した。秋谷から受け取った紙には、

――此者等ニ御約定アリ

として約定書の内容が記されている。

一　此度江戸用事申付候

　　首尾能仕候者本田地持

　　無役相違無キ也

江戸への用事を申し付けたうえ、首尾よく目的を果たせば、田地を与え、夫役を免除するという約定だった。

三人の百姓はこの約定書を懐に命がけで江戸へ向かい、上訴を行ったのである。

庄三郎は紙から目を上げた。

「つまり、百姓たちは義憤に駆られてというよりも、恩賞が目当てだったということでございましょうか」

「そうとばかりも言えまい。江戸に出て幕府の老中に上訴すれば、国許の家族を含めて磔獄門になる覚悟をしなければならぬ。それを承知で江戸へ向かったのだとすれば、おそらく中根大蔵様の説得を信じたのではあるまいか」

そこまで言って秋谷は、目を逸《そ》らした。

「百姓たちは、寛永の強訴で何があったか言い伝えておる。家老の言葉を信じたがゆえ、強訴の首謀者は死罪になったのだ。そのことを思えば、中根様のなされたことは容易には成し難いことだ」

「なるほど、さようでございますな」

庄三郎はため息をつく思いで、中根大蔵という会ったこともない人物に思いをめぐらせた。大蔵は、庄三郎が元服前の少年のころに亡くなっているから顔も知らない。

「しかも中根様は、代替わりのおりに失脚するどころか、さらに用人頭《がしら》へと進まれた。中根様が〈義民上訴〉で成したことが、順慶院様の家督相続を遅らせたことを思えば、その辣腕《らつわん》には恐るべきものがある」

秋谷は目の光を強めて付け加えた。その語調にひややかなものがあるのを庄三郎は感じ取った。

（戸田様は中根大蔵様のなさり方を認めてはおられぬのではないか）

庄三郎も同じ感慨を抱いていた。大蔵には、かつて先祖が失脚したという翳りとともに、足音をしのばせて獲物に飛びかかろうとする、猫を思わせる油断のなさがあるような気がする。

「わたしは中根様を存じませぬが、戸田様はお会いになられたことがおありですか」

「〈義民上訴〉があったころ、わたしはまだ部屋住みであったが、用人になられた中根様と城下ですれ違ったことがある」

秋谷は何事かを思い出す目をして、そのおりの話を語り始めた。

秋谷は城下の剣術道場で稽古をしての帰りだった。道場に通い始めたばかりの少年たちに稽古をつける師範代になったばかりのころで、この日は、少年のひとりが無闇やたらに振りまわした木刀が秋谷のすねを打った。

稽古中の不覚だけに少年を叱るわけにもいかず、手当てをしないまま帰途についた途中、急に痛み出した。

（これは骨にひびでも入ったのかもしれぬ）

と気になり、足の様子を見ようと道端にかがんだところに、ちょうど大蔵が通りかかった。大蔵は道端で背を向けた秋谷に近づき、

「貴様、ひとが通るのに背を向け、顔を逸らすとは無礼であろう」

と大喝した。秋谷が振り向いた時、睨みつける大蔵の大きな目と視線が合ってしまった。秋谷はさっと目を伏せ、丁重に謝った。大蔵はふと顔色をやわらげた。

「素直に謝ることを知っておるとは、そなたはなかなか見どころがある。名は何と申す」

「柳井順右衛門と申します」

秋谷が当時の名を告げると、大蔵は首をかしげた。

「先ごろまで勘定奉行であられた柳井与市様のご子息か？」

柳井与市は〈義民上訴〉で失脚した家老高橋新左衛門の派閥に属しており、このこ

ろお役御免になったばかりだった。秋谷が悪びれずに、

「四男の部屋住みでございます」

と答えると、大蔵はじっと秋谷の顔に目を据《す》えた。

秋谷の父親が元勘定奉行であった重臣だと知っても、たじろいだ様子はなかった。

大蔵はにやりと笑い、

「親の身分を笠に着ないところは見上げた心がけだ。将来が楽しみだな」

と言って歩み去った。

秋谷は大蔵の広い背中が遠ざかるのをしばらく見ていた。いきなり、ひとの腹の底まで覗き込み、何もかも見抜いてしまうような大蔵には気圧《けお》されるものがあった。

秋谷にとって、大蔵は言わば父を勘定奉行から引きずり下ろした男だったが、そのことを恨む気は不思議に起きなかった。義兼を隠居させることを目論んだ重臣の中に与市もいたことを知っていたからだ。

(殿のお傍に仕えていた中根様が、殿に隠居を無理強いする重役たちを不忠の臣と見なしたのは無理からぬことだ)

大蔵の威厳には同じ藩士として、むしろ頼もしさを感じた。

「まだ若年だったわたしを郡奉行に推《お》したのは中根様だと耳にした。だが、五年後、郡奉行から退けられ、江戸屋敷の用人に任じられたのも中根様のお考えであったそうだ。親しく言葉を交わすことはなかったが、中根様とは目に見えぬ縁があるように思う」

その大蔵の息子である兵右衛門から秋谷を監視するよう命じられたというのも、深い因縁によるものではないかと庄三郎には感じられた。

秋谷は庄三郎に目を向けて、さりげなく訊いた。

「市松が〈辛丑義民〉と口にしたのを聞かれたか」

「聞くつもりはありませんでしたが、耳に入りました」

緊張した声で庄三郎は答えた。秋谷が〈三浦家譜〉に書き加えなければならないことがあると言い出したのは、庄三郎に聞かれたかどうかを確かめるつもりだったのだろう。

「市松は、〈辛丑義民〉と同じことがいまでもできるのではないかと思っておる。これはかなり危ういことだ」

〈辛丑義民〉を真似るとは、江戸へ出て上訴するつもりなのかと、庄三郎はぎょっとした。

「まさか、さようなことをする者がいるとは思えませんが」

「追い詰められれば、ひとはどのようなことでもする」

秋谷は腕を組んで、物思わしげな表情になった。庄三郎は思わず訊いた。

「何か心にかかることがおありなのでしょうか」

「いや、この秋、不作だったことが少し気にかかっているだけだが……」

今年の夏は思いがけない長雨になった。いつまでも降りやまず、秋谷は不順な天候を気にしていた。その心配が当たって雨が稲の生育を妨げ、思いも寄らぬ不作になっているのだという。年貢を納める時期になって、村役人から年貢減免の願いが出されているが、藩はこれを認めそうにないらしい。

「藩でも、今年は国役《くにやく》の川普請で二千両の出費があったそうだ。不作とわかっていても、背に腹は代えられぬのであろう」

「しかし、百姓も納めよと言われても、ない物はいたしかたないではございませんか」

「そうなのだ。百姓たちの不満は溜まっておる。思わぬことが起きねばよいがと危惧している」

言いながら秋谷は裏庭に目を遣った。

百姓の中には藩の農政に不満を抱く者もいる、そのような者が秋谷を一揆に担ぎ出そうとするかもしれない、と慶仙和尚が言ったことを庄三郎は思い出した。源兵衛や市松は秋谷にそんなことを頼みにきたのだろうか。だとすると、秋谷は幽閉されたいまも、以前と同じように百姓と関わっていることになる。

庄三郎は秋谷の横顔を見つめた。その表情にはおのれを律する厳しさが浮かんでいる。

（このひとは、おのれの命の期限を定められてもなお、自分の生き方を変えていない）

そのことが、秋谷の過酷な暮らしに、さらなる重荷を課しているのではないだろうか。

庄三郎は粛然《しゅくぜん》とする思いだった。

翳りゆく薄墨色の空を吹き渡る風が、竹林をざわめかせた。さらさらと笹の葉が触れ合う音が庄三郎を不安な気持にさせる。

八

この日の夕餉に皆が集まった時、郁太郎が、

「父上、万治《まんじ》殿は何用で来られていたのですか」

と訊いた。源兵衛、市松とともに昼間来ていた百姓は万治というらしい。

「年貢の相談に来たのだ。それがいかがいたした」

秋谷はさりげなく答えた。

「近頃、父御《ててご》が夜中になると出ていくことが多いと源吉が申しておりましたので」

やはり、あの男が源吉の父親だったのだ、と庄三郎は思った。源吉が明るい性格であるのに比べて陰気で地味な男に見えた。

秋谷は郁太郎に顔を向けた。

「万治は夜中に出かけるのか」

「はい。それで、熊に襲われでもしたら、と源吉は案じています」

「このあたりには猪は出るが、熊が出たとは聞いたことがないが」

秋谷が訝しむ顔で言うと、郁太郎はうなずいた。

「わたしもそう申したのです。ところが、先頃源吉は、山で熊の物らしい黒い毛が木の幹に引っかかっているのを見たと言います。長久寺の近くで夜中に黒い熊のような影が動くのも見たそうです」

「それは、熊ではあるまい。おそらく猟師が山に入ろうと通りかかったのであろう。あの者たちは毛皮を着ておるからな」

諭すように言って、しばらく考え込むと、

「〈三郷触《さんごうぶ》れ〉かもしれぬな」

秋谷は低くつぶやいた。

「〈三郷触れ〉とは何でございますか」

庄三郎の問いに、秋谷はためらいながら答えた。

「向山村と平瀬村《ひらせむら》、大淵村《おおぶちむら》の百姓たちは、昔から何か事ある時はまとまって動くのが習わしだ。相談事がある時は、日頃から山越えに慣れている猟師が使いになって各村を回ると聞く」

「何事の相談ですか」

「強訴か一揆の談合が行われるのかもしれぬ。三郷寄りが行われるとしたら、曲淵《まがりぶち》の水車小屋であろうな。このあたりの者がひそかに寄り合う際は、あの水車小屋を使う」

　気がかりそうに秋谷は眉をひそめた。小川を下ったところにある水車小屋を庄三郎も目にしたことがあった。すぐそばまで森が迫っており、遠くからは見通せない場所にある。

　郁太郎が驚いたように目を見開いた。

「源吉の父御はそれと関わっているのでしょうか」

「さて、何とも言えぬ」

　答えてからしばし黙った秋谷は、いつもの有るか無きかの微笑を浮かべ、

「いずれにしても、あまり気にせぬことだ。われらには関わりがないゆえな」

と言って、念を押すように皆の顔を見まわした。


　だが、異変は五日後に起きた。

　その夜、秋谷は書見をし、傍らで庄三郎は〈三浦家譜〉の清書をしていた。聞き慣れない異様な物音を耳にして庄三郎は筆を置いた。ひゅん、ひゅん、と風を切るような音がする。

「何でしょうか」

庄三郎がつぶやいた時、礫が障子を突き破って部屋に飛び込んできた。

「危ない――」

秋谷が庄三郎を突き飛ばした瞬間、障子の桟《さん》を砕く音がして、部屋に飛び込んできた礫は目にも留まらぬ速さで手繰《たぐ》り寄せられて目の前から消えた。間を置かず、ひゅん、と音を立ててまた礫がふたりを襲ってきた。見れば礫には鎖が付いており、ふたりを嘲笑《あざわら》うかのように不気味なうねりを見せて障子を破っては手繰られる。

「何者だ――」

庄三郎は刀を手に、縁側から庭に飛び下りた。しかし、庭先は闇に沈み、ひとの姿は見当たらない。庄三郎が油断のない目であたりをうかがうが、何の気配もしなかった。

「脅しにきただけであろう。もう近くにはおるまい」

秋谷が落ち着いた声で言った。庄三郎が足を払って部屋に戻ると、何事が起きたのかと郁太郎と薫、織江までもが青ざめた顔で起き出してきていた。

「案じなくてもよい。襲ってきた者はもう逃げた」

秋谷が部屋に戻るようにうながすが、郁太郎は障子が無残に壊された様子を見て、

「父上、これは何事でしょうか」

と訊いた。秋谷はやむを得ないという表情で、

「鎖分銅《くさりふんどう》だ」

と短く答えた。鎖分銅とは鎖の両端に鉄で出来た分銅を付けた武器である。鎖の長さは二、三尺から四、五尺まであるが、書斎に分銅を打ち込んだ者が使った鎖は、かなりの長さだったと思われる。庄三郎は膝を乗り出した。

「何者でしょうか」

「わからぬ。だが、このあたりの百姓は昔から鎖分銅を使う」

「さような武器を持てばお咎めがありましょう」

「いや、鎖分銅は野鍛冶《のかじ》が打つ。家のどこにでも隠せるし、着物の中にしのばせることもできる。昔、郡方の役人が鎖分銅によって殺されたこともある」

言いながら、秋谷は〈三浦家譜〉草稿を手に取り、宝暦《ほうれき》四年（一七五四）十一月の項を開いた。そこには、

——五平太《ゴヘイタ》騒動ノ事
郡方黒崎《クロサキ》五平太百姓ニ殺害セラル

と記されている。

「これは――」

息を呑んで庄三郎は草稿を見つめた。

「年貢が検見法《けみほう》に改められた時のことらしい」

秋谷は静かに言った。

羽根藩では寛永十二年（一六三五）の強訴以来、大がかりな一揆は起きていない。だが、宝暦四年に〈五平太騒動〉という事件があったことが、〈三浦家譜〉草稿には記されている。この年の二月、藩では各村の庄屋に年貢をこれまでの定免法《じようめんほう》から検見法に改めることを通達した。

定免法は、過去の収穫高を平均して年貢を決めるもので、年貢は一定になる。百姓は努力して収穫を増やせば、それだけ豊かになることができた。これに対して検見法は、年毎に、収穫前に稲の実りを調べて年貢を決めるものだ。

検見法は、不作の年など実情に合うと思われがちだが、実際には実りのいい田だけを調べて年貢を決めたり、百姓が届けていない〈隠し田〉が暴かれるなど、百姓にとっては不利益が多かった。このため、庄屋たちも反対したが、藩はこれを受け付けず、藩主に上訴しようとした庄屋を捕らえて入牢《じゆろう》させた。

黒崎五平太は郡方の役人で検見法へ改めることを推し進めた主な人物だった。いざ検見が始まると、各村を自ら回り、隠し田を残らず暴き出してことごとく記録した。さらに収穫量を調べる際、賄賂《わいろ》を贈った村には手心を加えるなどして〈五平太検見〉と呼ばれ、悪評が高かった。

五平太が向山村の検見に訪れ、日が暮れかけて城下に戻ろうと杉林沿いの道にさしかかった時、薄闇の中から鎖分銅が飛んできて首に巻き付いた。

五平太は抗《あらが》いもがいたが、突然のことに供の者たちが呆然となす術もなく立ちつくすうちに、そのまま林の中に引きずり込まれてしまった。供の者たちが追いついた時には杉の枝に吊るされ、すでに事切れていた。

とてもひとりの力でできることではないと見て取れた。数人がかりで鎖を引いたに違いないのだ。それだけ五平太は、多くの者から憎まれていたということだろう。

「この時から、百姓に対して暴虐であった役人が夜道で襲われるということが何度かあったらしい。中には鎖分銅で足をからめ捕られたうえ、鎌で斬りつけられた者もいたということだ」

「それは手強《てごわ》いですな」

庄三郎は顔をしかめた。

「郡奉行だったころ、村を回る際、わたしは供の者に槍を担がせた。何も格式を重んじたからではなく、襲われた時の用心のためだった。いざとなれば襲ってきた百姓を突き殺すという覚悟を示したのだ。それだけの覚悟を持ちながら、そうならずにすむよう懸命に働き、国を豊かにするのが郡方というものだ」

秋谷は厳しい口調で言った。

庄三郎はため息をついた。

「黒崎五平太を襲った者は成敗されたのですか」

「藩では村中をくまなく捜したが、鎖分銅は見つからず、何者が黒崎五平太を殺したのか判明しないままだったようだ」

「それでは、先ほどの鎖分銅は――」

「わたしが百姓たちの動きを抑えようとしているのが気に食わない者の仕業《しわざ》であろうな」

黙って聞いていた薫がはっと顔を上げた。

「まさか、市松さんが……」

秋谷は頭をゆっくりと振った。

「市松かもしれぬし、そうでないかもしれぬ」

秋谷はそう言うと、郁太郎に顔を向けた。

「そなた、〈三郷触れ〉があったかもしれぬとわしが言っていると、源吉に話したか」

どきりとした顔をして郁太郎は目を瞠った。

「話しました。源吉の父御が危ないことに巻き込まれてはいけないと思いましたから。いけなかったのでしょうか」

「いや、友の父親を心配するのは悪いことではない。だが、そのことが〈三郷触れ〉を告げまわっている猟師の耳に入ったのかもしれぬ。あの者たちは山中で出くわす狼や猪除《よ》けに、日頃から鎖分銅を身に付けておるそうだからな」

秋谷の言いようは穏やかであったが、郁太郎は見る見る青ざめて、

「とんでもないことをしてしまいました。申し訳ありません」

と手をつかえて、頭を下げた。

郁太郎が、〈三郷触れ〉に万治が巻き込まれているかもしれないと話すと、源吉は困ったように顔をしかめた。

「おとうは、思い込んだら梃子《てこ》でも動かねえところがあるからなあ」

「だけど、一揆や強訴に関わると死罪だぞ」

「そうだよなあ。そんなことになったら、おかあもお春も困るよなあ」

源吉はため息をついた後、

「おとうに、それとなく訊いてみよう」

と言ったのである。

源吉が万治に訊いたことで、秋谷が〈三郷触れ〉に気づいたことが百姓たちに伝わったのかもしれない。郁太郎は後先も考えずに秋谷から聞いた話を源吉に告げたことを後悔するあまり、唇を震わせて泣き出さんばかりだ。それを見た秋谷は、苦笑して郁太郎の肩に手を置いた。

「何もそうだと決まったわけではない。仮にそうであったとしても、友を思うそなたの気持をわしは責めるつもりはないぞ。さあ、もう部屋に戻って寝るがよい」

織江も郁太郎の傍に寄り、

「父上もかように申されておりますほどに」

と、郁太郎に声をかけてうながした。悄然《しょうぜん》とした郁太郎とともに織江と薫が部屋を出ていくと、秋谷は庄三郎に向き直った。

「さて、わたしを鎖分銅で脅すとは百姓たちの企ては容易ならぬものと思われる。さすれば放っておくわけにはまいらぬであろう」

庄三郎は戸惑って訊ねた。

「放っておくわけにはいかぬとは、何をなされるおつもりですか」

「今宵、このような脅しを仕掛けてきたところを見ると、〈三郷触れ〉の談合はおそらく明日の夜に行われるのだ。明日は庚申《こうしん》の日でもあるしな」

庚申《かのえさる》の日の夜に、ひとの体内にいる三尸《さんし》という虫が寝ている間に体から脱《ぬ》け出して、天帝にその人間の行った悪行を告げ口に行くという言い伝えがある。三尸により悪行を告げられた者は天帝から寿命を縮められるという。だが三尸は人間が寝ている間にしか体から脱け出ることができないので、庚申の日に寄り集まり、三尸が体から脱け出せないよう一晩中起きていることを庚申待ちという。この夜なら怪しまれず談合のために集まることができる。

「では、百姓たちの談合の場に行こうと言われるのですか」

「彼《か》の者たちを止めるには、それしか手立てがあるまい」

「そ、それは危のうございます。それこそ黒崎五平太のように殺《あや》められぬとも限りませぬ」

庄三郎は目を剝《む》いた。いましがた鎖分銅の威力を見たばかりである。直に分銅が当たれば頭を砕かれるだろう。

「いや、わたしには百姓たちと話さねばならぬ責務があるのだ」

「なぜでございますか」

思わず庄三郎は声を大きくした。幽閉の身である秋谷が、なぜ百姓たちの不満を鎮めなければならないのか。

「わたしが郡奉行を仰せつかったおり、畳表に使われる筵の生産を百姓たちに奨励したことは知っておられるか」

秋谷は深沈とした表情で訊いた。

「はい、存じております。豊後の七島筵は、〈青筵〉と呼ばれ、江戸、大坂にて売られ、藩の財政を豊かにし、百姓の暮らしも潤したと聞きおよんでおります」

このころ、大坂の問屋には毎年、百万枚を超す筵が入り、大半は豊後の〈青筵〉だと言われていた。その中でも羽根藩の七島筵の評判は高く、その生産を推し進めた秋谷の功績はいまなお伝えられていた。

「かつてはそうだった。だが十二年前、わたしが郡奉行から江戸詰めに転じてからはいささか事情が変わってきた」

藩では七島筵の材料である藺草《いぐさ》の栽培そのものには課税せず、通常の年貢だけを課していた。百姓が栽培した藺草を加工して作った筵を買い取り、大坂に売る商人に運上銀を納めさせていたのだ。

ところが、秋谷が郡奉行を退いた後、筵の運上銀を村方からも取り立てるようになった。しかも藺草を植えた田は、稲田として課されるのに加えて二重に年貢を納めなければならなくなり、百姓は重税にあえぐようになった。

さらに播磨屋《はりまや》という博多《はかた》の商人が、その年の筵の生産量に拘わらず、一定額の運上銀を納めることを約定することによって七島筵の一手買い付けを藩に認められた。

これによって藩の収入は安定したが、百姓にとっては播磨屋から筵を安く買い叩《たた》かれることになった。たまりかねて他の商人に筵を売った百姓は、〈抜け売り〉をしたとして藩から咎められ、入牢させられた。

七島筵がいかに大坂で売れようが、儲かるのは播磨屋だけなのだ。年貢が重くなろうとも、貴重な現銀収入である筵作りを止めるわけにはいかないだけに、百姓の不満は蓄積しているのだという。

「しかし、それは戸田様が背負わねばならないことではないと思われますが」

「いや、七年前、わたしが幽閉されると、昔のことを知る百姓たちがたびたび訪ねてくるようになった。会うたびに、わたしが百姓たちの不満をなだめてきたことを思えば、やはり行かねばならない」

秋谷はきっぱりと言い切り、庄三郎に微笑を向けて、

「すまぬが、わたしが動くことを見逃してはくれまいか」

と頼んだ。庄三郎は困惑したが、やがて思い切って口を開いた。

「ならば、わたしもともに参りましょう」

秋谷は首を横に振った。

「それはやめた方がよい。村方の騒動に関わったことが藩の知るところとなれば、たとえうまくいこうと、重い咎めを受けよう」

「戸田様が行かれるのを見逃しただけでも咎めは受けましょう。ならば、ともに行った方が、おのれの納得がいくというものです」

庄三郎は何としても秋谷と行くつもりだった。百姓たちをどう鎮めるかを見れば、秋谷のひととなりがはっきりとわかるだろう。

「しかたのないおひとだ」

秋谷はため息をついて、後は黙り込んだ。裏庭の竹藪が風にざわめく音が聞こえ、壊された障子の破れ目から冷気が入ってくる。

翌日——
夜になって秋谷と庄三郎は家を出た。月が明るい夜だったが、秋谷は提灯《ちょうちん》を手にした。

「灯《あか》りを持てば、百姓たちに見つかってしまいませぬか」

庄三郎が気がかりそうに訊くと、秋谷は平然と答えた。

「ならばこそだ。おそらく見張りが立っておろうゆえ、近づく者がいると知らせた方がよい」

秋谷は提灯を提《さ》げて先に立ち、夜道を歩いた。あたりの森は黒々と不気味に静まり返っている。水車小屋は秋谷の家から小川沿いに道を下ったところにあった。

ふたりが水車小屋に近づくにつれて、道沿いの木々の間を獣が走り抜けるような音ががさがさとする。

「戸田様、すでに気取《けど》られた気がいたしますが」

庄三郎の囁《ささや》きに、秋谷は何も答えず黙々と先を歩く。やがてふたりは水車小屋の前に立った。ごとごとと音を立てて水車が回っている。

小屋の入口の隙間から蠟燭の灯りが漏れていたが、ふたりが近づくとふっと消えた。物音はなく、まわりの林からもひとの気配は伝わってこない。

秋谷は水車小屋に向かって呼びかけた。

「わたしは戸田秋谷だ。そなたらの中には顔を見知っている者もおろう。話したいことがあって参った」

　水車小屋の戸がかすかな音を立ててわずかばかり開きかけた。

「戸は開けるな。おたがいに顔を見れば、後々めんどうなことになろう。わたしの話を聞く気があるなら合図をしてくれ」

　秋谷の問いに小屋の中からことりと小さな音がした。秋谷はうなずいて口を開いた。

「ならば言おう。そなたたちの中には一揆や強訴、あるいは江戸表への上訴を考えている者もおるやもしれぬ。だが、それはいたずらに死ぬ者を増やすだけだ。決してやってはならぬ」

　秋谷の声が響くと、小屋の中でかすかにひとが動く気配があった。囁き交わす声が聞こえる。

　百姓たちは秋谷が言ったことが不満なのだ、と庄三郎は思った。秋谷はなおも言葉を重ねた。

「そなたたちの不満が七島筵にあることは、わたしもわかっているつもりだ。播磨屋の一手買い付けをやめさせたいと思っておるのも承知している。しかし、播磨屋は藩の役人と深く結びついて、容易なことでは一手買い付けから手を引かぬだろう。それゆえ、江戸上訴を考える者もいるだろうが、早まるでない」

秋谷の口調は、かつて郡奉行として慈父の如《ごと》く農民に説いたと言われたころそのままだった。しばらく待っても小屋の中は静まり返って声もしない。

秋谷は声を高くした。

「わたしの口から名は言えぬが、郡方には播磨屋との癒着《ゆちゃく》をなくしたいと思っている者もおる。その者たちが動くまで待ってはどうだ」

小屋の中で、何事かつぶやく声がした。秋谷の言葉に心当たりのある者がその名を口にしたようだ。秋谷は言葉を続けた。

「それもできぬとあれば、庄屋を通じて、播磨屋以外の商人も買い付けができるようにしてもらえるよう願い出よ。七島筵の買い付けができるなら、播磨屋以上の運上銀を出すという商人もおるはずだ。できぬことではないはずだ」

言い終えて、秋谷は小屋の様子をうかがった。しんとしたままで、返事はなさそうだった。

秋谷は声を大きくして呼びかけた。

「わたしが申したことに納得がいかねば、これから家に戻るゆえ、途中で襲うがよい。無事に家に戻れたなら、そなたたちが得心してくれたと思うことにする」

言い置いてすぐに庄三郎をうながし、秋谷は踵《きびす》を返した。庄三郎は秋谷を守るように後に従った。小屋を十間ほど離れても、中からひとが動き出す気配はなかった。

「戸田様、百姓たちは納得いたしたのでございましょうか」

「わからぬが、納得できなければ、また鎖分銅が飛んでくるだろう」

秋谷は急ぐ様子もなく、ゆっくりと歩いた。夜も更《ふ》けて寒気が厳しくなってきた。前を行く秋谷が持つ提灯の淡い光に、吐く息が白く流れる。

「その提灯はわたしが持ちます」

鎖分銅が飛んでくるとすれば、提灯の灯りが目当てになる。秋谷が持っていては危ない。

「いや、このままでよい。それよりも、いつ襲われるかわからぬゆえ、いまの内に訊いておきたいことがある」

秋谷は前を向いたまま言った。

「なんでございましょう」

「かようなことに命を懸けると申しても、わたしはいずれ切腹する身だ。さほど惜しいとは思わぬが、そこもとはまだ前途があろう。なにゆえ、危うい真似をされる」

「さて――」

突然の問いに、庄三郎はすぐには答えられなかった。どうして、秋谷とともに水車小屋に行こうと思ったのか、実のところ、自分でもよくわからない。

庄三郎は頭をかいた。

「わたしにも、なぜなのかわからないのです。気がついたらかように歩いておりました」

「そうか、わからぬか」

珍しく秋谷が声を立てて笑った時、ひゅん、ひゅん、というかすかに風を切る音が響いてきた。

秋谷は口を閉じ、歩調を変えずに歩く。庄三郎は刀の柄に手をかけた。

ひゅん
ひゅん
道沿いの林の中から切れ切れに音が聞こえてくる。鎖分銅を回転させているのだろう。

「襲ってくるつもりでしょうか」

「いや、わからぬ。納得のいかぬ者が脅しているだけなのかもしれぬ」

冷静な口調も変わらず、秋谷は道を進んでいく。その後ろからついていく庄三郎の額にはべっとりと汗が浮いていた。

いまにも闇の中から鎖分銅が飛んできそうな気がする。首や脚にからみ付き、倒れたところを鎌で斬られるのではないか。そう思うと背筋が寒くなった。家に近づくまで、ひゅん、ひゅんと鳴る音は続いたが、ついに襲ってくることはなかった。


翌日、郁太郎は源吉の家に行った。源吉の家の前には柿の木が一本あって、実がたわわに実り、色づいている。源吉は、

「渋柿だ。とても食えたもんじゃねえ」

と言いながら、もうすぐ実をもいで皮をむき、干し柿にすることを楽しみにしている。

「干し柿にしたら、甘いからな。出来たら郁太郎にもやる」

と言ってくれた。

郁太郎は家の戸口に立って声をかけた。源吉はのんびりした声で応えながら出てきた。

「ちょっと話がある」

郁太郎が真剣な表情で言うと、源吉はうんと首を縦に振って、すぐに家の中を振り

向き、

「おかあ、ちょっきし出てくる」

と声をかけた。土間で藁を打っていた母親は黙ってうなずいた。その傍らにいるお春がきょとんとした顔をして源吉を見た。

源吉はお春に笑顔を向けてから、郁太郎の傍に寄った。ふたりは田圃に続く小川の土手に腰を下ろした。

郁太郎は、秋谷の書斎に鎖分銅が打ち込まれたことや、昨夜秋谷がどこかへ出かけて遅く帰ってきたことを話した。

「今年は不作だったということで、村では何か起きているらしい。そのことを源吉は知らないか」

郁太郎が訊くと、源吉は傍の草をむしりながら意外なことを言った。

「おとなは贅沢を言うもんだな」

「贅沢？」

郁太郎は首をかしげた。源吉が何を言っているのかわからなかった。

「そうだ。商人に七島筵が買い叩かれてるって、おとうなんかもよく文句を言ってる。だけど、それは藺草の田を持ってる本百姓の言うことだ。おれのところなんか、ちっぽけな田しかなくて、あとは小作だから、藺草なんか作れねえ」

「そうなのか」

「ああ、おれは早くおとなになって一所懸命働いて、田圃増やしてえ、と思うちょる。そしたら、藺草も作れるようになる。安く買われるって言うけんど、藺草は銭になる。そうすりゃ、おかあに楽をさせてやれるし、お春にいい着物も買《こ》うてやれる。おれはそげんしてえから、不作だの年貢が重いだの言ってる暇はねえんだ」

源吉は空を見上げながら言った。

「そうか。父上は百姓たちの不満はわかると言っておられるのだが」

「それは、お奉行様だったからだ。皆の面倒をみなくちゃならねえと思っていなさるからだよ。ありがてえことだけんど、それに甘えちゃなんねえ。暮らしをどう立てようかぐれえ、自分たちで考えんといけん。お武家に頼っても埒《らち》はあかねえことぐらいわかっちょる」

源吉の屈託のない言葉は胸に響いた。郁太郎は思わず低い声でつぶやいていた。

「百姓にとって、わたしたち武家はいらぬものなのかな」

源吉はびっくりしたように郁太郎の顔を見た。

「そんなことは言ってねえ。こん世の中のことは、みんなお天道様《てんとさま》が決めなさる。いらねえもんなんか、何もねえ」

「そうだろうか。村にいると、武士は威張って年貢を取り立てていくだけのように思えるんだが」

郁太郎は唇を噛んだ。毎年、年貢の季節になると、郡方が村にやってくる。その様子は決して村人のことを思っているようには見えなかった。

「それがお役目なんじゃから、しかたねえよ。そげんするようお天道様に決められちょるんよ」

源吉はゆったりとした笑みを浮かべた。その顔を見ていると、郁太郎は心がなごむのを感じた。そして気になっていることを訊いた。

「この村で鎖分銅を使うひとはいるだろうか」

秋谷の書斎に鎖分銅を打ち込んだ者には明らかに敵意があった。もし、村の者から憎まれているのなら、そのことを知っておきたかった。源吉は鎖分銅というものをよく知らなかった。

「それは、どげな形をしちょるんか」

郁太郎が地面に指で形を描くと、源吉はようやく納得した。

「ああ、これはじゃっころ、じゃね」

「じゃっころ?」

「ようは知らねえけんど。山仕事に猪除けに鎖を持っていくひとはおる。腰でじゃらじゃら鳴らして、猪が近づかねえようにするっち聞いたことがある。けど、それに錘《おもり》を付けてぶん投げるなんちゃあ——」

そこまで言って、源吉は何かに思い当たったように口をつぐんだ。

「どうした。鎖分銅を使うひとを知っているのか」

源吉は目を逸らした。

「ちょっと前のことじゃけど、山ん中で細い木が何本も折れちょるのを見たことがあってな。そん時、ひゅん、ひゅん、風を切る音がしちょった。音のする方に行ってみたら、ものすげえ音がして木が倒れたんよ。それから、じゃらじゃら音がして、鎖が地面の上を手繰られて、茂みの中に入っていくんを見たことがある」

「山で鎖分銅の稽古をしていたんだ。そのあたりでひとを見かけたはずだ。知ったひとなのだろう。誰なのか教えてくれ」

郁太郎は源吉の肩に手をかけて問い質した。

源吉はゆっくりと頭を振った。

「確かに茂みから出てきたひとはおったけど、そのひとがじゃっころを使っていたかどうかなんてことはわからん」

「それでもいいから、教えてくれ。誰だったんだ」

源吉は悲しそうな目で郁太郎の顔を見つめた。

「ひとのことは、あれこれ言うもんじゃなかろうが。おれはそう思うけんど、郁太郎は違うんか」

源吉の言葉に郁太郎は言い返すことができなかった。ふたりは黙ったまま、遠くの山を眺めた。


秋谷の説得を百姓たちが受け入れたかどうかはわからなかったが、その後、百姓たちの談合が行われた気配はなかった。

そのうち、年貢は滞《とどこお》りなく納められた。紅葉の季節が過ぎて、山から吹き下りてくる風に冷たさが増した。村人たちの顔にも年貢を終えてほっとした表情が浮かんだ。

雪が降り出すころになっても向山村には何事も起きなかった。

九

年が明けて、春になった。

「そなた、秋谷のもとに参って一年たつが、いったい何をしておったのだ」

中根兵右衛門がつめたい視線を庄三郎に向けた。傍らに羽織袴姿の原市之進が座っている。

うららかな日が兵右衛門の居間の半ばまで差し込んで、かしこまって手をつかえている庄三郎の額に汗が滲《にじ》んだ。この日、庄三郎は城下の中根屋敷に急に呼び出された。先ほどからかしこまって兵右衛門の叱責を浴びている。

秋谷の家で暮らすようになってから、庄三郎は二度、長久寺の小坊主に頼んで兵右衛門に書状を送っただけである。書状には〈三浦家譜〉の清書がどれほど進んだかを認《したた》めたのみで、秋谷の動向についての報告はおざなりなものだった。

「ただ家譜の清書をするだけなら、他の者でもよかったのだ。本来なら切腹ものであったそなたの命を助けてまで、秋谷のもとに遣わしたのは何のためかわかっておろう」

兵右衛門は苛立ちを隠さず声を荒らげた。日頃、沈着な兵右衛門らしくない物言いだった。それほど秋谷の動きを気にしているのだろうか。

「申し訳ございませぬ。戸田様には変わった様子はござりませぬうえ、つけておられる日記にも確たることは書かれておらず、お報《しら》せいたすほどのことがないまま日が過ぎてしまったのでございます」

実のところ、一揆の動きがあるのではないかと警戒しつつ年を越したのだが、秋谷と百姓の関わりを兵右衛門に言うわけにはいかない。すかさず、無表情に庄三郎の報告を聞いていた市之進が膝を乗り出した。

「戸田殿は日記をつけているのか」

市之進の問いに、庄三郎は唇を嚙んだ。

（しまった。日記のことを漏らしてしまった）

悔いたが、口にしてしまったことはどうしようもない。

「〈蜩ノ記〉という日記でございますが、家譜編纂の進捗《しんちょく》を記した備忘録で、何ほどのことが書かれているわけではございません」

庄三郎が焦って言うと、兵右衛門はにやりと笑った。

「秋谷は周到な男だ。日記をつけておるというのなら、家譜についてだけ記しておるはずはあるまい」

「さて、そのほかにと申されましても」

庄三郎は首をかしげた。市之進がなだめるように口をはさむ。

「その様子では、なんぞ気になることを見つけたのであろう。たいしたことではないと思う事柄でも憚《はばか》らずに申すがよいぞ」

それでも庄三郎がためらっていると、兵右衛門がじろりと睨んだ。

「そなたは家督を弟に譲って隠居の身となっておったな。そなたがお役目を満足に果たせぬようであれば、責めは弟に負わせねばなるまいかのう」

弟の治兵衛に迷惑をかけるわけにはいかない。庄三郎はやむを得ず口を開いた。

「さしたることとは思えませぬが――」

と前置きして、文化元年（一八〇四）八月の項に、

――松吟尼様、御許シノ事、仄聞ス
と書かれていたと話した。もっとも、

――松吟尼様、還俗セラレヌ由仰セニナル
　との記述については口を閉ざした。秋谷が松吟尼と会ったかもしれぬと兵右衛門に知られては、どのように騒ぎたてられるかわからない。松吟尼の名を出すと同時に、兵右衛門の目がぎらりと光った。

　市之進は兵右衛門に顔を向けて、

「やはり戸田殿は、松吟尼様のことをご存じであったと見えまするな」

と慎重な物言いで告げた。

「ふむ、誰が奴の耳に入れたのであろうか」

　兵右衛門が首をひねると、市之進は即座に応じた。

「慶仙和尚ではござりますまいか。城下から長久寺まで参禅に行く者も多うござる。その者たちが口を滑らせたのでありましょう」

「そうか。あの和尚の口を閉ざすことはできぬからな」

　兵右衛門はうんざりした顔でつぶやき、庄三郎に顔を向けた。

「そなたも知っておるのだろうが、松吟尼様とは秋谷が密通いたしたお由の方様のことだ。実は四年前、順慶院様はお由の方様へのご勘気を解かれ、年十石ほど隠居料を下しおかれることになった。いわば元側室としての格を与えられたのだな。その時、秋谷についてもなんぞお達しがあるかと思うたが、それはなかった」

庄三郎は黙ってうなずいた。順慶院こと前藩主兼通は、その年の内に急死していた。亡くなる前に秋谷についても勘気を解くという内意があったのを、重臣たちが握りつぶしたのではないか、という疑いを庄三郎は近ごろ持つようになっていた。

兵右衛門は、腕を組みながら低い声で言った。

「だが、秋谷が松吟尼様へのご勘気が解けたことを知っていたとすれば、なぜ、自らの赦免《しやめん》も願わなかったのであろうか。気になるところだ」

庄三郎は身を乗り出した。

「されば、それがしに松吟尼様のもとに参るよう、お命じいただけませぬでしょうか」

「何を考えておる?」

兵右衛門は胡散臭《うさんくさ》げに庄三郎を見た。

「あの日記には、〈三浦家譜〉に記載されることが書かれているはずですが、尼僧の名が記されているのは、妙なことだと気にかかっておりました。いずれ戸田様は書かれるおつもりでしょうが、すべて記されるとは限りませぬ。松吟尼様にお目にかかり、まことはどうであったかを見定めてまいりたいと存じます」

庄三郎が言うと、兵右衛門は市之進に目を向けて、

「さて、どうしたものかな」

と問いかけた。市之進はちらりと庄三郎の顔を見てから答えた。

「檀野を松吟尼様のもとに遣わすのは面白いかもしれません。戸田殿と松吟尼様との間に、いまもつながりがあるのか確かめることができましょうほどに」

「ふむ、それで？」

「さすれば戸田殿が、松吟尼様のことを家譜にどのように記すのかがわかるのではないかと存じます」

なるほど、とつぶやいて兵右衛門はゆっくりと庄三郎を振り向いた。

「いま聞いたことをよくわきまえて、松吟尼様のもとに参るがよい。申しておくが、松吟尼様から何を聞いても、ひとに漏らしてはならぬぞ。そのことが守れないなら、せっかく助かった命はないものと思え」

兵右衛門の言葉を聞いて、庄三郎は頭を下げた。〈蜩ノ記〉に名が記されていると告げたのは、松吟尼に会ってみたいと思ったからだ。会って事実を確かめれば、秋谷を助ける方策が見つかるのではないかと考えたのだ。

郁太郎や織江、そして薫のことを思うと、何としても秋谷の命を救いたいという思いが募っていた。しかし、兵右衛門がこうもあっさりと松吟尼に会うのを認めたのは、何か思惑がありそうな気もする。秋谷の助命は、やはり容易ではないのだろうか。

この日、城下の実家に泊まった庄三郎は翌朝早く、下ノ江に向かった。

松吟尼は下ノ江の光明院《こうみょういん》にいるということだった。

羽根藩領には、下ノ江のほかに佐瀬《させ》、小木津《おぎつ》の港がある。下ノ江がもっとも大きい港で、ほど近い丘に光明院はある。

春の陽光が心地よい日だった。潮の香りが漂ってくる。光明院の門をくぐると、小さな御堂の傍らに梅の古木が見えた。

庵《いおり》の玄関先で訪《おとな》いを告げ、出てきた下僕に兵右衛門からの書状を手渡した。奥に向かった下僕は間もなく出てきて、庄三郎を御堂に案内した。金色の観世音菩薩像を中心に三体の仏像が並んだ御堂の中は線香の煙が立ち昇り、厳《おごそ》かな佇まいを見せて心を落ち着かせる。

板敷に座って待つほどに、白い頭巾をかぶり、法衣を着た松吟尼が静かに入ってきた。透き通るような張りのある肌、ほっそりとした体つきの松吟尼は、髪を下ろしたいまも美しさを失っていない。

手をつかえて庄三郎が挨拶すると、松吟尼は会釈を返して菩薩像の前に座り、線香を立て、手を合わせた。おもむろに体を庄三郎に向けて、

「秋谷殿のもとにおられる方だそうですね」

と温かみのある声をかけた。

「さようにございます。〈三浦家譜〉の編纂に携わっております」

「秋谷殿は息災でおられましょうか」

声に、懐かしいひとの消息を訊ねる響きがあった。

秋谷はいまなお幽閉中の身であり、二年後には切腹しなければならないという過酷な境遇にある。そのひとの近況を訊ねるのに、松吟尼の声には切迫したものが感じられなかった。

秋谷は松吟尼を助けるために死を賜《たまわ》ることになったというのに、このような応対は納得がいかない。薄情に過ぎるのではないか、と庄三郎は訝しく思いながら顔を上げた。

「戸田様はたゆむことなく日々を過ごされておられます。本日は、松吟尼様に順慶院

様よりお許しがあったことについておうかがいいたしたき儀がございまして、お訪ねいたしました」

庄三郎の切口上に、松吟尼は少し驚いた表情をして首をかしげた。庄三郎が何を言おうとしているのか思案している様子がうかがえる。

「そのことがいかがしたと申すのですか」

「松吟尼様にはお許しがございましたでしょうが、戸田様は以前と変わらず、いずれ腹を召さねばならぬのでございます」

松吟尼は顔を曇らせた。

「檀野殿は、まこと秋谷殿のもとにおられるのですね」

庄三郎の顔を見つめ、確かめるように訊ねた。

「さようでございます」

勢い込んで庄三郎は答えた。

「なのに、聞いておられませんのか。順慶院様より、秋谷殿に赦免のご内意が伝えられたことを」

松吟尼は順慶院の側室であったという威厳を漂わせて、厳しい表情で言った。庄三郎は一瞬、身のすくむ思いがしたが、ゆっくりと頭を振った。

「そのこと、それがしだけでなく、藩内の誰もが知らぬことと存じまする。戸田様はひと言もさようなことを申されませぬゆえ」

松吟尼の顔が蒼白になった。

「では、あの方は順慶院様に何も申し開きなさらず、黙したまま、お命を捨てられるご所存でありますのか」

「それは、いかなることでございましょうか」

庄三郎は息を吞んだ。

「順慶院様は、わたくしと秋谷殿が江戸の下屋敷を出て、ともに過ごしたひと晩のことを有り体《あ　てい》に申すなら許しもしよう、秋谷殿も助けるつもりだ、と仰せでありました」

「やはり、お許しくださるという仰せはございましたのですか」

庄三郎は膝を乗り出した。

「わたくしは、四年前、この事を長久寺で秋谷殿にお会いして伝えました。その後、秋谷殿にもお許しが出ているとばかり思うておりました。あの夜のことは、話しても何の不都合もないのです。あの方とは何もなかったのですから」

庄三郎は呆然とした。やはり、秋谷は松吟尼と会っていたのだ。秋谷はなぜ兼通の生前に何も言わず、いま死を選ぼうとしているのだろうか。

沈黙が流れた。

庭で鶯《うぐいす》が鳴いている。

しばらくして庄三郎は顔を上げた。

「昔、松吟尼様は戸田様のご実家におられたと耳にいたしたことがござりまするが、まことでございましょうか」

「父は柳井家に仕える中間でしたから、お長屋におりました」

松吟尼は悪びれることなく答えた。

「そのころ、戸田様とは――」

庄三郎は言い淀んだ。秋谷と松吟尼がかつて言い交わした仲だったのではないかと問うてみたかったが、清楚な松吟尼に不躾《ぶしつけ》な話をするのがためらわれた。

庄三郎の訊きたいことを察したのか、松吟尼は笑みを浮かべた。

「秋谷殿はわたくしが十三、四歳のころに戸田家に養子に入られました。お屋敷ではお話しいたしたこともございませんでした」

「さようでございましたか。いや、長久寺の慶仙和尚が妙なことを申されたゆえ、おうかがいした方がよろしいかと存じまして」

「慶仙和尚が何を申されましたか」

松吟尼は首をかしげた。

「戸田様はひとりの女子のために、死ぬつもりかもしれぬ、と言われたのです。そのことが気にかかっておりまして、失礼を顧みず口にしてしまいました」

「さようなことを和尚は申しましたか」

松吟尼の声がかすかに震えている。

「さようですが、何か――」

庄三郎の言葉も耳に入らない様子で、松吟尼は開いたままの入口から見える庭先に目を遣っている。しばらく黙っていたが、つぶやくように口を開いた。

「御城下の桜《さくら》ノ馬場《ばば》では、ことしも桜が見事でしょうね」

桜ノ馬場は城の大手門から濠沿いに進んだところにある。あたりは家格の高い武家屋敷が並んでいるが、細長い馬場の東側は、高坂川から分かれて城下を流れる尾木川の土手に続いている。

馬場の周囲からこの土手にかけておよそ二百本の桜が植えられており、春には見事な花を咲かせる。このため尾木川の土手には、桜の時節、町人も弁当持参で花見に訪れるのだ。

「今年の桜はなかなかに美しゅうございました」

庄三郎は答えてから赤面した。中根兵右衛門の屋敷に呼び出されての帰り、庄三郎は桜ノ馬場に回って桜を見物した後、実家に戻ったのだ。秋谷のことを案じながらも、花見をしてしまった自分が軽薄に思えて恥じ入った。

そんな庄三郎に構わず、

「あれはいつのことでしたでしょう。秋谷殿が戸田家に入られて三年ほどたっていたころのような気がいたします。わたくしが十七歳の春でした。尾木川の土手で当時は順右衛門と称されていた秋谷殿とお会いしたことがあるのです」

松吟尼は愁《うれ》いを含んだ目をして話し始めた。

天明七年(一七八七)春——

松吟尼は、そのころ、お由と呼ばれ、柳井家の下働きをしていた。

ある日の昼下がり、奥方の使いで城下の呉服屋まで行ったお由は、心が浮き立つ心地よい風に誘われて、帰りは尾木川の土手を通って帰ろうと思い立った。

空は晴れ渡り、桜ノ馬場には満開の桜が咲き誇っている。桜をうっとりと眺めながら歩いていたお由は、罵声《ばせい》を聞きつけ、驚いて足を止めた。

声がした方を見ると、土手を馬場の方に少し下がったあたりに四人の武士が立っていた。ひとりの若侍を三人が取り囲んでいる。

若侍の顔を見たお由は、驚いて口に手をあてた。

――順右衛門様だ
当然のことながらお由は順右衛門の顔を見知っていた。柳井屋敷にいたころも言葉を交わすことなどなかったが、朝早く庭で木刀を手に素振りをしている姿を目にすることは多かった。

だが、主家の若様のひとりである順右衛門に特別な思いを抱くには、身分が違いすぎて心の中に隔《へだ》てはあった。ところが、その日、順右衛門を見かけたお由は、すぐに立ち去ることができなかった。

それほど男たちの間には、ただならぬ気配が漂っていたからだ。順右衛門は三人の武士から何事か難詰されているように見えた。

――阿諛者《あゆもの》
という武士の罵声が耳に入った。しかし順右衛門は顔色も変えず、じっと立ちつくしている。

武士たちはなおも言い募っているらしかったが、深沈とした表情で黙したままだった。するとそれまで言葉を発していなかった中年の武士がほかのふたりを抑えるように、順右衛門に向かって二言、三言話しかけた。

順右衛門は苦笑して首を横に振った。中年の武士の説得を拒絶したようだ。中年の武士は苦い顔をして、あたりを見まわした。その場で順右衛門に危害を加えようと、見ている者がいないか確かめるつもりだったのかもしれない。

土手の上にお由が立っているのを見て、中年の武士は顔をしかめた。不意にふたりに短い言葉をかけると、順右衛門に背を向けて土手を下り始めた。ほかの武士も順右衛門を睨みつけながら、これに従った。

武士たちが去った後、順右衛門はゆっくりと土手を上ってきた。お由に顔を向け、軽く会釈して通り過ぎようとした時、はっとした表情になった。

「お由か?」

と問われて、お由は順右衛門が自分を知っていたことに驚いた。思わず駆け寄って頭を下げ、

「さようでございます。おひさしゅうございます」

と口にしていた。順右衛門は少しはにかんで照れ笑いした。

「ひさしぶりに会ったお由に、とんだところを見られてしまったな」

「諍《いさか》いをなさっておられたのですか」

お由は目を瞠って訊いた。

「いや、先ほど取り囲んでいたのはわたしと同じ勘定方の方々だ」

「ですが、随分、ひどいおっしゃられようでしたが」

「わたしの仕事が気に入らないらしく、折檻《せっかん》したいと思われたのであろう」

それ以上言おうとしなかったが、お由には、順右衛門が問い詰められるわけが何となくわかるような気がした。順右衛門は私利私欲のない人柄である。それだけに、勘定方の同僚にとっては煙たく思えるのではないだろうか。

前年に先代藩主義兼が逝去して、嫡男の兼通が家督を継いだばかりだった。贅沢を好み、快楽にふけった義兼が藩主だったころ、藩内は規律がだらしなくゆるみきっていた。だが、若い藩主に替わったことで、城下には清新の気が漂い始めていた。順右衛門は先に立って藩を変えようとしているに違いない。

「順右衛門様はきっとご出世なされます」

言ってしまってから、お由は顔を赤らめた。主家の若様に親しげな物言いをしたのは出過ぎた振る舞いだったと悔いていた。詫《わ》びを言って立ち去ろうと顔を上げると、

「そうか。お由がそう言ってくれるのなら、偉くなれるよう努めねばならぬな」

順右衛門は嬉しげに応じて笑った。

風が吹き寄せた。

順右衛門が笑顔で佇む傍らで、桜の花びらが吹雪《ふぶき》のように舞い散っている。お由はその時の光景を後々までも脳裏《のうり》にとどめていた。


「わたくしが若いころ秋谷殿とお話しいたしたのは、その時だけでした」

松吟尼は静かに語った。

「その後、お会いになられることはなかったのですか」

庄三郎に訊ねられて、松吟尼は微笑んだ。

「実は、数日後に使いで出かけたおり、また尾木川の土手まで行ってみたのです。もちろん、秋谷殿はおられませんでした。しばらく土手でその年の桜を見おさめいたしておりましたところ、お忍びで花見に来られていた順慶院様のお目に留まったのです。お供をしておられた赤座与兵衛殿が柳井家に訪ねてこられました。わたくしを養女としたうえで、順慶院様の側室に上げるという話を進めたいと言われるのです。中間の娘に否やはありませんでした」

さびしげに言う松吟尼に、庄三郎は思い切って訊いた。

「その時、もし順慶院様のお目に留まりさえしなければ、違う道があったかもしれぬと思われたことはございましたでしょうか」

「さあ、どうでしょうか。桜に惹《ひ》かれて尾木川の土手に行かなければ、秋谷殿とお話しすることもなく、側室に上がることもなかったでしょう。すべては、わたくしの宿命だったのではないかと思っております」

「しかし、その日のことは、戸田様の胸中にも残っておられたのではありませんか。だからこそ、江戸屋敷で松吟尼様が襲われた時、懸命に助けられたのではないかと」

「そう言えば、あのおり、秋谷殿とお話しいたしたのでした」

昔に思いを馳《は》せるかのように、松吟尼は目を閉じた。


江戸の下屋敷で刺客《しかく》に襲われた時、秋谷はお由の方とともに夜の町へ逃れた。その後、秋谷がお由の方を連れていったのは、馴染《なじ》みにしているらしい呉服屋だった。その奥座敷にお由の方を休ませて、秋谷は襖《ふすま》一枚隔てた隣室で一睡もせずに警護した。

お由の方はなかなか寝つけなかった。命を狙われたという恐怖もあり、わが身の行く末を案じて不安も感じていた。それでも、その時に限って言えば、秋谷が守ってくれていることで心のやすらぎは得ていた。

床に横になったまま、襖越しに秋谷に声をかけた。

「戸田殿は、昔、尾木川の土手でわたくしと会ったことを覚えておられましょうか」

秋谷はしばらくして答えた。

「覚えております。天明七年の春でございました」

秋谷が年まで覚えていることに、お由の方は驚いた。自分のことが秋谷の心に残っていようとは思いも寄らぬことだった。

「あの年は将軍家のお代替わりで、前年には悪評高く権勢を振るわれた老中田沼意次《たぬまおきつぐ》様が失脚なされました。新しい老中に松平定信《まつだいらさだのぶ》様が就かれることになり、わが藩でも藩政を改革せねばならぬという気運が高まっておりました。そのような空気の中で、それがしは功を焦り、勘定方の同僚たちと仲が悪《あ》しゅうなりました」

「それで、あのようなことが……」

「さようでござる。いまにして思えば、もそっとまわりの者への配慮をいたせば、あのようにもめることもなかったのでござりましょうが」

秋谷は昔を懐かしむ口調で言った。

「戸田殿は、あのころと少しも変わっておられませぬ」

「さようでござりましょうか。随分と変わったように思いますが」

「いえ、あのころと同じでございます。このようにわたくしを匿《かくま》ってくだされても、その功が認められることはないかもしれませぬ。それなのに、損を承知でなされる」

「さて、それは――」

言葉を濁して秋谷は、

「それがしの想いでやっていることもございますれば」

間を置いて静かに言った。お由の方は胸が騒いだ。秋谷はどのような気持で想いと口にしたのであろうか。

「想いとは――」

それが、自分の胸の奥に大切にしまっている想いと重なるものであってほしい。お由の方は声をひそめて訊ねた。

「若かったころの自分をいとおしむ想いかもしれませぬ」

しみじみとした口調で秋谷は答えた。

「さようですね。わたくしも、あのころのわたくしをいとおしく思います」

かろうじて、お由の方は言葉を返した。

若いころ、どのような想いを抱いたにしろ、それはすでに時の流れの中で封印されている。いまのふたりに許されるのは、若かりしころの自分をいとおしむことだけだ。静寂があたりを覆った。

ふたりは、そのまま朝まで言葉を交わすことはなかった。

「されど――」

松吟尼は思いを断ち切るように口を開いた。

「なぜ、秋谷殿がいまもって腹を召そうとされているのか、わたくしにはわかりませぬ。さようなことはあってはならぬことだと思います」

「それがしも、さように――」

「檀野殿、なにとぞ、秋谷殿をお助けくださいませ」

松吟尼は頭を下げた。頭巾がふわりと揺れて、庄三郎に白百合《しらゆり》の花を思い起こさせた。秋谷の命を救いたいと願う一輪の花が、薄暗い御堂の中に仄《ほの》かに匂い立った。

十

下ノ江から向山村へ帰る途中、庄三郎は、秋谷がなぜ松吟尼とともに許されることを願わなかったのだろうと考えながら道をたどった。

秋谷が若き日のお由へどのような想いを抱いたにせよ、想いだけで自らの生を閉ざしたりするものだろうか。

（いや、とてもそのようなことは考えられない）

庄三郎は頭を振りつつ考えをめぐらせた。

やがて向山村に近づき、谷川が見えるあたりまでたどりついた時、庄三郎は足を止めた。木の枝葉の間から見下ろせる谷川のそばに人影がちらりと見えた。三人の男が立っている。ひとりは秋谷だった。いつものように筒袖にカルサン袴だが、脇差を差している。

秋谷に向かい合っているのは、ふたりの武士だ。木綿の着物に袴をつけ、竹笠をかぶっている。顔は竹笠に隠れて見えない。

秋谷は穏やかな表情で対しているが、ふたりの武士は緊迫した気配を漂わせている。ひとりが何か鋭い口調で言うと同時に刀の柄に手をかけた。すかさずもうひとりが、さっと秋谷の背後に回った。

秋谷は川を背にして、ふたりの動きを見つつじりじりと横に動いた。秋谷の目は鋭さを増し、ふたりを牽制《けんせい》するかのように睨みつけている。

「無用なことだ。やめられよ」

秋谷の落ち着いた声が聞こえた。しかし、対していた武士はともに刀を抜き放ち、同時に斬り込んだ。

秋谷はぱっと飛びのき、川に入った。浅瀬になっており、水は膝頭に届くぐらいだ。ふたりの武士は白刃《はくじん》をかざして、

「待てっ——」

「逃がさぬぞ」

と叫んで、秋谷を追って飛沫を上げながら川に踏み込んだ。あわてて谷川に駆け下りようとした庄三郎は、脇差を抜いてふたりに突進する秋谷を見て、一瞬動きを止めた。

秋谷がふたりの間を駆け抜けた瞬間、白刃が煌《きら》めいた。直後、ふたりは次々と倒れ、ひとりが肩先を、もうひとりは太腿《ふともも》を斬られていた。ふたりは転倒し、うめき声を上げた。瞬《またた》く間の早業《はやわざ》だった。

とっさに庄三郎は、秋谷の剣技を見定めようと目を凝《こ》らしていた。庄三郎は、はっと我に返った。

(わたしは何を考えているのだ)

秋谷を斬らねばならなくなった時に備えている自分に戸惑いを覚えていた。秋谷を

救いたいと思うようになっていながら、対決しなければならなくなった時のことを頭の隅で考えてしまうのは、武士としての性《さが》なのだろうか。たまらず庄三郎は、

「戸田様――」

と声をかけながら、谷川に駆け下りた。秋谷は普段と変わらない、有るか無きかの微笑を浮かべ、

「これは、とんだところに来合わせてしまったな」

と言い置き、背を向けて川岸に上がり、上流へ向かって歩き出した。谷川に倒れたふたりが川岸に向かってよろよろと動くのを振り返って見ながら、庄三郎は、

「あの者たちを放っておいてもよろしいのですか」

と訊いた。男たちは傷を負って血を流している。

「ふたりとも浅手だ。案ずるにはおよばぬ」

秋谷は平然と答えるが、庄三郎には気がかりだった。

「戸田様を襲った者たちは、何者でございますか」

「わたしが斬った赤座弥五郎の縁者だ。時おり、あのようにわたしを斬りにやってくる。二年先に腹を切るとわかっておるのに、それが待てぬらしい」

秋谷は苦笑した。

「それは、また執念深いことでございますな」

「弥五郎の父、赤座与兵衛は亡くなるまでわたしを憎み、謗《そし》っておったそうだ。親戚縁者がその恨みを晴らしたいと思うのも、無理からぬことかもしれぬ」

秋谷はひややかに言った。その口調から弥五郎を斬ったことを悔いてはおらず、与兵衛に対しても厳しい思いを抱いていることがうかがえる。

「戸田様は、赤座与兵衛殿とはどのような関わりがおありだったのですか」

「何ほどのこともないが――」

後の言葉を続けず、話柄《わへい》を変えるように、

「城下に行かれたそうだが」

と秋谷は訊いた。庄三郎は昨日、行く先だけを薫に告げて家を出ていた。

「さようです」

と答えた庄三郎は、秋谷に嘘をつきたくないと思った。それに松吟尼の話を家でするのも難しいだろう。庄三郎は思い切って訊いてみようと口を開いた。

「松吟尼様をお訪ねいたし、昔のことなどうかがってまいりました」

「そうか――」

と言ったきり、秋谷は黙って足早に歩いていく。

「四年前、長久寺にて松吟尼様とお会いになられたとのことですが」

「順慶院様よりお許しが出たが、還俗はされぬとの話をうかがっただけだ。そのほかに話はいたさなかった」

「松吟尼様は、戸田様にもお許しが出ているものと思っておられました。戸田様が松吟尼様とご一緒だったひと晩のことを有り体に申せば許す、と順慶院様は仰せになられたとのことではありませんか。これを松吟尼様からお聞きになりながら、戸田様はなぜ、順慶院様にまことのことを申し上げなかったのですか」

息を凝らして訊いたが、秋谷の表情は変わらない。

「檀野殿は、あらぬ疑いをかけられたらいかがなさる」

「わたしでしたら、はっきりと弁明いたします」

庄三郎はきっぱりと答えた。疑われて、そのままにしている者などいない。

「疑いをかけてきたのが、自分を信じてくれているはずの相手でもか」

「それは――」

当然です、と言いかけたが、もしも信じてくれているはずの相手から疑われたならば、弁明する気にはなれないかもしれないと思った。

庄三郎が黙ると、秋谷は淡々と話を続けた。

「八年前、江戸表でお由の方様が襲われるという騒動があったおり、お由の方様とともに上屋敷に戻ったわたしは、ひと晩をどこで過ごしたか明かさなかった」

「さように聞いております」

庄三郎は秋谷の横顔をうかがい見た。表情に、普段と変わったところは見受けられない。

「忠義とは、主君が家臣を信じればこそ尽くせるものだ。主君が疑心を持っておられれば、家臣は忠節を尽くしようがない。されば、主君が疑いを抱いておられるのなら、家臣は、その疑いが解けるのを待つほかない」

「しかし、話してもらわねば、主君もおわかりになられますまい」

秋谷は自分に厳しすぎるのではないか、と庄三郎は思った。秋谷のように物事を突き詰めて考えては生きにくいのではないだろうか。話しているうちに秋谷の家の近くまで来ていた。すでに日が落ちかけている。茅葺屋根が夕日にうっすらと赤く染まっていた。

「順慶院様は名君であられた。それゆえわたしは懸命にお仕えした。疑いは、疑う心があって生じるものだ。弁明しても心を変えることはできぬ。心を変えることができるのは、心をもってだけだ」

重い言葉を残して、秋谷は家に入っていった。足を止めた庄三郎は秋谷の背を見つめていた。

「お帰りなさいませ」

「早いお戻りでようございました」

家の中から薫と織江の温かな声が聞こえた。その声に、庄三郎はほっとするものを感じた。

（この家族には疑うという気持を持った者がいない。だから、家の中に清々《すがすが》しい気が満ちているのかもしれない）

そう思いながら庄三郎は閾《しきい》を越えた。

夕餉の後、秋谷はいつものように〈三浦家譜〉の編纂に取り組み、庄三郎は清書をした。近頃秋谷が筆写しているのは、天明六年（一七八六）に藩主義兼が参勤交代で出府した際の道中記だった。

この年の六月、義兼は江戸屋敷で中風《ちゅうぶう》で倒れ、急逝する。最後の出府の記録が、中根大蔵によって残されていた。秋谷はそれを抜粋しようとしていたのだ。記録は、

——天明六丙午《ひのえうま》正月十五日
　当年江戸御留守詰被仰付《おおせつけられし》旨《むね》申来候御受参

　として、この年の出府が幕府よりの命令であったことを示している。さらに三月九日に出立して、途中、悪天候で船が遅れるなどしながら、

——四月二十一日
　天気晴　朝六時《むつどき》川崎《かわさき》出立江戸お屋敷へ四ツ過着

　と江戸到着までの旅程が、宿泊先や進んだ道程まで細かに記録されている。秋谷はその写しを庄三郎に見せて、

「まことに中根大蔵様は精励恪勤《せいれいかっきん》されておられたようだ。漏れというものがおよそない」

　と言いつつ、道中記を筆写していたが、しばらくして首をかしげた。

「いかがされました」

　庄三郎が訊くと、秋谷は道中記のある箇所を示した。そこには四月二日に大坂屋敷

に入ったという記述がある。それに加えて、

――西光院《せいこういん》様面会御許しあり

と記されている。義兼が大坂屋敷で西光院という人物と会ったという記録だ。

「西光院様とは、どなたでございましょうか」

庄三郎の問いに、秋谷は沈思するだけで答えなかった。やがて、秋谷はため息とともに、

「そうか、このことがあったゆえ、中根大蔵様はお代替わりがあっても、その地位を失わなかったのか」

納得できたという顔でわずかにうなずいた。そして、傍らで不審げな目を向けている庄三郎に顔を向けて、

「西光院様は、信州松本で一万石を宛がわれた三浦秀治様のご子孫に当たられる」

と告げた。三浦秀治は羽根藩の藩祖兼保の兄の子であり、本来、三浦本家を継ぐはずだった。だが、兼保は豊後に転封される際に、秀治を松本に残して分家とした。

このころ三浦家中では、

が起きている。

中根兵右衛門の祖先である中根刑部は、この騒動で遠島になった。中根家はその後、大蔵が用人に取り立てられるまで長い雌伏《しふく》の時を過ごしたのである。

「松本の三浦家は不祥事があり、お取りつぶしになったが、家系は絶えることなく続いておる。西光院様は尾張《おわり》徳川家に仕えた後、仏門に入られ、大坂で寺の住持《じゅうじ》になっておられた。西光院善照《ぜんしょう》と称されておられた」

「では、この参府のおりに、御本家と御分家がひさかたぶりにお会いになられたということでございますか」

庄三郎は感慨深げに言った。

「ふむ、中根大蔵様は、その功により祖先が遠島になった永年の恥辱を雪《すす》いだことになる。よほど無念の思いが強かったのであろうな」

そう言った後、秋谷は物思いにふけっていたが、ふと、

「やはり、話しておいた方がよいかもしれぬな」

とつぶやいた。

「道中記に関わることでございますか」

「いや、それとは別な話だが、そこもとには話しておこう」

秋谷が松吟尼のことを話す気になったのだろうかと思い、庄三郎は筆を置いて秋谷に目を向けた。だが、秋谷が口にしたのは別の話だった。

「赤座与兵衛のことだ」

「赤座殿のこと?」

「江戸でお由の方様が襲われた一件は、赤座与兵衛が企んだことであった」

庄三郎は目を瞠った。お由の方を襲った者の中に赤座与兵衛の息子弥五郎がいて、秋谷に斬られたことは聞いていた。弥五郎がお美代の方派に寝返ったとばかり思っていたが、与兵衛の指示だったとは。

「赤座与兵衛は、形勢が不利と見たのであろう。お美代の方派に寝返ろうと考えた。そこで息子の弥五郎に襲わせたのだ。言わばお美代の方派についたことの証《あかし》を立てるためだった」

なるほど、それで秋谷は〈蜩ノ記〉に赤座与兵衛が没したことについて、ひややかに書いていたのか、と庄三郎は納得した。

「赤座与兵衛とさしたる関わりはないと申したが、実はわたしが勘定方におったころいささか因縁があった」

「どのようなことでございますか」

「わたしが勘定方に入ったころ、実の父である柳井与市は勘定奉行を退いてはいたが、勘定方がどのようなことをしているか、父から聞かされておった。古参の者が出入りの商人から賄賂を取り、それを仲間内で分け合うようなこともしばしば行われてきた。父も含めて代々の勘定奉行はその実態を知りながら、古参の者をうまく使うために見て見ぬ振りをしてきたのだ。それが積年の弊《へい》となっていた」

庄三郎はうなずいた。勘定方の腐敗はいまもなくなってはいない。奥祐筆として城勤めをしている間に何度か耳にしたことがあった。

「わたしはそれをなくしたいと思ったが、古参の者たちは勘定方だけでなく、小姓組や馬廻役など、殿のお傍に仕える者たちも仲間に引き込んでおり、根が深かった。そんな連中のまとめ役だったのが、赤座与兵衛だ」

「なるほど。さようでございましたか」

「勘定方で様々に意見具申をしておったところ、ある日、赤座与兵衛から屋敷に呼び出された。馬廻役の赤座がわたしに何の用があるのだろうかと思って行ってみると、体《てい》のいい脅しだった」

秋谷は小さく思い出し笑いした。

赤座与兵衛はこのころ四十歳ぐらいで、痩せて目が鋭く、ひとを見下した口調で話す男だった。

「戸田順右衛門、そなた、柳井様の子であることを鼻にかけ、いささかのぼせあがっておるのではないか」

と頭ごなしに言った。

「さて、それがしがなぜ馬廻役の赤座様から、そのように思われたのでありましょうか」

順右衛門が落ち着いて問い返すと、与兵衛は口をゆがめた。

「家中には俳句や茶などを通じて親しき交わりというものがある。勘定方にもわしと昵懇《じっこん》の者は多い。その者たちがそなたのことで困っておるゆえ、わしが説教いたしてやろうと思い立ったのだ」

「それはまた、もったいなきことにございます」

丁重な答えに、与兵衛は嵩《かさ》にかかった物言いをした。

「わしが申したいことはわかっておろう。どのようなところにも、以前からの習わしというものがある。若い者がそれをみだりに壊しては皆の迷惑である。そのことをよく心得ておくのだな」

「わかりましてございます。ただ、ひとつだけ気になることがございます」

「なんじゃ」

与兵衛は顔をしかめた。

「習わしと仰せになりましたが、もし悪しき風習がございますれば、これに染まり、悪しきことをなさねばなりませぬか」

「なにもさようなことは申しておらぬ」

「それをうかがい、安堵いたしました。赤座様のお教えに従いまして、悪しき風習に染まらず、なすべきことをいたしたいと存じます」

言うなり順右衛門は、深く一礼してさっと立ち上がり、苦虫《にがむし》を嚙み潰《つぶ》したような顔をしている与兵衛に背を向けて屋敷を辞去した。

与兵衛からの警告をはねつけた後も、不正を働いている勘定方の者たちは、脅すことを諦《あきら》めたわけではなかった。数日たってから、順右衛門は尾木川の土手で勘定方の者たちに取り囲まれて難詰されたのだ。

「わたしが勘定方の者に責められたおり、そのころ実家の女中だったお由の方様と行き合って話していたのを、勘定方の者は見ていたようだ。お由の方様がお忍びで花見に来られた順慶院様に見初められた時、赤座与兵衛は熱心にお由の方様をご側室とすることを順慶院様に勧めた。どうやら、わたしとお由の方様との間柄を邪推して、嫌がらせをするつもりだったものと思われる」

「そういうことだったのですか」

庄三郎はため息をついた。

赤座与兵衛は、お由の方を無理やり藩主の側室としたうえ、形勢不利と見るや、お由の方の暗殺を息子に指示した自分本位の人物だ。

さらに、秋谷が期限を切られての切腹という酷《むご》い境遇に落ちたのも、もとはといえば与兵衛の陰謀から出たことなのだ。

秋谷の胸には与兵衛に対する憤りがいまもあるのではないだろうか。

「ところが、お由の方様の暗殺はわたしに阻《はば》まれ、しかも弥五郎まで斬られてしまった。そうなるとお美代の方派が、失敗した与兵衛を派閥に入れるのを拒んだのも当然の成り行きといえる」

「赤座殿としては当てがはずれたということでしょうか」

「お美代の方派を率いていたのは、国許では中根兵右衛門、江戸表においては宇津木頼母であったが、おそらく与兵衛はこのふたりから唆《そその》かされたのであろう」

「しかし、そのことで赤座殿が戸田様を恨んだのは筋違いでございましょう。しかもきょうにいたるまで赤座一族が刺客を送り続けるとは、まことに理不尽なことでございます」

庄三郎は怒りを感じて声を荒らげた。だが、秋谷は冷静な表情で話を続けた。

「そのことなのだが、やはり、執念深すぎるように思えてきたのだ」

「と言われますと」

庄三郎は座り直した。

「いかに憎かろうが、いまもなおわたしをつけ狙うのは、誰ぞ裏で糸を引いているのではないか、とな」

秋谷は腕を組んで考え込んだ。

「されど——」

口に出そうとした言葉を呑み、庄三郎は思わず目を伏せた。秋谷が三年後には切腹することになっているのは周知の事実だ。それなのに、ひとを使ってまで殺そうとする者がいるだろうか。

「さよう、わたしの命は限られておる。それが待てぬと思う者がおるということだ。それに――」

と言いかけて、秋谷は立ち上がった。〈蜩ノ記〉を手に取り、庄三郎の前に座って赤座与兵衛が亡くなった記述を示した。藩主兼通の逝去から十日後、

――赤座与兵衛、他界ノ事。殉死ニ非ズ

とある。なぜ、わざわざこのことを書き残しているのか庄三郎も気になっていた。

「実は、赤座与兵衛には、順慶院様がご逝去されると追い腹を切ったという噂があった」

「まことですか」

先ほどまでの話から、与兵衛は殉死するような忠臣とは思えないだけに意外だった。

「お由の方様の一件でしくじり、その後、日の目を見ないで過ごしておったゆえ、追い腹を切ることで家運を挽回しようとしたのではないか、とまわりの者は見ていたよ

うだ。無論、追い腹は禁じられておるゆえ、表立って殉死とは見なされぬのだが、それでも藩より丁重な扱いを受けるのが通例だ。だが、赤座与兵衛に関して、そのような扱いは一切なかった。なぜなのか、いまもってわからぬ」

〈蜩ノ記〉に記された与兵衛の名に目を遣りながら、秋谷は首をかしげた。

「赤座殿は、藩内の裏の動きに翻弄《ほんろう》されて、息子を失い、自らの命も絶ってしまわれた方のような気がいたします」

「だとすれば、哀れでもあるが」

低い声でぽつりと言い、立ち上がった秋谷は、障子を開けた。夜の闇に覆われた庭から、風がそよと吹いてくる。庄三郎も立って秋谷の傍らに寄った。空を見上げれば、山の端におぼろな細い月が懸《か》かっている。

「昼間の話だが、なぜ申し開きをしなかったのか、と問われれば、順慶院様がお許しになったのは、松吟尼様だけであったからだとしか答えられぬ。申し開きをすれば許すと仰せになられたのは、そう言わねば松吟尼様が気兼ねして扶持をお受けにならぬと思われたからであろう。順慶院様がわたしにあらためて問われることはなかった」

秋谷は何かに耐えるかのように目を閉じた。

二日後――

庄三郎は、また城下へ出かけた。松吟尼から聞いたことを報告するために、中根兵右衛門を訪ねようと考えたのだ。

昼をかなり過ぎたころ、兵右衛門の屋敷に着いた。前触れもなく訪れたのだが、下城して屋敷に戻ったばかりだという兵右衛門は裃《かみしも》をつけたまま、玄関脇の控えの間で庄三郎の話を聞いた。

秋谷にも順慶院よりお許しが出ていたものと松吟尼は思っていたと報告すると、兵右衛門は冷笑を浮かべた。

「さようなことはあるはずもないが、そう思いたいのが女心というものかもしれぬな」

庄三郎は兵右衛門の勘ぐったような物言いに顔をしかめた。

「松吟尼様はまことに貞節の御方にて、御心に一点の曇りもないと、拝察仕《つかまつ》りました」

兵右衛門はじろりと庄三郎を睨んだ。

「その方、向山村に参ってより、なにやら秋谷に助勢するかの如き口を利くようになったな」

「いえ、決して、さような」

兵右衛門の皮肉な視線を浴びて、庄三郎は内心どきりとした。

赤座与兵衛がお由の方派を裏切り、さらには追い腹を切っても報われなかったように、藩内での動きを誤れば、いつ詰腹を切らされるかわかったものではない。権勢を振るう兵右衛門に対抗するだけの覚悟はまだ出来ていない。不甲斐《ふがい》ないとは思うものの、額に冷や汗を浮かべつつ両手をつかえて頭を下げた。うろたえた様子の庄三郎を見据えて、

「秋谷は二年後に切腹せねばならぬが、不慮のことがあれば、二年も待つことはない。明日にでも腹を切らせてもよいのだぞ。よくよく思案するがよい」

と兵右衛門は脅し付けるように低く言った。

「それは、いかなることでございましょうや」

庄三郎は驚いて顔を上げた。

「昨年、向山村の百姓の中に強訴を企んだ者がおるようだ。それを煽《あお》ったのが秋谷だという報告が郡方より参っておるのだ」

「まったくもって、さような企みはございませぬぞ」

秋谷は、鎖分銅で脅されながら懸命に百姓たちを説得して不穏な動きを抑えたの

だ、と言いたかった。だが、それを話せば秋谷と百姓たちの間につながりがあることを告げることになる。

幽閉中の秋谷が百姓と関わりがあるとなれば、それだけで腹を切らされるかもしれない。庄三郎は言葉を呑み込んだ。すると、庄三郎が自分の意のままに動くと読んだ兵右衛門は、先ほどとは打って変わってにこやかに話しかけた。

「わしも秋谷がさほどに愚かな真似をするとは考えておらん。ただ、〈三浦家譜〉を穏便に仕上げてくれればそれでよいと思っておるだけだ。そなたから、よくよく申しおくがよい。出過ぎたことはいたすな、とな」

言葉に有無を言わせない響きがある。秋谷を救うことは、やはり無理なのだろうか。

庄三郎は、暗い思いに囚われて胸が痛んだ。

十一

夜が明けたばかりだというのに、夏の日差しは眩《まぶ》しく、風がさわやかだった。わずかに茜色が残る雲が切れ切れに空を流れ、木々の匂いが瑞々しく感じられる。籠から放たれた鶏がのんびりと時をつくって鳴き声を上げている。

早朝から秋谷の家を源吉が訪れた。背にお春を負《お》ぶって、小さな笊《ざる》を手にしている。

「お頼み申します」

源吉が裏口で声をかけると、裏庭で鶏の世話をしていた郁太郎が声を聞きつけてやってきた。

「源吉、どうした」

郁太郎の後ろから鶏が二羽、コッコッと鳴いてついてきている。源吉が口をとがらせて鼠鳴《ねずみな》きをしてみせると、お春が足をばたつかせて笑い声を上げた。くいっと首を伸ばして源吉を見上げた鶏は、郁太郎がしっしっ、あっちに行ってろと追い立てると、羽をばたばたとさせながら裏庭に戻っていった。鶏を目で追いながら源吉が、

「朝早くにすまねえけど、頼みがあって来たんだ」

と申し訳なさそうな顔をして言った。郁太郎は明るい口調で応じた。

「源吉が頼みごとをするとは珍しいな。何なんだ」

「きょう一日、お春を預かってもらえんじゃろか。きょうは、おとうとおかあが庄屋様のところで働かなならん日なんよ。けど、おとうが昨日から具合が悪うなってな。おれが代わりに行かんといけんごとなってしもうて、その間、お春を見る者がおらん

でなあ」

泥は吐かせてあると言いながら、源吉は笊を差し出した。泥鰌《どじょう》が三十匹ほど入っている。お春を預かってもらう礼のつもりで持ってきたのだろう。

田圃沿いの水路で村の子供たちが泥だらけになって泥鰌を獲っているのをよく見かける。源吉も暇を見つけて捕まえていたのだろう。郁太郎は笊を受け取り、

「母上にうかがってみよう」

と答えて、すぐに家の中へ入っていった。織江は気分がいいのか起き出して、台所の土間に続く板の間で薫と繕い物をしていた。郁太郎が流しに笊を置いて、源吉の頼みを伝えようと口を開きかけた時、

「源吉さんの声は聞こえましたよ。お預かりいたしましょう」

と言って織江は微笑んだ。郁太郎が嬉しそうに裏口を走り出て織江の言葉を告げると、源吉はほっとした顔をしてお春を背から下ろした。

「ああ、よかった。ほんとはお武家様にこげな頼みごとはしにくかったんじゃけど」

源吉が申し訳なさそうに頭を下げるところに織江が出てきた。お春はきょとんとした目をして織江を見つめている。

「困った時は相身互《あいみたが》いですよ。武家も百姓もありません。それより、万治殿のお加減

はいかがですか。おひとりで寝ておられては、ご不自由でしょう。薫を見舞いに参らせましょうか」

織江がやさしく言うと、源吉は目を丸くして手を横に振った。

「とんでもねえです。おとうは、なんか嫌なことがあると、すぐふて寝する怠け病《なま》に決まっちょる。ほっちょいていいです。けど、お春を傍に置いちょくと八つ当たりして折檻するかもしれんで、こちらへお頼みに上がったんです」

そう言ってから、源吉は懐から手拭に包んだものを恥ずかしそうに出した。

「これ芋《いも》やけど、お春の昼飯に……」

「昼餉なら、姉上に作ってもらうから気にしなくていいよ」

郁太郎が笑って言うと、織江が、

「郁太郎——」

といさめる口調で声をかけた。日頃にない厳しい言い方に郁太郎が驚いて顔を向けると、織江は目でそれ以上のことを口にしないようにと告げている。戸惑って口ごもった郁太郎に源吉は、

「お春を預かってもらうだけで申し訳ねえのに、飯まで食べさせてもろうては罰があたります」

と言うと、お春に顔を向けた。

「おとなしくしちょってな。ご迷惑かけちゃなんねえぞ」

言い聞かせる源吉の野良着の端を、お春は心細げに握り締めて、

「兄《にい》やん――」

と今にも泣き出しそうに顔をしかめた。

「心配いらんちゃ。何も恐ろしいことなんかねえから」

お春をあやすように、源吉は目をぐるぐると回して面白い顔をして見せた。お春がくすくすと笑い出すと、源吉は何度も頭を下げて帰っていった。

「源吉さんは本当にしっかりしておられますね」

織江が感心したように言うと、いつの間にか裏口近くに来ていた薫が、

「郁太郎も見習ってくれるとよいのですが」

とすました顔で口をはさんだ。郁太郎はむっとした表情になりながらも言い返しもせず、お春を抱えて家の中に連れていった。織江と薫は顔を見合わせ、噴き出しそうになるのを堪えて後に続いた。

「母上、わたしは鶏の世話をしなければなりませんのでお春坊をよろしくお願いいたします」

言い置いて裏庭に向かった郁太郎の背に、板の間で織江と薫が笑い合う声が、追いかけるように聞こえてきた。

この日、秋谷の家では泥鰌を醬油《しょうゆ》で甘辛く煮付けたものが昼の膳に並んだ。香ばしい匂いがあたりに漂っている。

「これは?」

秋谷が訝しげに目を向けると、織江はお春に泥鰌を食べさせながら、

「源吉さんにいただいたのです。夕餉にとも思いましたが、病で寝ておられる万治殿に届けようと思い立ちまして、さっそく料理いたしました」

と応じた。庄三郎が、

「それは、ありがたいですな」

と顔をほころばせて箸《はし》をのばした。口をもぐもぐさせて、お春が、

「兄やんに、叱られねえか」

と心配そうに訊いた。織江は微笑して、

「たんと作り過ぎてしまいましたので、お春坊に食べてもらわないと余ってしまうのです。助けてもらっているのです。ですからね、心配しないでたくさん食べてよいの

ですよ」

やさしく言うと、箸につまんだ泥鰌をお春の口に入れた。お春はにっこり笑ってこくりとうなずき、嬉しそうに口を動かした。お春に食べさせる合間に、織江は薫に頼んだ。

「後で万治殿に泥鰌を届けてくださいね」

薫は、はいと答えたが、戸惑いの表情を見せた。病人とはいえ男がひとり寝ている家に行くことに、若い娘がためらいを感じるのは当然だ。織江は庄三郎を振り向いて、

「檀野様、申し訳ございませんが、薫ひとり行かせるわけにもまいりませんので、ご一緒していただけませんでしょうか」

「それは構いませんが」

庄三郎が答えると、織江はふと思いついたように秋谷に顔を向けて言った。

「ついでと申しては何ですが、慶仙和尚様から仕立てを頼まれておりました法衣が仕上がりましたゆえ薫に持たせようと思いますが、長久寺まで山道ですから……」

うかがうように見る織江に、秋谷は黙ってうなずいた。織江は庄三郎に微笑みかけ、

「長久寺へ薫の供をしていただけましょうか」

「それがしでよければお供をいたします」

庄三郎はどぎまぎしながら答えた。源吉の家ならすぐ近くだが、長久寺は瓦岳の南麓だけに行って戻るには時がかかる。それを薫とふたりきりで歩くのかと思うと気持が落ち着かなくなった。薫は戸惑った様子で下を向き、何も言わなかった。郁太郎が首をかしげて、

「母上、源吉の家と長久寺なら、わたしが参りますが」

と口にするが、織江はさりげない口調で、

「きょうは薫に行ってもらいましょう」

と応じるのみだ。秋谷はいつものように有るか無きかの微笑を浮かべている。

昼下がりに、庄三郎は泥鰌を竹皮で包んだものを手に薫とともに源吉の家に向かった。薫は法衣を入れた風呂敷包みを抱え、二、三歩後ろからついてくる。

源吉の家は掘立《ほったて》小屋のような粗末な家だ。戸口に立った庄三郎が、

「ご免、見舞いに参ったのだが」

と声をかけるが、中から答えはなかった。不審に思った庄三郎は戸を開けて、ひと

り中に入った。薄暗い土間には藁や農具が置かれている。その中に磨き込まれた白く光る物があった。よく見ると籠に大きな草刈り鎌が突っ込まれている。頑丈そうな柄《え》がついている鎌は不気味な光を放っていた。何気なく、

（向山村の百姓が使うという鎖分銅に、このような鎌をつければ鎖鎌になるのかもしれない）

と思った。その時、奥でごとりと音がした。さらに、ごそごそと音がしたかと思うと、万治が奥から土間近くまで這《は》い出てきた。

「おい、どうした」

庄三郎があわてて近寄り、万治を抱え起こそうと肩に手をかけた時、思わず顔をしかめた。熟柿《じゅくし》くさい臭いがぷんぷんする。

「おぬし、酒を飲んでいるのか」

庄三郎は万治の肩に当てた手に力を込めて強く押した。ふらついて板敷に片手をついた万治は濁った目を庄三郎に向けた。

「どうにもこうにも具合が悪いもんで、気つけに一杯ひっかけてみたら効《き》きすぎたんじゃろねえ。酔いが回ってしもうて」

「源吉はおぬしの代わりに働きにいったのだろう。父親がそんなことで、どうする」

庄三郎が叱るように言うと、万治はにやにやと笑った。

「そげん言うたっちゃあ、体の具合が悪いのは本当じゃから、どげんにもしようがねえんで」

実際、万治は痩せて頬がこけていた。酒を飲んで却って顔色は青白くなっている。まことに病なのだな、と念を押して、庄三郎は、泥鰌の包みを板敷に置いた。

「源吉が獲ってきてくれたものだ。病なら滋養をつけたほうがよかろうと、織江様が持たせてくだされたのだ」

「へえ、源吉がねえ。おれには何も言っちゃあくれませんでしたがねえ」

万治は、不満げに何事かぶつぶつと口の中でつぶやいた。苛立たしそうに顔をしかめる。

「源吉はよくできた息子だ。大事にした方がよいぞ」

忠告するように庄三郎が言うと、万治は三白眼《さんぱくがん》を向けて、

「いくらお侍でも、ひとの家の息子のことにまで口を出してもらいたかねえな。放っといちょくれ」

と言って、へらへらと嗤《わら》った。

「そうか。よけいなことを言ったかもしれんな。勘弁してくれ」

言い残して庄三郎は表へ出た。戸口の外で薫は何事か考える風に遠くに目を遣っていた。薄暗い饐《す》えたような臭いがする家から外へ出ると、ほっとした気持になって大きく息を吸い込んだ。長久寺への道をたどりながら庄三郎は、

「やはり、ついてきてよかった。酔いつぶれた男のところに薫殿がひとりで参るわけにはいきませんでした」

と薫に声をかけた。薫は黙ってしばらく歩いていたが、不意に口を開いた。

「母上は、万治殿があのような様子だと察しておられたのだと思います。父親の姿を見られては源吉さんが恥ずかしく思うだろうからと、郁太郎を寄越さなかったのではないでしょうか」

「そうだと思います」

口ではそう応じたものの、この使いは薫と話す機会を与えようと織江が心を配ってくれたのではないかとひそかに気持を浮き立たせていただけに、庄三郎はわずかに気落ちした。

なるほど、なるほど、と口の中でつぶやきながら歩いていく。

時おり雲間から強い日差しが照りつけて、額に汗が流れ落ちる。田圃の畦道にさしかかった。いつもは道なりに行くのだが、畦道を抜けて鎮守《ちんじゅ》の森へ入り、さらに山陰《やまかげ》

の畑地の脇を通って瓦岳へ向かうほうが近道だった。

青々とした田に風が吹きつけている。畦道に沿った小高くなっている草地に、五人ほど娘が座っていた。きゃっ、きゃっと噂話に興じているらしい笑い声がした。野良仕事をひと休みして、おやつを食べているのだろう。傍らには娘たちの菅笠《すげがさ》が置かれていた。

菅笠の紅紐《べにひも》が日の光に映《は》えて彩《いろど》りを添えている。娘たちは皆、木綿の縞《しま》を着ているが、自分らしい工夫を凝らした色違いの紅《あか》い帯を締めている。村の娘は野良仕事に出る時、菅笠の紐や帯に年頃の娘らしい心遣いをするのだ。

庄三郎たちが通りかかった時、

「薫様――」

と娘のひとりが声をかけてきた。小太りの頬がはち切れそうに赤い娘が、草地から駆け下りてくる。娘は笑顔で言った。

「ちょうどいいところに来たねえ。干し芋やけど食べていかんね」

「ありがとうございます。ですが、長久寺まで使いにいかなければならないのです」

薫が微笑して答えると、娘は爪先《つまさき》立って薫の耳もとに何事か囁いた。薫はちょっと驚いたような顔をして、庄三郎を振り向いた。

「皆さんが檀野様にお茶を差し上げたいそうですが」

「そうですか。少しの間だったらよいではありませんか。別に急ぐわけではありませんし、馳走《ちそう》になりましょう」

庄三郎は気軽に応じた。日頃、家族の中だけで過ごしている薫なのだから、たまには同じ年頃の娘たちと交わって話したいだろう、と思った。

庄三郎が草地に向かうと、娘たちは急いで茣蓙《ござ》の埃《ほこり》を払い、髪に手をやってなでつけたりした。茣蓙に座った庄三郎に、小柄な娘が土瓶《どびん》から茶を注《つ》いだ椀《わん》をうつむき加減に差し出した。他の娘たちは体をつつき合っては笑っている。

「すまぬな」

庄三郎が椀を受け取ると、娘ははっとした表情で顔を上げた。野良仕事をしているわりには日焼けのない愛らしい顔をしている。声をかけられたのが嬉しかったのか、頬をほんのり染めてうつむいた。

「お品《しな》ちゃん、よかったねえ」

小太りの娘がからかうように言った。お品と呼ばれた娘は、恥ずかしげに横目で娘を睨んでから、干し芋を庄三郎の前に置いて、そそくさと娘たちのもとへ戻った。娘たちは何がおかしいのか、ひときわ喧《やかま》しい声を上げて笑い合った。薫も娘たちの輪の中に入って一緒に笑っている。

薫の様子をそっと見ながら、父親が二年後には切腹しなければならないという過酷な運命を背負っている暮らしが、どれほど息苦しいものであろうかと思い遣られて庄三郎は胸が痛んだ。村の娘たちと気がねなく話したいだろうし、娘らしい身なりもしたいのではないだろうか。そう思って見ると、娘たちがしている手甲脚絆《てっこうきゃはん》は新しく、藍染《あいぞめ》のところどころに赤い糸で縫《ぬ》い取りがしてあるなど、目立たないところに装いを凝らしている。

薫は武家の娘だから当然ではあるが、地味な身なりをしている。そのうえ、控え目ながらも涼しい目もとをした、ととのった顔立ちだけに、いちだんとさびしげに感じられる。

もっとも、娘たちと話している薫は日頃より明るく屈託のない様子を見せていた。

村人の噂話をひとしきりした娘たちは、やがて夏祭りのことに話柄を変えた。

「薫様は、今年は祭りに来られますやろか」

小太りの娘が訊くと、薫は困ったように首を横に振った。

「母の具合がまだよくないのです。ですから、たぶん行けないと思います」

「けど、郁太郎様も祭りに行きたいと思っておられるじゃろうにねえ。今年は太鼓と神楽《かぐら》が盛大にあるって聞いたよ」

そう言ってから娘は声をひそめて、

「あのお侍さんに連れてきてもろうたらいいよ。お品ちゃんが喜ぶがね」

と囁いた。とたんにお品と呼ばれた娘が甲高い声で、

「おふくが変なこと言いよる」

と言って袖で顔を覆った。娘たちが、どっと笑い、薫もつられて笑った。

庄三郎は自分のことが話の種になっているようだと感じてはいたが、素知らぬ顔をして空を眺めた。澄み切った空がどこまでも広く青い。遠くで鳥のさえずりが聞こえて、心が伸びやかになるような日和《ひより》だった。いつも秋谷の書斎で〈三浦家譜〉の清書をしているばかりなので、このように外に出ると気持が晴れた。大きく伸びをした時、娘のひとりが頓狂《とんきょう》な声を上げた。

「あっ、市松さんやないね」

「ほんとだ」

「いやだ、うちは、まだ芋をかじりかけちょるのに」

娘たちは、庄三郎が来た時よりも数倍のあわて方で身づくろいを始める。市松は紺《こん》の野良着に籠を担ぎ、鍬《くわ》を手にして畦道《あぜみち》を近づいてくる。どこか憂鬱《ゆううつ》げな様子が、色

白の容貌《ようぼう》を引き締め、男らしさを増しているように見える。

「市松さーん」

おふくがはしゃいだ声で呼びかけると、市松は驚いたように草地を見上げた。そこに薫がいるのに気づいて近寄ろうとしたが、少し離れたところに庄三郎がいるのを目にして立ち止まった。

「どこに行きよるね。ちょっとお茶でも飲んでいかんね」

おふくが言うと、市松は首を横に振った。

「いや、まだやらならんことがあるから、寄られん」

「市松さんはいっつも忙しゅうしちょるんやねえ。けど、祭りの神楽じゃ太鼓を叩くんじゃろ。市松さんの太鼓は誰よりもうまいもんねえ」

おふくは親しげに話しかける。市松は少し困った顔をして、

「ああ、叩く」

とぶっきら棒に答えた。おふくはめげる様子もなく、のんびりした声で話し続ける。

「今年は薫様も来たらいいよちゅうて皆で話しよったんだ。薫様が来たら、市松さんも太鼓の叩き甲斐があるというもんじゃろ」

市松はちらりと薫の顔に目を遣ってから庄三郎に視線を走らせた。

「だけど、いま、村は大変なんだ。祭りどころじゃねえかもしれん」

吐き捨てるように言う市松の顔には、真剣な表情が浮かんでいる。娘たちは思わず黙った。

薫が眉をひそめて訊いた。

「何かあったのですか」

「播磨屋の手代が村に入り込んで、田畑を買い漁《あさ》っているのです。それも去年の年貢で銀納ができなかった百姓に金を貸し付けといて、返せねえなら田畑を売れちゅう、ひでえやり方です。田を売った百姓は播磨屋の小作になってしまう。藺草《いぐさ》作りを小作にさせて、もっと儲けようというのが播磨屋の狙いじゃろうと思います」

そう答えた市松は、庄三郎に顔を向けて、

「やっぱり、去年の年貢の時にどうにかしとかなならんかったんじゃないかね。いまじゃ播磨屋の金で皆、縛られてしもうてどうにもならん」

と挑むように言った。庄三郎が何も答えられずに憮然《ぶぜん》としていると、

「お侍は頼りにならん」

言い捨てて、市松はそのまま挨拶もせずに歩き去った。娘たちのひとりが、

「市松さん、なんか難しい顔をしちょったね」

と言い、ほかの娘たちもうなずく素振りをしたが、おふくだけが、

「それでも、いい男やねえ」

とうっとりした声を出した。

頃合いをみはからって庄三郎は立ち上がった。

「薫殿、そろそろ参りましょうか」

はい、とうなずいて、薫は娘たちに会釈した後庄三郎に続いた。畦道伝いに鎮守の森に入ると、樫《かし》や赤松、櫟《くぬぎ》など、鬱蒼と茂った木々の間を吹き抜ける風が心地よかった。やがて山陰の畑地が続く脇に出た。

薫に何か話しかけようと思ったが、話の接《つ》ぎ穂《ほ》が見つからず、山道を黙々と歩くだけだった。薫は何を考えているのだろう。やはり市松のことを気にしているのではないか。

庄三郎があれこれ考えているうちに長久寺に着いた。慶仙和尚は勤行中だったため、小坊主に法衣を託して辞去した。ふたりは戻り道も言葉を交わすことはなかったが、秋谷の家が見えるあたりで薫がふと立ち止まった。

「檀野様、此度《こたび》の祭りに連れていっていただけませんでしょうか」

突然、言い出した薫に驚いて、

「かまいませんが、どうしてです？」

庄三郎は振り向いて訊いた。

「数年前から村祭りに播磨屋の番頭や手代が来て、お酒を振る舞ったりしていると聞きました。播磨屋は藺草を作る村のひとへの礼だと言っているそうですが、市松さんはそれをひどく嫌ってました。祭りの時に何か起きるのではないかと心配なのです」

「わかりました。郁太郎殿や源吉も誘いましょう。その方が目立たないでしょうから」

庄三郎は答えながら、やはり薫は市松のことが好きなのかもしれない、と肩を落とした。

その日の夜、書斎に入った庄三郎は市松が話していたことを秋谷に告げた。

「そうか、播磨屋がな——」

秋谷が眉根にしわを寄せた。庄三郎は膝を進めた。

「城下にいた時は、廻船問屋の三益屋《みますや》が一番大きな商人かと思っておりましたが、播磨屋はそれほど田畑を買い進めておるのでしょうか」

「藩では埋め立てして新田を増やしてきたが、それだけに古くからある山間の田への目はなおざりになっていた。そこに目を付けた播磨屋は、この数年でそういう田を買い集めてきた。いまでは藩内でも有数の大地主になっておるであろう」

「しかし、博多の商人がわが藩の田を持つなど許されるのでございますか」

「播磨屋は城下に茂兵衛《もへえ》という番頭を住まわせておる。もとは住田佐内《すみたさない》という名の武家だったらしいが、播磨屋がわが藩で商売を広げるために番頭にした男だ。しかも茂兵衛は、自分の妹を家老の中根兵右衛門殿に妾として差し出しておるそうだ」

「では、すべてはご家老も承知のうえで行われているということですか」

庄三郎は目を瞠った。

「播磨屋は兵右衛門殿にかなりの金を遣っておるようだ。この結びつきを崩すのは、容易ではなかろうな」

「それでは、百姓はたまったものではありません」

市松の怒りももっともなことだ、と庄三郎は思った。去年の年貢のおり、不穏な動きがあった百姓たちを説得して押し止《とど》めたことは、はたしてよかったのかどうか。市松が言った通り、何か事を起こした方がよかったのではないか。

庄三郎がそんなことを考えていると、察したように秋谷は微笑した。

「去年、何事かをなしておれば、播磨屋の思うつぼにはまっただけだ。播磨屋は田を手に入れるために、邪魔な百姓が騒動を起こしてくれることを望んでいよう」

話の成り行きで、そういえば、とようやく庄三郎は薫に頼まれたことを口にした。

「夏祭りには、播磨屋の番頭や手代も来るそうです。薫殿が市松殿を心配しておられました。薫殿や郁太郎殿とともに、祭りをのぞいてみようかと思うております」

薫の名を口にする時、うわずりそうになる声を、できるだけ落ち着かせて話した。

「それがよいかもしれん。だが、向山村の祭りは〈暗闇祭り〉といって、祭りの最中にしばし灯りを消す。若い女がいるだけに怪しげな振る舞いをする者もおると聞いて、ここしばらくは薫を祭りにやらなかったのだ。そのあたりのことに気をつけてくだされ」

〈暗闇祭り〉と聞いて、庄三郎は昼間会った村の娘たちが、そんな不埒《ふらち》な祭りに自分を誘おうとしたのかと驚いた。できるだけしかつめらしい顔をしながらも、庄三郎はなんとなく落ち着かない気持になった。

十二

三日後の夕刻――

庄三郎は、薫と郁太郎、源吉を伴って祭りに出かけた。いつものように源吉はお春を背に負《おぶ》って連れてきている。鎮守の森に囲まれて向山神社はある。須佐之男命《すさのおのみこと》を祀《まつ》る古式ゆかしい神社だという。

トン、トコトンと太鼓の音が遠くまで聞こえる。石段を上って境内に入ると、広場の真ん中で篝火《かがりび》が焚《た》かれているのが見えた。境内の隅にひときわ大きい高張り提灯が二本立っている。梅鉢の紋が入った提灯が明々《あかあか》と照らすあたりに薦樽《こもだる》が積まれ、訪れたひとびとに酒が振る舞われていた。

播磨屋の手代らしい若い男たちが柄杓《ひしやく》で酒をすくっては枡《ます》で飲ませている。男たちの後ろに羽織を着た三十ぐらいのたくましい体つきの男が立っていた。眉間が広く、目が細い無表情な顔つきをしている。

(あの男が茂兵衛だろうか)

庄三郎は通りすがりに、男をちらりと見た。篝火のそばでは神楽衣装を着て、鬼面を被った男たちが刀を持って舞っている。刃がきらきらと炎の灯りに輝いた。

刻々と暮れなずむ空に、星が瞬き始めている。篝火が赤く照らす境内で奉納される神楽舞は雅《みやび》ではあるが、どこか恐ろしげでもあった。

「市松殿は、神楽を舞っている者たちの中にいるのですか」

庄三郎が訊くと、

「市松さんはあそこにいます」

薫は本殿を指差した。そこにも鬼面をつけた男がいて、太鼓を叩いている。傍らに身の丈《たけ》より高い大太鼓が据えられていた。

「ほう、あの大太鼓を叩くのか」

庄三郎は感心した口振りで言った。すると、郁太郎が目を輝かせて、

「あの大太鼓は、灯りを消してから叩くのだそうです」

と言い添えた。お春を肩車させた源吉がうなずいた。

「そうだ。真っ暗闇の中でどーん、どーんって腹に響くような太鼓の音がすると、そりゃあ恐ろしいぞ」

お春が源吉の頭にしがみついて、

「恐ろしいのはいやだ」

泣き出しそうな声を出した。源吉が、ははっ、と笑った。

「お春は怖がりだなあ。兄やんがおるけん、なんにも恐ろしいもんはねえぞ」

安心したように、お春は首を伸ばして神楽を見た。トン、トコトンと太鼓を打つ調子が小刻みになり、笛が一節高く鳴り響いて、取りあえず最初の神楽は終わったようだ。

終わると同時に面を取った市松が急ぎ足で駆け下りてきた。薫が声をかけようとするのに振り向きもせず、播磨屋の番頭たちの方に向かっていく。何事だろう、と思って庄三郎たちもついていった。

市松は、酒を飲んでいる村人たちをかきわけて茂兵衛の前に立つと、いきなり声を張り上げた。

「祭りの時の灯りは篝火だけと決まっている。高張り提灯は消してくれ」

茂兵衛はじろりと市松を睨んだが、思いのほかやさしい口調で、

「そう言われても、ここは境内の端で酒を振る舞うには暗すぎるのでね」

と言った。市松は首を横に振った。

「去年は提灯なしでやっていたじゃねえか。今年も同じようにできるだろう」

「そうはいかなくなったんですよ。灯りがないおかげで、去年は盗み酒が多くてね。

どこの誰とも知らない奴にたっぷり飲まれてしまったんです」

茂兵衛はわざとらしく渋い顔をした。

「奉納の酒なら誰が飲んでもいいじゃないか」

「そうはいかない。これは播磨屋と仲良くやってくださる村の衆へのお礼でね。うちの悪口を言いまわるようなひとには飲ませたくありませんね」

茂兵衛は嘲《あざけ》るように言った。

「そんなら、神社に持ってこねえで、一軒一軒配ってまわればいい」

「それじゃあ、ただの酒配りになって、ありがたみが薄れてしまいます。祭りの時だからこそ、振る舞い酒もうまいんですよ」

「どうあってもやめねえって言うのか」

茂兵衛を睨みつけた市松は、突然足を上げて薦樽のひとつを蹴倒《けたお》した。ざあっと酒がこぼれた。あたりに酒の匂いが漂った。

「何をする――」

茂兵衛の怒鳴り声とともに、手代たちが市松になぐりかかった。市松もなぐり返して摑み合いになった。

「やめろ――」

庄三郎は飛び出していって、市松と手代たちを引き離した。

「これ以上喧嘩をいたせば、村役人を呼び、双方引き渡すぞ」

庄三郎が大声で言うと、茂兵衛は迷惑げに顔をしかめた。

「お侍様は、この者がした乱暴をご覧になられましたでしょう。わたしどもは樽を蹴倒したことを咎めておるだけでございます。村役人には、その者だけをお引き渡しください」

摑んでいた市松の腕を放して、庄三郎は茂兵衛に顔を向けた。

「はたして、そうであろうか。村祭りというものは、その村の若い衆が取り仕切るものと決まっておろう。さすれば祭りの差配役は若い衆だ。差配役の言うことを聞かず、おのれのやりたいように振る舞う者にも落ち度はある」

庄三郎に言われて、茂兵衛は苦り切った顔をして、

「わかりましてございます。今夜は一応、提灯を下ろし、こちらが引き下がりましょう。ですが、酒をこぼされたことは忘れませんよ」

とひややかに言った。茂兵衛は手代たちに、片付けろ、今夜は店じまいだ、と不満そうに言いつけ、境内から出ていこうとした。すると、市松が足を開いて構え、叫ぶように言った。

「あんたらに、この村で勝手な真似はさせねえぞ。金輪際《こんりんざい》来ねえでくれ」

茂兵衛は振り向いて嘲笑した。

「そんなことを言っても、この村にはわたしどもから金を借りたひとがたくさんいなさいますからねえ。来ないわけにはいきませんよ」

「いや、おれが止めてやる。今度、あんたを見かけたら、ただじゃおかねえ」

「わたしを脅すとは、勇ましいことで」

茂兵衛は、くっくっと笑いながら境内から出ていった。茂兵衛の背を睨んでいた市松が、思い直した表情になって本殿に戻ると、次の神楽が始まった。

「市松殿は、心底村を守りたいと思っているのですな」

庄三郎がつぶやくと傍らの薫が答えた。

「そうなのです。市松さんは真っ直《ま》ぐ《す》なひとですから気がかりです」

横合いから、郁太郎が言葉をはさんだ。

「しかし、さきほど播磨屋の番頭に食ってかかった市松さんは男らしかったですね」

「また、そんなことを言って」

薫が眉をひそめると、源吉が小声で、

「そうだぞ、郁太郎。喧嘩じゃなんも片付かねえ。なぐって物事をすまそうなんち考えちょったら、とんでもねえことになるぞ」

と郁太郎に目を向けて真顔で言った。源吉はためらいがちに、

「いつか山の中でじゃっころで木を倒したひとを見たと話したことがあったじゃろう。あん時は黙っていたけど、あれはな、市松さんじゃった。あんなもん振りまわしちょると、なんでも喧嘩で片を付けようっちゅう気になってしまうんじゃねえか」

と言い添えた。郁太郎は息を呑んだ。

「市松さんが、鎖分銅を」

「市松さんだけじゃねえよ。この間、うちの屋根裏でもじゃっころを見つけた。すっかり錆《さ》びちょったけどな。おとうにあれは何だって訊いたら、よけいなことを訊くんじゃねえとなぐられた。その後、じゃっころの使い方を教えちゃろうかっておとうは言ったけど、おれは断った。覚えてしもうたら使いたくなるに決まっちょる」

あっさりした言い方をして、源吉はお春を肩車したまま空を見上げた。星が降るように煌《きら》めいている。

夜が更けて〈暗闇祭り〉が始まった。お春は源吉の背で眠りこけている。篝火が消され、境内は真っ暗闇となった。若い衆が御霊《みたま》の神輿《みこし》を担いで本殿を出る。境内を横

切って石段を下り、少し離れたところにある小さな〈下《しも》ノ社《やしろ》〉に向かう。すべては星明かりの中で行われる。夜空は青みを帯びながらも黒々と広がり、若い衆の白い装束《しょうぞく》だけが闇にうっすらと浮かび上がる。

どーん

大太鼓が鳴り響いている。誰もが闇の中で息をひそめ、神輿が石段を下りていくのを見守った。〈下ノ社〉に着くころ、大太鼓が止み、しだいにざわめきが戻ってきた。あちらこちらで若い男女の囁く声やくすくす笑う声がする。

神輿が着くと、〈下ノ社〉の灯明が〈神火《しんか》〉として向山神社に向かう。灯りがつかない間に若い男は目をつけていた女を境内の暗がりへ誘うのだ。

（なるほど、これは猥雑《わいざつ》なものだな）

庄三郎は石段近くの暗がりで身を硬くして立っていた。神輿が石段を下りると同時に、庄三郎の手をやわらかな手がそっと握ってきた。若い女らしい匂いを漂わせて寄り添ってくる。庄三郎が手を握り返さずにいると、女は諦めたのか遠ざかった。その時、

「あっ――」

と薫が小さく声を上げた。

「どうしました」

庄三郎が訊くと、薫は体を寄せて、

「誰かが手を引っ張ろうとしました」

と囁いた。庄三郎はあたりを見回したが、ひとは多いし、誰がそんなことをしたのか暗くて判別できない。

「それはいけません。それがしの背に隠れてください」

「はい」

薫は短く答えて庄三郎の後ろに立った。庄三郎は刀の鯉口に指をかけ、油断なく身構えた。もし薫に何かしかけるような者が現れたら、居合で斬り捨てようと本気であたりに目を配った。殺気が伝わったのか、まわりに人影は少なくなった。ふたりの様子を近くで見ていた源吉が声をひそめて笑った。

「あのおふたりは、ええ夫婦《めおと》になりそうやねえ」

おとなびたことを言う源吉に郁太郎は首をひねった。

「まさか檀野様と姉上が夫婦になるなどということはないだろう」

「まさかと思うちょることほど、起こるもんだ」

き出した。
源吉がなおも肩を揺らして忍び笑いしていると、眠っていたお春が目を覚まして泣
「兄やん、暗くて恐ろしいよう」
「もうすぐご神火が来るから、辛抱しろや」
源吉が言い終わらぬうちに、
どーん
と大太鼓が再び鳴り響いた。石段の下にぽつりと赤い火が見える。〈神火〉を乗せた神輿が石段を上ってくるにつれ、大太鼓の叩き方は調子を上げてきた。大太鼓の音が一定の律動となって腹の底に響いてくる。激しく叩きつけるような音だ。耳を傾けるうち、身も心も浮き立つような気がしてきた。
背後に立つ薫がしだいに体を寄せてくるように感じて庄三郎の胸が波立った。熱に浮かされたようになって頭がくらくらする。
ふと薫の手を握り締めたいという衝動を感じた。どーん、どーんという大太鼓の響きが血をたぎらせる。先ほど手を握ってきた女のやわらかい感触が掌《てのひら》に残っていた。掌にじっとりと汗が滲んだ。

た。

（なんという恥ずかしいことを思っているのだ）

はっと我に返って庄三郎は胸の中で自分を叱責した。頭を振って正気に戻ろうとした。

やがて〈神火〉が石段を上り切った。本殿に向かって境内を粛々《しゆくしゆく》と進む。

神輿の中の〈神火〉が揺れるたびに、境内のひとびとの姿が淡く浮かんだ。やがて〈神火〉が本殿に着くと同時に大太鼓を叩く音が止まった。本殿の前に氏子総代が立ち、二礼すると、

――弥栄《いやさか》

の声とともに手を二度打ち鳴らした。境内に集《つど》うひとびともこれに倣《なら》って手を打つ。大太鼓は神事を寿《ことほ》ぎ、村人の無事を祈るように高く低く鳴り続けた。

神事と祭りはこれで終わり、村人は境内から帰っていく。ひとびとが石段を下りる間、大太鼓は鳴り続けるのだ。

庄三郎たちも大太鼓の音に送られるように石段を下りて帰路についた。石段の下で、用意してきた提灯に火を点した。畦道にさしかかった時、田圃の向こう側の道を四つ五つ、提灯の灯りが揺れながら通るのに気づいた。

「茂兵衛様――」

「番頭様――」

ひとを捜しているのか、男たちの呼ばわる声がした。

「播磨屋の番頭を捜しているようだな」

何かあったのだろうか、と訝しみながら庄三郎は畦道を進んだ。すぐ後ろに薫が続き、さらに郁太郎と源吉がついてくる。不意に源吉が、

――お侍様
と甲高い声を上げた。

「どうした」

庄三郎が振り向くと、源吉は背に負っていたお春を下ろして、抱きかかえている。

郁太郎が田圃を指差した。

「どうしてあのようになっているのでしょうか」

目を遣ると、畦道から少し離れた田の稲が窪んだように倒れている。庄三郎が田の中に入って提灯をかざしてみると、ひとがうつぶせになって横たわっていた。近づいて抱き起こしてみると羽織を着た町人で、すでに事切れているようだ。着物に黒い染みが広がっている。

(――血だな)

星明かりで死体の顔をあらためた。

「播磨屋の番頭のようだ」

庄三郎はつぶやいた。よく見ると、田圃には茂兵衛を引きずったのではないかと思える跡が残っている。

(鎖分銅を首に巻き付けて田圃に引きずり込んだうえで、鎌を胸に突き立てたのではないか)

庄三郎は手についた血を見ながら、そう思った。

どーん
どーん
なおも大太鼓の音は鳴り止まず聞こえてくる。

翌朝、郡方の役人が出張って、庄屋屋敷に運ばれた茂兵衛の遺骸《いがい》を検分した。茂兵衛は胸を鋭い刃物で刺されており、しかも首筋には鎖で絞められた跡も残っていた。

境内で市松ともめた後、茂兵衛は手代たちと引き揚げたが、途中で、

「ちょっと寄るところがある」

と言って手代たちを先に帰らせ、ひとりでどこかへ行った。だが、いつまでたって

も茂兵衛が戻ってこないと心配になって、手分けして捜していたのだという。

庄三郎から茂兵衛の死体を見つけた時の有様を聞き取り、なおも調べを尽くしていた役人は、市松を茂兵衛殺しの下手人として六日後に捕らえ、城下に引っ立てた。市松は、

「わたしは大太鼓をずっと叩いておりましたから、さようなことができるはずはございません」

と必死に弁明したが、役人は、

「灯りのない〈暗闇祭り〉ではないか。他の者が大太鼓を叩いていてもわかりはせぬはずだ。誰ぞに代わってもらい、その間に茂兵衛を追いかけて殺したのであろう」

と頭から受け付けなかった。市松の家からは鎖分銅も見つかっていた。祭りのおり、市松が播磨屋の酒樽を蹴倒す乱暴を働いていたことで、下手人に違いないと決めつけていたのだ。

村人たちは騒然となって、市松がやったことではない、と庄屋に訴えた。だが庄屋も、

「播磨屋の番頭が殺されたからには、村から縄つきが出ても、仕方がないだろう」

とため息をつくばかりだった。市松が下手人でないというのなら、まことの下手人

を差し出せと役人から言われれば、庄屋であろうと手の施《ほどこ》しようがないと言うのだ。

市松が捕らえられて数日後、秋谷の家に市松の父源兵衛が訪ねてきて、何事かひそひそと秋谷と話し合っていたが、しばらくして厳しい表情で帰っていった。

「源兵衛殿は何用でございましたか」

隣の部屋に控えていた庄三郎はすぐさま書斎で秋谷に訊いた。市松を案じて、薫も庄三郎の傍に座って耳を澄ませている。

「市松が無実であることを、江戸表の殿へ訴え出たいという相談であった」

「それで、戸田様はどのようにお答えになられたのですか」

庄三郎の問いに秋谷は眉をひそめた。

「訴え出れば、お咎めを受けるだけで、市松が許されることはあるまいとしか言えぬ」

薫が目に涙をためて言った。

「市松さんがひとを殺したりするはずはありません」

「わしもそう思うておるゆえ、それを証立《あかしだ》てするにはどうしたらよいか思案しておるところだ」

秋谷は腕を組んだ。庄三郎は膝を乗り出した。

「大太鼓がずっと鳴っておったことは、何よりの証ではございませんか」

「だが、誰も太鼓を叩く市松の姿をはっきりとは見ておらぬそうではないか」

「それはそうでございますが。あの太鼓の音は市松が叩いておったと思います。あの音が証になりましょう」

「音が証だというのか?」

秋谷は首をひねった。

「さようです。市松はあのおり、茂兵衛に対して憤り、さらに村の行く末を案じておりました。そのためか、大太鼓は激しく、そして哀しく鳴り響いておったように思います。聞く者の胸を騒がせる音でした」

あの時、妙に心がざわめいたのは太鼓の音に感応《かんのう》したためだったのではないだろうか。聞く者の心に響く音を出せるのは、市松のほかにはいないと村の娘も言っていた。やはり大太鼓を叩いていたのは市松に違いない。庄三郎の言葉に薫も同意した。

「本当に太鼓の音を聞いた時は、わたくしもただならぬ心持がいたしました。物悲しく、泣き出したいような思いが込み上げてきたのを覚えております」

薫も同じだったのだ、と庄三郎は胸が高鳴った。そうか、とうなずいて、秋谷はしばらく考えていたが、やおら立ち上がって出支度を始めた。

「戸田様、どちらへ」

庄三郎は思わず訊いた。

「思いついたことがあるゆえ、長久寺へ参る」

「慶仙和尚をお訪ねするのでございますか」

「向山神社の太鼓は山に谺《こだま》して長久寺まで聞こえるはずだ。祭りに向けて、ひと月あまり太鼓の稽古をいたす。慶仙和尚は市松が叩く太鼓の音を耳にされていよう。そなたたちが申すように、慶仙和尚が音を市松のものであると聞き分けておられたなら、その旨《むね》を藩への手紙に書いてくだされよう。藩も慶仙和尚の言われることに知らぬ顔はできまい」

秋谷はそう言って長久寺に向かった。庄三郎と薫はその背を不安げに見送った。

祭りの夜から十日が過ぎていた。

秋谷の予測通り、慶仙和尚は市松の太鼓の音を聞き覚えていて、さっそく藩に祭りの太鼓は市松が叩いていたに相違ない、そのことを踏まえて吟味《ぎんみ》していただきたい、との手紙を書いてくれた。しかし、市松はすぐに召し放ちにはならなかった。町奉行所の牢に入れられたうえで調べは続き、ようやく牢を出られたのは、秋も深まったころだった。

三月《みつき》におよぶ入牢で体が弱った市松は、家に戻るなり寝込んでしまったが、十日ほどの後、礼を言うために源兵衛とともに秋谷の家を訪れた。

深々と頭を下げる市松に、秋谷は言った。

「わしは何もしておらん。礼なら慶仙和尚に言えばよい」

「長久寺様へは、これからお礼にうかがいますが、戸田様がわたしを信じてくだされたからこそ、和尚様もお力添えくだされたと思うちょります」

訥々《とつとつ》と礼を言う市松は痩せて頰がこけ、顔色も悪かった。茶を持ってきた薫が、

「市松さん、お許しが出てよかったですね」

と声をかけても、ぼんやりとして虚《うつ》ろな目を向けるだけで答えることはなかった。

秋谷は市松の体を気遣うように、

「牢問《ろうど》いは厳しかったようだな」

と言葉をかけた。牢問いとは、取り調べる者に石を抱かせるなど拷問《ごうもん》を加えることで、体が弱ければそれだけで命を落とす者もいるという。

市松はうっすらと苦さを含んだ笑みを浮かべ、

「お上のなさることですから」

と諦めたような物言いをした。これまでの市松にはないことだった。たとえ役人が相手であろうと、筋が通らないことをすれば激しく憤ってきた男だ。

「随分と体を痛めておるようではないか。慶仙和尚にはわしから伝えておこう。きょうは無理をせず、家で寝ておった方がよいのではないか」

秋谷がやさしく言い添えると、源兵衛が首を横に振った。

「そうはいかねえんです。慶仙和尚様のお手紙がなかったら、こいつは牢で責め殺されちょったじゃろうから」

「そうか……」

秋谷はこれ以上の留め立ては無用だと察して、後の言葉を呑んだ。ふたりは長久寺に行くと言い残して辞していった。暇《いとま》を告げる時も、市松は薫に目を向けなかった。

ふたりを見送った薫が再び書斎に来て、

「市松さんは、まるでひとが変わられたような気がいたしました」

と秋谷に告げた。傍らで庄三郎が、

「牢を出たばかりで人心地がついておらぬのではありませんか」

と執り成すように言うと、秋谷は茶をひと口飲んでしばらく考えてから口を開いた。

「いや、市松はどうやら藩に恨みを抱いたようだ。恨みを持てばひとは変わる。それまでのおのれをすべて捨て去り、別な心を持ってしまうものだ」

「まさか、市松殿に限ってさようなことは」

言いながら、祭りの夜、茂兵衛に食ってかかっていた市松を庄三郎は思い出していた。あの時の激しい市松と先ほど会った市松とは、確かに別人のようではあった。

秋谷は、何事か沈思していたが、

「ひとの恨みは怖い。何事も起きねばよいが」

とつぶやいた。

「市松のことでございますか」

「藩への恨みは、しばしば一揆となって噴き出たりするものだ。幸い今年は豊作ゆえ大丈夫であろうが、凶作にでもなれば案じられる」

秋谷は表情を曇らせた。市松が召し放ちになったからといって、すべてが片付いたわけではない。この村には茂兵衛を殺した男がいまもいるはずだ。

「さような時は、どういたせばよろしいのでしょうか」

「起きてしまえば、一揆に後戻りはない。止めようとする者は殺されるだろう」

「まことでございますか」

緊張した面持ちで庄三郎は身を乗り出した。一揆を止める者が殺されるなど信じられなかった。

「一揆を首謀いたす者は、百姓をまとめるため、まず同意せぬ者を弱百姓《よろびやくしよう》として責めたて、家をつぶす。場合によっては打ち殺すこともある。そうでもいたさねば、誰も命がけの一揆になど加わりはせぬであろう。さようなことになれば、この家にも百姓たちが押しかけてこよう。弱百姓に対して行うのと同じことをいたすかもしれぬ」

秋谷は淡々と語った。胸を一突きされた茂兵衛の姿とともに、家を取り巻く一揆の群衆が脳裏に浮かんで庄三郎は慄然とした。

十三

庄三郎は向山村に来て二度目の正月を迎えた。年があらたまると同時に、

(——残すところ、あと一年半になってしまった)

と愕然とする思いを抱いた。秋谷の切腹は来年八月八日と定められている。これから後はその日へ向けて坂を転がるように日々が過ぎていくのかもしれない。

先代藩主兼通の正室となったお美代の方は、療養の甲斐なく昨年秋に亡くなってい

た。

過去に何があったのかを調べて秋谷をどうにかして助けたいと思いつつ〈三浦家譜〉の清書に明け暮れて、気がついてみればなす術もなくいまに至ってしまった。

そのことに慙愧《ざんき》の念を抱くばかりだが、秋谷の日常は何も変わらない。家譜の編纂は順調に進み、先代藩主兼通の代に入った。このままいけば、秋谷が自らの事件を記さねばならなくなる日も近いだろう。それとも、そのことには触れないまま家譜を編《あ》むのであろうか。

秋谷がどのように考えているのか、皆目見当がつかない。〈蜩ノ記〉には例年と変わらず、年があらたまったと記されているだけだ。

年初の挨拶で、秋谷は、

「今年もよしなに」

と庄三郎に賀辞を述べ、いつものように有るか無きかの微笑を浮かべた。庄三郎は一瞬、のどを詰まらせながらも、

「よろしくお願いいたします」

と頭を下げたが、ひどく実《じつ》のない言葉を返しているような気がした。

数日後、秋谷は源兵衛を訪ねると言い置いて外出した。市松に何事か話があるらし

い。

その間、庄三郎は裏の竹林に行き、ひさしぶりに居合を使った。身を鍛錬し、何事かある時に備えねばならぬと思っていた。

竹林に入ると、さらさらと葉の擦《す》れる音が不安を掻き立てるように響いた。すっと刀を抜き、斜めに枝を斬り上げる。枝が飛んだ瞬間、刀を鞘に納め、地面に落ちる寸前に居合で両断した。呼吸をととのえ、摺《す》り足の運びを確かめる。

白刃を振るう間に身の内に殺気が満ちるのを覚えた。

それは秋谷に迫る苦しみへの怒りでもあろうか。秋谷の家族と馴染んで心が通い合うにつれ、薫や郁太郎を守りたいという思いが日々募っていた。できるものならば、この刀で秋谷に対する理不尽な仕打ちそのものを斬って捨てたい。竹林を吹き抜ける風を感じて一歩中へ踏み込んだ。

刀を雷の如く斬り下ろす。竹が鋭利に切断され、葉が擦れ合う音を立てながら倒れた。

ふと、ひとの気配を感じた。竹林の外で誰かがこちらの様子をうかがっている。

素早く刀を鞘に納めて竹林から出てみると、裏庭に薫が立っていた。竹林の中で庄三郎が異様な気を発したのを感じ取ったのか、目に戸惑いの色が浮かんでいる。

「いかがされました」

庄三郎が笑みを浮かべて訊くと、薫はほっとしたような顔をして、手にしていた書状を差し出した。少しうつむき加減に、

「長久寺の小僧さんが持ってまいられました。慶仙和尚様からのお手紙です」

と告げた。庄三郎は書状を受け取り、開いてみた。慶仙らしい味わいのある枯れた筆で、きょう、お出《い》で頂きたいと書かれている。気になるのは、

――松尼お見えに候
とあることだ。松尼とは、松吟尼のことだと察せられる。

去年の春、下ノ江に松吟尼を訪ねて以来、何の知らせもしていない。仮にも主君の側室であった松吟尼にあからさまに過去の話を訊ねておきながら、その後消息を告げなかったのは非礼に過ぎるとわかっていたが、秋谷を救う手立ても思いつかない中で伝えることもなかったのだ。

「長久寺に参らねばならないようです」

手紙を畳《たた》みながら、松吟尼のことを薫に言うわけにはいかない、と庄三郎は思っ

た。事実ではないにせよ、秋谷との不義密通を疑われたひとである。薫が知れば、どのように思うかわからない。

長久寺に向かうため支度をしようと部屋に戻ろうとすると、なぜか薫が静かについてきて、縁側に上がろうとした庄三郎に、

「松吟尼様に、わたくしもお目にかかりたいのですが」

と背後から囁くように声をかけてきた。驚いて振り向いたものの何も答えられずにいる庄三郎に、薫は微笑んだ。

「小僧さんが、お寺にとても美しい尼様が来られていると、嬉しそうに話して帰りました。それで松吟尼様ではないかと思ったのです」

庄三郎は息を呑んだ。

「薫殿は松吟尼様のことをご存じだったのですか」

「この村に来てから、いろいろなことを耳にしましたから」

薫は少し哀しげに眉を曇らせた。側室と不義を働き、失脚したとされる秋谷のことが村で取り沙汰されないわけがない。薫の耳に入れる心ない村人もいたのだろう。

「噂になっておるようなことが、戸田様と松吟尼様の間にあったわけではございませんぞ」

声を低めて庄三郎が言うと、薫はうなずいた。

「わかっております。わたくしは父上がどのようなひとであるか知っております。ですが、松吟尼様は若いころの父をご存じの方です。一度お会いしてお話をうかがいたいと思っておりました」

きっぱりと言う薫の言葉に、庄三郎は戸惑った。

「さようかもしれませんが」

「母上は父上を信じておられますが、わたくしが一度なりとも松吟尼様にお目にかかれば、より安心なされるのではないかと存じます。ひとは目にしていないものには不安を覚えるものですから」

薫はおとなびた物言いをした。

そんなものなのかと思いつつ、庄三郎は薫と長久寺までまた歩くことができると胸が弾《はず》んだ。このようにして薫との縁が深まっていくのであれば、それは心楽しいことだと思った。

薫は長久寺に行くことを告げるため、織江のいる部屋へ向かった。間もなく戻ってきた薫の後ろには、なぜか郁太郎が従っている。

「檀野様が長久寺へ行かれますから、わたくしもひさしぶりに慶仙和尚様のお話をうかがいに参りたいと母上に申しました。母上は、行くのはかまわないが、郁太郎とともに参るように言われました」

なぜ自分まで長久寺についていかねばならないのだろうと不満そうな顔をする郁太郎を、薫は横目で見ながら告げた。

「さようですか。いや、ごもっともです」

庄三郎はうなずきながらも、ふたりだけで歩けないのか、と気落ちした。郁太郎も、仕方なくついていくのだ、というような表情をしている。

庄三郎は薫と郁太郎と三人で長久寺へ向かった。共に外歩きをするのは、去年の夏の〈暗闇祭り〉の日以来だった。

空には靄のように薄い雲が広がっている。風はまだかなり冷たいものの、心の中は春めいていた。石段を上って長久寺の門をくぐると、前庭の梅の木が見えた。梅の蕾《つぼみ》はまだ固いようだ。

梅の下で慶仙と白い頭巾をかぶった松吟尼が話していた。松吟尼に気づいた薫が、はっとして立ち止まった。庄三郎はあわてて慶仙に声をかけた。

「新年のご挨拶に参りました」

慶仙が振り向いてうなずいた。松吟尼もこちらを向いて会釈微笑したが、薫と郁太郎に目を留めて少し怪訝な顔をした。

「よう、見えられた。茶を進ぜよう」

慶仙は寂《さび》のある声で言うと背を向け、松吟尼も後に続いた。長久寺は本堂の北側に庵があった。藩主が訪れる際、接待するために建てられたと聞いたが、慶仙は普段も客が訪れると庵で茶を供していた。

茅葺で六畳間に四畳半の茶室が続き、水屋も備わっている。座敷の障子を開ければ、はるかに山容が見渡せて眺望がいい。六畳間の床の間には禅語であろうか、難しい文字を書き連ねた掛け軸がかかっている。茶席の支度を待つ間、慶仙和尚は松吟尼に三人を紹介した。

「檀野殿はご存じであろう。連れのふたりは秋谷殿の御子たちじゃ」

薫が、

「戸田秋谷の娘、薫と申します」

と頭を下げると、郁太郎も同様に挨拶した。松吟尼は微笑して、

「下ノ江の光明院におります松吟と申す尼にございます」

と告げた。薫は強い視線を松吟尼に向けている。何か言いたげな顔をしているが、

さすがに口を開くことはなかった。その場の空気を察して、松吟尼が、

「わたくしはかつて秋谷殿のご実家に奉公しておりました。随分と昔のことでしたが」

とつぶやくように言った。

薫が何か言いかけた時、慶仙が、

「話したいことがあれば茶を喫してからにするがよい」

と声をかけた。茶席の支度がととのったと小僧が襖を開けて告げた。皆は揃って立ちあがり、茶室に入った。すでに炉に埋《い》けられた炭が赤くなり、茶釜が松籟《しょうらい》の音を響かせている。慶仙は穏やかな点前《てまえ》で茶を点《た》ててから膝を向け直し、

「檀野殿が正客じゃ」

と声をかけて庄三郎の前に茶碗を置いた。松吟尼は元側室であるとはいえ、いまは仏門にいる身であることを慮《おもんぱか》ったのだろう。

庄三郎は松吟尼に頭を下げ、茶碗を手にした。さらに松吟尼、薫と続いて、最後に郁太郎が喫したが、苦かったらしく顔をしかめた。

慶仙は、じろりと郁太郎を見て、

「近頃、この近くの山で礫を投げて鳥を打ち落とした者がおる。御仏《みほとけ》がおわす寺の

近所で殺生をするなど、とんでもない罰あたりぞ」

　と言った。郁太郎は首をすくめたが、それほど応えた様子はなく、

「このあたりは狩りが禁じられたお留山《とめやま》ではありませぬゆえ、猟師が鳥を獲ったのかもしれませぬ」

　と小さい声で答えた。慶仙は頭を振りつつ、

「猟師は暮らしのために殺生をいたしておるのじゃ。おのれの楽しみで殺生などいたしておらぬ」

　と厳しく戒《いまし》めた。すると、郁太郎はむっとした表情をして薫に言った。

「姉上、和尚様はご機嫌がお悪いようです。これ以上お叱りを受けぬうちに帰ってもよろしゅうございますか」

「お控えなさい」

　薫は郁太郎をたしなめたうえで松吟尼に顔を向けた。

「お訊ねいたしたきことがございますが、よろしゅうございますか」

「なんなりと」

　松吟尼は笑みを浮かべてうなずいた。

「若いころの父はどのようなひとであったのでしょうか。わたくしと郁太郎が幼いこ

ろ、父は江戸詰めでございました。その後、この向山村に幽閉されてからの父しか知りません。母から昔の父のことを聞いてはおりますが、昔を知る方よりうかがいたいと思い、まかりこしました」

薫の真剣な口調に、郁太郎が驚いたように松吟尼を見つめた。この美しい尼僧が父の何を知っているのだろうか、と興味を抱いたようだ。

松吟尼はしばらく目を伏せて考えてから、おもむろに慶仙をうかがい見た。慶仙はしわぶきをして、

「ここは茶室とはいえ、寺の内じゃ。御仏の前にて話すつもりで語るがようございましょう」

と告げた。庄三郎も思わず聞き耳を立てた。松吟尼は静かに口を開いた。

「秋谷殿のことを、わたくしもさほど存じ上げておるわけではございません。ただ江戸にて殺められかけたわたくしを助けてくださいましたおりに、ひととしての縁《えにし》を感じたしだいです」

「ひととしての縁とは、どのようなことでございましょうか」

薫は首をかしげて訊いた。

「この世に生を享《う》けるひとは数え切れぬほどおりますが、すべてのひとが縁によって

結ばれているわけではございませぬ。縁で結ばれるとは、生きていくうえの支えになるということかと思います」

「松吟尼様にとりまして、父は生きていく支えとなったのでございましょうか」

松吟尼は薫の目をしっかりと見てうなずいた。

「わたくしにとりましてはさようです。されど、それは秋谷殿の与《あずか》り知らぬことです。それゆえ、言わずにいるべきことかとは思いますが……」

松吟尼は後の言葉を呑んで座を立ち、明かり障子を開けて遠くの山に目を遣った。

「あのように美しい景色を目にいたしますと、自らと縁のあるひともこの景色を眺めているのではないか、と思うだけで心がなごむものです。生きていく支えとは、そのようなものだと思うております。御仏の弟子となったいまでも、そのことに変わりはありませぬ」

薫も山々に目を向けた。松吟尼が言うように、心が伸びやかになる清々しい山容が目に入った。

郁太郎が膝を乗り出した。

「ただいまのお話は、わたしにはよくわかりませんでした。若いころの父上はどのようなひととなりだったか、わかるようにお話しくださいませんでしょうか」

松吟尼は懐かしげな表情を浮かべて郁太郎の顔を見た。

「若かりしころの秋谷殿は、清廉《せいれん》で慈悲深き方でございました」

郁太郎はにこりとして、薫を振り向いた。

「それならば、いまと変わりませぬ。姉上、お訊ねいたしてようございましたな」

薫は応《いら》えることなく、うつむいてうなずいた。何かに耐えているかのように唇を引き結んでいる。松吟尼が秋谷を生きる支えだと言ったことに衝撃を受けたのかもしれない。

松吟尼はその様子を見て座に戻り、言葉をかけた。

「薫殿、ひとは哀しいものです。たとえ想いが果たされずとも、生きてまいらねばなりませぬ。されど、自らの想いを偽ってはならぬと思うております。そのこと、お許しください」

薫ははっと息を呑んで顔を上げた。目に涙を滲ませている。

「許すなどと滅相もない。松吟尼様のお心、ありがたきこととしてお聞きいたしました」

「さようですか。それを聞き、安堵いたしました」

うなずいた松吟尼は、庄三郎に声をかけた。

「きょう長久寺に参り、檀野殿をお呼び立ていたしたのは、お祭しでもありましょうが、秋谷殿に関わりのあることでございます」

松吟尼が何を言い出すのか、と庄三郎は緊張した。すかさず、慶仙が口調をやわらげ、

「茶は苦かったであろうゆえ、薫殿と郁太郎には菓子を進ぜるとしよう。仏様のお下がりゆえ、本堂へ参ろうかの」

とふたりをうながして立ち上がった。松吟尼と庄三郎の話を聞かせない配慮だと察して、薫はすぐに立ちあがった。郁太郎は、

「どうしても本堂へ参らねばなりませぬか」

とため息まじりに訴えたが、薫に睨まれて渋々ついていった。

茶室でふたりだけになると、松吟尼は懐から書状を取り出して庄三郎の前に置いた。

「これは、順慶院様が亡くなられて間もなく、赤座与兵衛殿からわたくしのもとに届けられたものです。添えられていた手紙には、大切なものゆえしばらく預かっていただきたい、とありました」

庄三郎は気を張り詰めた。

「しかし、赤座殿は松吟尼様を裏切り、息子の弥五郎に命じて江戸屋敷にてお命を奪おうとしたのではありませんか」

「さようです。手紙には、そのことを詫びるとともにわたくしの他に預けられる相手がいないと書かれていました。そして赤座殿は間無しに順慶院様の跡を追われました」

そう言えば、赤座与兵衛は順慶院兼通の逝去から十日後に切腹したと秋谷から聞いたのを庄三郎は思い出した。

「赤座殿が亡くなられたゆえ、この書状を赤座家にお戻しいたそうかと存じましたが、なにやらそれもためらわれまして」

「なにゆえでしょうか」

「もし戻してもよいものなら、わたくしに預けたりなさらなかったのではないかと思ったのです。それに赤座殿の追い腹は殉死とは見なされませんでした。そのことがなにやら不審でもありましたゆえ」

松吟尼は眉をひそめた。〈蜩ノ記〉にも書かれていたことだが、松吟尼が不審を抱いたのも無理からぬことだ。

「それで、書状を開いて見てみたのですが、わたくしには何のために赤座殿がかようなものをわたくしに預けられたのかまったくわからないのです」

「拝見いたしてよろしゅうございますか」

松吟尼がうなずくと、庄三郎は書状を手に取り開いた。そこには、

——法性院様御由緒書《ほっしょういんさまごゆいしょがき》

と書かれている。

庄三郎は目を瞠った。法性院とは去年秋に亡くなったお美代の方のことである。続けて、法性院は摂津《せっつ》の生まれで、尾張徳川家に仕えて後、牢人となった秋戸龍斎《あきとりゅうさい》の息女であると記されていた。

読み進むにつれ、龍斎は尾張藩で茶頭《さどう》を務めていたが、願い出て致仕し、大坂に出たらしいということがわかった。武家を捨て、茶人として生きたということなのだろうか。

家中の者の由緒書は、家老から下士にいたるまで多々ある。三浦家へ仕えるにあたっての経過や先祖の功績などが記されているのだが、側室であったお美代の方の由緒

書まであるとは知らなかった。

正室、側室については、三浦家の家系図に誰それの女《むすめ》であると簡略に記されていることが多い。しかもお美代の方の由緒書には、かつて御三家に仕えたとはいえ、牢人となった武士の娘であるということだけが記されている。書き留めるほどのこととも思えない。

「これだけでは、なにゆえ赤座殿がこの書状を松吟尼様へ預けられたか、それがしにも見当がつきませぬ」

お美代の方の由緒書は藩に保管されているべきもののはずだ。それがなぜここにあるのか。

これが写しだとしても、なぜお美代の方にとっては兼通の寵愛をめぐって敵であった松吟尼に預けたのか意図を測りかねる。

「赤座殿が松吟尼様に預けたということは、この御由緒書が法性院様、いやご側室からご正室になられたお美代の方様にとって都合の悪いものであったということかもしれませぬ」

庄三郎は腕を組んで考え込んだ。赤座与兵衛の死にはどこか訝しいところがある。

死に先だって由緒書を松吟尼に預けたのには何かわけがあるはずだ。与兵衛は不本意な死を遂げたということになりはしないだろうか。

松吟尼も不審げな面持ちで庄三郎に目を向けた。

「去年、檀野殿から秋谷殿がいまもって切腹の沙汰を許されていないとうかがいまして以来、秋谷殿をお助けすることはできないものかとわたくしはずっと考えて参りました。そして、もしかしたら、この御由緒書に御家の秘密が隠されているのではないかと思え始めたのです。それゆえ、これが秋谷殿をお助けする役に立たないかと、藁にもすがる思いでお持ちいたしたのです」

庄三郎は再び由緒書に目を遣った。

言われてみれば、松吟尼の言う通り何かがありそうな気がする。その時、ふと赤座一族がいまも時おり、秋谷を襲うことを思い出した。一族の弥五郎を秋谷に斬られた恨みかと思っていたが、それにしても執拗に過ぎる。

（ひょっとすると、赤座一族には、戸田様の命を絶たねばならないわけがあるのかもしれない）

「松吟尼様、この御由緒書を戸田様にお渡しいたしたいと存じますが、よろしゅうございましょうか」

「もちろんです。そのためにお持ちいたしたのですから」

松吟尼は力強くうなずいた。秋谷を助けたい、という想いが表情に滲み出ている。

庄三郎はそんな松吟尼の面差しを見つめて、麗《うるわ》しい方だとあらためて思った。

本堂で薫と郁太郎は菓子を振る舞われていた。干柿の種を取って巻いた菓子で、食べると甘みが口の中に広がった。この巻柿《まきがき》は、近在の百姓が農閑期に作るという。

慶仙はふたりが食べ終わるのを待って、

――風露《ふうろ》新《あらたに》香《かおる》隠逸《いんいつの》花《はな》
という言葉を知っているか、と訊いた。薫が恥ずかしそうに首を横に振って、存じませんと答えると、郁太郎は、

「禅語でしょう」

と投げ遣りな口調で言った。慶仙は郁太郎をひと睨みしてから、

「これは茶人の千宗易《せんのそうえき》が〈利休《りきゅう》〉という居士《こじ》号を帝《みかど》から許された時、参禅の師であった古渓《こけい》和尚から贈られた偈《げ》じゃ」

偈の最後に、

——心空及第《しんくうきゅうだい》して等閑《とうかん》に看《み》れば、風露新たに香る隠逸の花

という語句があるという。

「隠逸の花とは、孤高隠逸なる花、すなわち菊のことじゃ。そなたたちは自分の名の謂《いわ》れを聞いておるか」

「いえ、存じません」

薫は驚いたように目を見開いて慶仙の顔を見た。

「そなたの名と郁太郎の郁は、ともにかおると読む。また郁は、『論語』にある郁郁《いくいく》乎文哉《ことしてぶんなるかな》から採《と》ったのであろう。文事がかおるごとく盛んなる様じゃ。いずれにせよかおるは、この偈にある新たに香るという語から秋谷殿が採ったのじゃ」

「さようでございましたか」

薫は嬉しげにつぶやいた。名の謂れを教えられることは、父母の想いを知るようで嬉しかった。郁太郎は誇らしそうに、

「郁郁乎文哉のことは父上から聞いておりました」

と胸を張った。慶仙は微笑を浮かべて、

「わしは秋谷殿を菊の如き隠逸の花じゃと思うておる。その秋谷殿が子の名を決めようとしておる時、わしはこの偈を教えた。秋谷殿がそなたたちの名をかおるとしたのは、そなたたちが香るものであってほしいとの願いを込めたのであろう。そのことを肝《きも》に銘じておかねばならぬ」

と諭すように言った。

秋谷が隠逸の花だと言う慶仙の声の響きには真率《しんそつ》なものがあった。まさに秋谷は孤高で世に隠れた逸物であり、その生き様を香らせるのが、薫と郁太郎だと慶仙は言っているのだ。

薫は黙ってうなずいたが、郁太郎は顔をそむけた。慶仙が千利休にちなむ禅語を持ち出したことが気がかりであった。

松吟尼が庄三郎に内密の話をするのは、秋谷の助命に関わっているのではないかと気にかかっていた。慶仙が話した千利休が、豊臣秀吉《とよとみひでよし》の怒りにふれて切腹させられた茶人だということを郁太郎は知っていた。

(慶仙和尚様は、なぜ腹を切った千利休の話など持ち出されたのだろう)

薫と郁太郎に秋谷が切腹することを覚悟させようとしているのだろうか。そして秋谷がいなくなっても、香ることを心がけよということなのか。

郁太郎は唇を噛んだ。

(父上が切腹するなんていやだ。なんとしても父上には生きていただきたい)

茶室で松吟尼と庄三郎はまだ話を続けている。郁太郎はそのことに希望を持ちたいと、心底願っていた。

十四

庄三郎は秋谷の家に戻るとすぐに書斎に入った。秋谷は外出から戻り、いつものように机に向かっている。

「戸田様――」

気負い立って言葉をかける庄三郎に、秋谷は訝しげな目を向けた。庄三郎は声をひそめ、

「松吟尼様からお預かりいたしたものがございます」

と懐から書状を取り、差し出した。

「松吟尼様に会われたのか」

驚いた様子で秋谷は書状を開いて一瞥《いちべつ》し、眉を曇らせた。

「お美代の方様の御由緒書を、なぜ松吟尼様が――」

「そのことでございます。これは、赤座与兵衛殿が追い腹を切る直前に松吟尼様に託されたものだそうでございます」

「ふむ――」

庄三郎は膝を乗り出した。

「かねてから赤座一族が戸田様を狙っておること、いささか執念が過ぎるとは思われませぬか」

「狙いは別にあったと言われるか」

秋谷は鋭い目になった。庄三郎は書状に目を落とした。

「たとえば、この御由緒書が松吟尼様ではなく、戸田様の手もとにあると思い違いしているということではないでしょうか」

与兵衛が死の直前に松吟尼に託したとすると、よほど大事なものなのだろう。しかも、それがお美代の方にとっては都合が悪いことが書かれているものとなれば、藩内で託せる相手は秋谷しかいないと思われたのかもしれない。

「さて、わからぬことだが、いずれにしてもお美代の方様の御由緒書は〈三浦家譜〉に記さねばならぬものだ。調べてみねばなるまい」

秋谷は書斎の隅に堆《うずたか》く積まれた文書の類《たぐい》に目を遣った。〈三浦家譜〉執筆のために藩から預かった文書だった。

「調べればわかりましょうか」

庄三郎は心もとなさそうに訊いた。お美代の方に関わる記述があれば、気がついたはずだ。これまで文書を整理する中で、そのような箇所はなかった気がする。

「お美代の方様についてはともかく、秋戸龍斎という人物についてならわかるかもしれぬ」

秋谷は落ち着いた声で答えた。

「お美代の方様の父親ですか?」

お美代の方のことより、その父親についてならわかるとはどういうことなのか。

「そうだ。その名がいずれかの文書にあったように思う」

「それは、まことですか」

庄三郎は文書の山に目を向けた。この膨大な文書のどこに秋戸龍斎の名を記した文書があるというのだろう。

この日から、庄三郎と秋谷は書斎に籠もって文書を丹念に見ていった。だが、なか

なか目当ての文書に行き当たらない。庄三郎は焦って、
（どうしたことであろう。戸田様の思い違いであろうか）
と思ったが、隣でゆっくりと文書に目を通している秋谷の様子を見て思い直した。
秋谷に焦りは感じられない。秋谷は自らの命を助ける手がかりを探しているのでは
なく、ただ〈三浦家譜〉の記述のためだけに文書をめくっているように見える。
長久寺から戻って後、庄三郎が必死で文書をあらためていることは、薫や郁太郎も
気づいているらしい。
ふたりはともに、何かを期待するような目で、時おりそっと書斎をうかがってい
た。その気持がわかるだけに庄三郎も懸命になったが、秋戸龍斎の名はどこにも見当
たらなかった。探し始めて五日後の昼過ぎになって、秋谷が文書に目を落としたま
ま、
「そうであったか」
とつぶやいた。無精《ぶしよう》ひげを生やしたままの庄三郎がにじり寄った。
「見つかりましたか」
「意外なことであった」
秋谷が示したのは、藩祖三浦壱岐守兼保の事績にまつわる文書だった。兼保は清和

源氏の出で伊豆に生まれたが、その祖先は伊豆、秋戸郷に住んだとある。さらに秋戸郷について、

——治承《ジシヨウ》四年八月二十三日、源 頼朝《ミナモトノヨリトモ》公、石橋山《イシバシヤマ》合戦ニテ挙兵サレ、戦ニ敗レ安《ア》房《ワ》ニ逃レ給《タマ》イシオリ、御台所《ミダイドコロ》ガ伊豆山権現《ゴンゲン》ノ別当《ベットウ》ノ計ライニテ、潜《ヒソ》マレシ地ナリ

としている。頼朝の御台所とは高名な北条政子《ほうじようまさこ》だ。

政子は、秋戸郷で平氏《へいし》の目を逃れた。やがて頼朝が再起して平氏を退け、鎌倉《かまくら》に入ると、政子も秋戸郷を発《た》って鎌倉へと向かい、頼朝と再会を果たした。このため三浦氏の支族には秋戸姓を名乗った者もいたという。

「では、秋戸とは、御家の別姓のひとつなのですか」

「そうだ。時に秋戸姓を名乗られたこともあったようだ」

秋谷は藩主の家系図を取り出した。

そこには三浦氏のうち、幕府の旗本となった家系に秋戸の姓があることが記されてあった。しかし、旗本となったのは幾代も遡《さかのぼ》った遠い祖先が分かれた家系である。

「これはあまりにお血筋の遠い家のようです。このような家からお美代の方様は来ら

れたのですか」

「いや、違うだろう。秋戸龍斎という名は文書のどこにもなかったが、龍斎という号を使われた方なら、ひとりおられる」

秋谷が見せたのは藩主への何の変哲もない何かの礼状だったが、末尾に、

——龍斎
と署名があった。

「これは、どなたのものですか」

庄三郎は食い入るように龍斎の文字を見た。

「西光院様だ——」

秋谷は重い口調で言った。

「せいこういん様?」

庄三郎は思わず訊き返したが、瞬時に気づいた。

西光院とは、藩主義兼が天明六年(一七八六)に参勤交代で出府したおりの道中記に、大坂で対面した人物として書かれていた名だ。

藩祖兼保にとって甥にあたり、本来は三浦本家を継ぐはずだった三浦秀治の子孫だという。

「西光院様は仏門に入られる前の名を三浦秀直《ひでなお》といわれ、茶人としても知られた御方だ。見過ごしていたが、尾張徳川家にお仕えしておられたことがある」

秋谷は、三浦秀治の家系図を示した。その中に三浦秀直について、尾張徳川家にて馬廻役を務める、とある。

「馬廻役ではなく茶頭であったのだな。西光院様は尾張藩に仕えるにあたって、三浦姓を名乗らず、秋戸姓にされていたのだ」

「なぜ、さようなことをされたのでしょうか」

「さて、わからぬが、仮にも大名家の血筋が茶頭となったゆえ、三浦姓を憚られたのかもしれぬ」

秋谷は腕を組んで言葉を継いだ。

「お美代の方様が側室に入られたのも天明六年のはず。大坂屋敷で西光院様が義兼様にお目通りを願ったおりに、ご息女を順慶院様のご側室として入れられることが決まったのやもしれぬな」

「だとすると、お美代の方様の出自《しゅつじ》を、少なくとも義兼公はご存じだったということになりまするが」

「おそらくそうであろう。しかし、解《げ》せぬ」

秋谷はあらためて由緒書を手にした。

「解せぬとは、何がでございますか」

「お美代の方様が三浦秀治様お血筋であることが公になれば、ご側室に入られるのは難しかったであろう。当時お血筋を明かされなかったのは無理もない。されど、順慶院様ご正室となられ、さらに藩主の生母となられた後も秘されていたのはなにゆえか。たとえ先祖に何があろうとも、お美代の方様の御子である義之様が藩主になられたからには、本家、分家が相和したことになるではないか」

「なるほど、さようにございます」

庄三郎も由緒書に目を遣った。お美代の方が三浦秀治の血筋だということは驚きではあるが、いまにして思えば隠すほどのことでもない。

庄三郎はため息をついた。

「なにか、公にはできないわけがあったのでしょうか」

「そうであろう。そのことを順慶院様はご存じだったのかもしれぬ」

そうつぶやきながら秋谷は立ち上がって縁側に出た。庄三郎は、はっとした。

「順慶院様がご承知であったと言われますか」

「何かを感じておられたがゆえに、すでに御子をなされていたお美代の方様を正室にされることをためらわれたのではあるまいか。だからこそお由の方様への寵愛を深められ、あるいは正室に、とも思われたのであろう。だが、お美代の方様に味方する藩内の者たちは、お由の方様を襲うという挙に出たのだ」

秋谷は、かつて江戸屋敷でお由の方が襲われた日を脳裏に浮かべるかのように言った。その日から秋谷の運命は変わった。お美代の方の出生の秘密こそが、秋谷が幽閉されることになった源《みなもと》なのかもしれない。

「それで、順慶院様はお由の方様を断念なされ、お美代の方様をご正室になされたのでしょうか」

「しかし、同時に順慶院様はわたしに〈三浦家譜〉の編纂を続けるよう命じられた。もしかすると、お美代の方様の出自とそれにまつわることを明らかにされたいと思われたのやもしれぬ」

秋谷は机のまわりに積まれた〈三浦家譜〉に目を向けた。

「すべては、〈三浦家譜〉を書き上げることによって明らかにできるのかもしれぬ」

秋谷の言葉を耳にして、庄三郎は背筋に緊張が走るのを感じた。確かに〈三浦家譜〉を完成させることで謎は解けるかもしれない。しかし、それが吉と出るか凶と出るかわからない。御家の秘密を知ったがゆえに命を失うということもあり得る。

裏の竹藪から雀のさえずりが聞こえてきた。新春の淡い日差しが縁側に立つ秋谷を明るく包んでいる。

近頃薫は、うかがうような目を庄三郎に向けてくる。松吟尼に会って以来、何かが変わるのではないか、と期待しているのだろう。

翌日の朝方、庄三郎が井戸端で顔を洗っていると、薫がそっと近づいてきた。

勇気づけるようなことを言ってやりたいが、お美代の方の出自がわかっただけでは、秋谷の命を救う助けになるとも言えない。しかし、何も伝えないのも気が咎める。

庄三郎はたまらなくなって、

「必ず、戸田様をお救いできる道を探し当てます」

と口にした。薫は驚いたように顔を上げて庄三郎を見つめた。庄三郎はごほん、と咳払いをして話を続けた。

「それがしがこの家に参って二年になります。何をなさねばならないのか。いや、何をいたしたいのかがようやくわかってまいりました」

「父上を守ると言ってくださるのですか」

薫は真剣な眼差しをして、庄三郎に詰め寄らんばかりだ。

「さようです。しかし、それがしがお守りいたしたいのは、戸田様だけではござらん。奥方様も郁太郎殿も、そして薫殿もです」

「わたくしまで……」

薫は戸惑ったように目をしばたいた。落ち着かない素振りで庄三郎は薫に向き直った。

「それがしは、薫殿を生涯、お守りいたしたい、と思っております」

薫は見る見るうなじまで赤く染めてうつむいた。そして、うろたえた様子で黙ったまま背を向け、あわてて駆け去った。

庄三郎は呆然とした。

(何ということを言ってしまったのだろう)

薫のいじらしいほどの健気《けなげ》な面差しに、思わず秘めていた胸の内を告げてしまった。薫の心中を考えもせずに口にしてしまい、嫌われただろうと思って後悔した。

肩を落として、庄三郎は顔を洗い終えると台所から板の間に上がった。朝餉の膳が並んでいる。

隣に座った郁太郎が不思議そうに、庄三郎の膳には、生卵がひとつのっていた。

「今朝、鶏は卵をひとつしか産んでおりませんでした。母上か、父上が召し上がるとばかり思っておりましたが」

とつぶやいた。秋谷が箸を取りながら、

「郁太郎、男子は食べ物のことをあれこれ言うものではない。出されたものをありがたく食せ」

と淡々と言った。織江が微笑して、

「そうですよ。檀野様は調べ物でお疲れですから、薫の心づくしです」

と告げた。

薫が頬を染めてうつむいた。その様子を見た郁太郎が、

「さようなものですか」

と首をかしげて少し口を尖《とが》らせた。庄三郎は白く輝く卵を見つめた。

(薫殿は、わたしを嫌ってはいないようだ)

ほっとすると同時に、いやむしろ、と様々に思いをめぐらせて、庄三郎は嬉しげに口もとを緩めた。

十五

「やはり怪しい」

秋谷がつぶやいた。額に汗が浮いている。すでに夏だ。

秋谷と庄三郎は〈三浦家譜〉の仕事の合間に松吟尼から預かった法性院様御由緒書と関わりがありそうな記述を藩の文書から調べていた。しかし、何も見つからない。

「御由緒書が偽物だと言われるのですか」

庄三郎はどきりとした。法性院様御由緒書が秋谷の命を救う手がかりになるのではないか、と思っていたのだ。それが偽りだということになっては困る。しかし、秋谷は頭を振った。

「いや、御由緒書は本物だろう。これはまさしく藩に届けられたものだ。ただし、お美代の方様に関しては不審なことが多いのだ」

「お美代の方様が怪しいとは、どういうことでございましょうか」

庄三郎は目を瞠った。

「うむ、三浦家の分家は旗本となられてもおるし、その他、遠国の家中にもおいでになる。少なくとも年に一度は法事のことなどで御家と音信や行き来がある。だが、お美代の方様のもとにはそれがないのだ」

「ご実家との行き来もないのでございますか」

「ご側室であれば、記録が残っておらぬでも不思議はないが、殿のご生母であられる。それなのにご実家にまつわる記録がないのだ」

「それで怪しいと思われたのですか」

「西光院様のご親戚とも関わりがあったことを示す文書がない。ご親戚の間でも、誰もお美代の方様が西光院様の娘であることをご存じなかったのではないか。御由緒書も西光院様がわずかの間だけ使われた秋戸の姓になっているのだから無理からぬことではあるが」

「なぜ、さようなことに」

庄三郎は困惑して眉をひそめた。

「わからぬな。わたしは江戸屋敷で用人を務めておった。そのときには、ご親戚付き合いで間違いがあってはならぬゆえ、表沙汰にできぬ事情もひそかに引き継ぎされたものだ。しかし、お美代の方様についてはそれもなかった。なにゆえであろう」

秋谷は腕を組んで考え込んだ。庄三郎は思ったことを口にした。

「お美代の方様は西光院様の娘ということを隠さねばならないお身の上だったのではありますまいか」

秋谷はうなずいた。目が鋭くなっている。

「どうもそのようだな。実は、お美代の方様のご親戚筋ではないかと思われる家がひとつだけある」

「やはり、お旗本でございますか」

庄三郎は身を乗り出した。

「いや、福岡藩の住田五郎兵衛《ごろべえ》という人物だ。季節ごとに進物の遣り取りがあったという記録が残っておる。五郎兵衛という方は十年前に亡くなり、それ以降、住田家との音信は絶えておるが、五郎兵衛殿が亡くなられたおり、お美代の方様は弔問の使いを出しているのだ」

「しかし、福岡藩の家臣が親族ならば、隠さねばならぬこととは思えませぬが」

「たしかに。ところで檀野殿は、住田という姓に聞き覚えはないか」

秋谷は庄三郎の顔を見つめた。

「さて――」

庄三郎は頭をひねったが、思い出すことはない。秋谷は自分に言い聞かせるように言った。

「去年殺された播磨屋の番頭茂兵衛は、たしか元は住田佐内という武家だったはず」

秋谷に指摘されて庄三郎は息を呑んだ。去年、夏祭りの夜に殺された茂兵衛が、元は武士だったという話は秋谷から教えられていた。それを思い出した庄三郎は、あわてて訊いた。

「そういえば、茂兵衛は自分の妹をご家老の妾に差し出しているということでしたが」

秋谷は深沈とした表情で話を続けた。

「中根兵右衛門は永年、お美代の方派であった。それが中根の力となっていまがあるのだ。中根が住田という武家の妹を妾にし、お美代の方様も住田と縁があるということになれば、すべてはつながっているのかもしれん」

「だとすると、その住田五郎兵衛という人物について調べれば、お美代の方様のことがわかるかもしれませぬな」

庄三郎は意気込んで言った。

「さようではあるが、わたしもそこもとも、いわば籠の中の鳥だ。福岡まで参るわけにはいかぬゆえ調べようがあるまい」

秋谷は苦笑した。

「何か手はございますまいか」

庄三郎は口惜しそうに膝を叩いた。何かがある。藩にはお美代の方をめぐって、隠しておかねばならない何かがあるのだ。それさえわかれば秋谷の命を救えるのではないか。

だが、どうすることもできないと思うと、庄三郎は虚しさを覚えた。


十日後――

昼下がりになって、庄三郎はいつものように小川まで水を汲みにいった。ぼんやり考え事をしながら水を汲んでいると、背後から声をかけられた。

「庄三郎、ひさしいな」

驚いて庄三郎は振り向いた。不覚にも、傍に近寄られるまで気づかなかった。

庄三郎は声の主を見て絶句した。目の前に立っているのは、二年前、城内で喧嘩になって足に傷を負わせた水上信吾だった。

「どうした。わたしの顔を忘れたか」

信吾は総髪にして質素な木綿の着物に袴をつけ、脇差だけを差している。手に杖《つえ》を持っているのは、庄三郎に足の腱を斬られて不自由になったからだろう。

「おぬし、どうやってここへ」

痛ましげに信吾の杖に目を遣りながら、庄三郎は訊いた。

「馬だ。足が悪くとも馬なら遠出も苦にはならん」

信吾は明るく笑った。見ると少し離れた木に手綱《たづな》が結ばれ、馬が一頭佇んでいる。

「そうか。馬でな」

信吾が馬術に長《た》けていたことを思い出した。庄三郎は馬が苦手で信吾のようには乗りこなせない。

「日頃は部屋に籠もって書物ばかり読んでおるゆえ。ひさしぶりの遠駆けで、気持がよかった」

信吾の様子に足を傷つけた庄三郎への憎悪はうかがえなかった。

「おぬしは江戸へ出て学問をしていると聞いたが」

「吉永篤山《よしながとくざん》先生の塾に入ったのだが、此度、先生が藩校で講義をすることになったので供をしてきたのだ」

吉永篤山は豊後岡《おか》藩の藩士だったが、京に出て伊藤仁斎《いとうじんさい》に始まる古義学《こぎがく》を学んだ後、江戸で私塾を開いて学者としての名を高くした。羽根藩ではかねてから江戸屋敷の藩士を篤山の塾に通わせており、此度、篤山が帰郷することになったのを機会にしばらく留まって藩校で講義してくれるよう依頼したのだという。

「それではしばらく国許にいることができるのか」

それなら、あらためて信吾に詫びを言いたいと思った。信吾はうなずいて答えた。

「先生は秋まで講義をされる。その後は、福岡藩に招かれておるゆえ、福岡で年を越して来年の春には再び戻ってくることになろう。その後は江戸へまた行く」

「わたしはおぬしにいま一度、詫びを言いたいと思っておった」

庄三郎が頭を下げると、信吾はよせ、よせ、と言いながら手を振った。

「あの時は逆上したわたしが悪かった。ひととは難しいものだな。腹の虫の居所しだいで、日頃にないことをしてしまう。あの日のわたしはどうかしていたと思うが、いいまになってはどうしようもない。江戸に出て学問をして学んだのは、おのれを省みるということだった。古《いにしえ》の聖賢の教えを学べば、いまからどのように生きねばならぬかがわかってくる。わたしは歩むことになった道を前に進むだけだ」

信吾は空を見上げて淡々と言った。庄三郎はほっとするとともに嬉しくなった。そうだ、幼馴染みの信吾はこのような男だった、と思った。あの時、些細なことから刃傷沙汰にまでなったのが嘘のように思えた。

思いがけない争いからふたりの人生は変わってしまったが、友であることに変わりはないのだ。そう思えることが嬉しかった。

庄三郎が喜びを感じながら口をつぐむと、信吾は笑いかけた。

「どうした。おぬしは幽閉されている戸田様のところにおると聞いたが、いまの暮しが辛いのか」

「いや、そんなことはないが、おぬしこそ、こんなところまで何用で来たのだ。まさか、わたしに会うためだけに来たわけではあるまい」

庄三郎は訝しんだ。

「長久寺の慶仙和尚と先生は、昔、京の学塾でともに学ばれたことがあるらしい。先生から慶仙和尚に書物を届けるよう言いつけられて、長久寺に届けた帰りなのだ。おぬしがいる戸田様の家がこのあたりと聞いたので、寄ってみようと思ったのだ」

屈託のない表情で言う信吾の顔を見ていた庄三郎はあることを思い付いた。

「信吾、すまぬが戸田様に会ってはくれぬか」

「わたしがなぜ会わねばならぬ？」

信吾は驚いた顔をした。

「頼みたいことがあるのだ。しかし、その頼み事をするには戸田様の了解が必要なのだ」

思い詰めた表情で庄三郎は言った。信吾は困惑した様子で眉根を寄せた。

「頼み事をするうえ、幽閉中のひとにまで会えというのはいささか乱暴だな。わたしは致仕した身だからかまわぬようなものだが、先生に迷惑がかかっては困る」

「頼む。この通りだ」

深々と頭を下げる庄三郎を見て、

「わたしも変わったが、おぬしも変わったな。昔のおぬしはさように思いの籠もった物言いはしなかった」

信吾は苦笑した。

庄三郎は信吾を急いで秋谷の家に連れていった。家に入ると郁太郎が、

「お客様でございますか」

と明るい声を上げた。庄三郎は胸を張って、

「ひさしぶりに友が訪ねてきてくれました」

と答えた。薫があわてた様子で土間に下りて挨拶した。信吾は興味深げに薫を見て、

「水上でござる」

と頭を下げた。さらに、織江まで奥の部屋から出てきて、庄三郎の友だという信吾に温かな挨拶をした。信吾はそれに応えながら、

「庄三郎がこの村に馴染んでおるわけがわかりました」

とつぶやいた。庄三郎は、にこりと笑ってから、信吾を書斎へうながした。表情を引き締めて秋谷の前で手をつき、

「水上は秋から、吉永先生の供で福岡に参るそうです。住田五郎兵衛のことを調べてもらうよう頼みたいと思うのですが、お許しいただけましょうか。ただし、事情を打ち明けずに頼むわけにはまいりません。御由緒書のことも含め、すべてを話しとうございます。それでよろしゅうございましょうか」

と訊いた。隣の部屋で郁太郎と薫が耳を澄ませている気配が伝わってくる。秋谷はしばらく考えてから答えた。

「それがしは構わぬ。されど、水上殿に無理にお願いできる筋合いのことではないゆえ、心にもなくご承知いただくようなことになっては困る」

庄三郎はうなずいてから信吾に向き直った。

中根兵右衛門から秋谷を見張るように命じられたこと、秋谷にまつわることを調

べ、松吟尼に会ったこと、それがきっかけでお美代の方の御由緒書が手に入り、調べるうちに住田五郎兵衛の名に行き当たったことを庄三郎は話した。さらに昨年夏に向山村で殺された播磨屋の番頭と関わりがあるかもしれないとも付け加えた。

秋谷は目を閉じて庄三郎の話を聞いている。

「だが、わたしが話したいのはこのことだけではない。ここに来て〈三浦家譜〉編纂を手伝ううちに、わたしは武士とは何なのかを考えるようになった」

「武士であることをか」

信吾は目を見開いて庄三郎を見た。

「そうだ。御家には昔から対立や争いがあったようだ。時にそれは、村の百姓も巻き込んでいる。村に住んでみて、武士というものがいかに居丈高《いたけだか》なものか、徐々にわかってきた」

「そうか」

真剣な表情で信吾は相槌を打った。庄三郎は話を続けた。

「しかし、戸田様はさような武士の在《あ》り方とは違って、百姓たちとともに生きようとなされておる。わたしはそのような戸田様の武士としての生き方に感じ入った。それゆえ、戸田様をお守りいたしたいと思っておるのだ」

庄三郎はきっぱりと言い切った。

信吾は庄三郎を見守るように静かに聞き入り、考えていたが、しばらくして口を開いた。

「先ほど会った時、おぬしは変わったと思ったが、まさかこれほどとは思わなかったぞ。しかしな、おぬしは頼む相手を間違えてはおらぬか。わたしは中根兵右衛門の甥だぞ」

信吾の言葉に庄三郎ははっとした。

「いまの話を聞いていれば、福岡で調べることは伯父と関わりが出てきそうな気がする。そうではないのか」

「あるいはそうなるかもしれぬ。わたしにはわからぬ」

庄三郎は口ごもった。

「おぬしからいま聞いた話を伯父に告げようとは思わぬ。だが、わたしが福岡で調べることが伯父に関わる重要なものである場合、おぬしに報せるだけでなく、伯父にも告げねばなるまい。それが一族の義理というものだ。それでもよいというのか」

信吾に真剣な目を向けられて、庄三郎はうつむいた。どうしたものかと考えをめぐらしていると、秋谷が横から言葉を挟んだ。いつものように有るか無きかの微笑を浮かべている。

「水上殿、それでようござる。檀野殿はいろいろ案じてくださるが、それがしは〈三浦家譜〉を作り上げることだけがおのれの務めと思うてござる」

「それでようござりましょうか」

信吾は念を押すように訊いた。秋谷はうなずきつつ応じた。

「法性院様御由緒書について知りたいと思うのは、お美代の方様が殿のご生母になられたことで、御家の本家と分家の和がかなったのかどうかだけでござる。もし、和がなったのであれば、それは〈三浦家譜〉に記さねばなりません。もし、そうでなかったら、それはそれで書き残すのがそれがしの役目でござる。おそらくこのことのために、順慶院様は十年の命をお与えくださったのだと思うております」

両手を膝に置き、謹直な表情で聞いていた信吾はゆっくりと目を上げた。秋谷の言葉に感激したのか、頰が紅潮している。

「わかり申した。戸田様のお覚悟、感じ入ってございます。わたしにできることはお手伝い申し上げまする」

そう言ったあと信吾は、庄三郎に顔を向けた。

「わたしは江戸に出て吉永先生のもとで学問の道を歩み、庄三郎は戸田様と出会ってひととしての道を歩んでいる。そう考えると、われらの間で起きた刃傷沙汰は無駄ではなかったということかもしれぬな」

夏の強い日差しが照り返して、書斎を明るませている。


翌日、郁太郎はひさしぶりに谷川に下りて、礫を打って魚を獲った。空気を切って礫が飛び、魚が銀鱗《ぎんりん》をきらめかせて、川面に跳ね上がる。

郁太郎は袴をたくし上げて川に入り、水面に浮いた魚を摑んでは魚籠《びく》に入れた。十数匹獲れたころ、野菜を入れた籠を負ってお春の手を引いた源吉が川岸を歩いているのに気づいた。

郁太郎は川岸に駆け上がっていって、

「源吉。魚が獲れたぞ。少しやるから、持っていけ」

と声をかけた。源吉は振り向いて嬉しそうに笑うと、お春と一緒に走り寄ってきた。郁太郎が差し出した魚を籠の中の大根の葉をちぎって包んだ。何気なく源吉の顔を見た郁太郎は驚きの声を上げた。

「どうした。顔が腫《は》れているじゃないか。また父御《ててご》になぐられたのか」

源吉は頭を振った。

「ちごうちょる。きょうはお春を連れて庄屋さんのとこへ手伝いにいってたんよ。そこへ郡方のお役人で矢野啓四郎《やのけいしろう》様といいなさる方が見まわりにきてな。そしたら、矢野様の乗っていた馬が糞《ふん》をしたんだ。ところが矢野様はそれに気づかねえで、馬から下りたところで踏んづけたんだ」

源吉はおかしそうに笑いながら言った。

「それで笑ったら、なぐったのか。ひどい役人だな」

郁太郎は憤った。源吉は笑いながら、お春の頭をなでた。

「最初に笑《わろ》うたんはお春だ。矢野様がお春の笑い声を聞いて怒って近づいてきよったけん、おれが声を上げて笑った。そんままじゃ、お春がなぐられると思ったからな。そしたら鞭《むち》で打たれたちゅうわけだ」

のどかな声で言った源吉は自分の頰をなでて、

「だけど、もう何ともねえぞ。心配せんでもええちゃ」

と笑顔になった。そして、矢野啓四郎という郡方は、元は勘定方だったが、商人から賄賂を得ていたことが問題になってつい最近郡方に配属されたらしい。三十過ぎの、痩せて陰険な顔をした男だと話した。

「村の年寄りは、陰で五平太ち呼びよる」

「昔の話やけど、〈五平太騒動〉とかいう言い伝えがあるんよ。ひどい郡方がいてな、そいつが、村に来た時、殺められちしもうたそうやて。それで悪い郡方が来ると五平太っちゅう仇名《あだな》で呼ぶんよ」

「五平太?」

「そういえば〈五平太騒動〉の話は父上から聞いたことがある」

「そうじゃろ。だから、ほっときゃいいんよ。中身もねえのに威張る奴は、先々ろくなこたあねえ。腹立てるまでもねえよ」

郁太郎は感心したように言った。

「源吉は強いなあ」

「なんでそげなこつを言うんね。強さなら、郁太郎の方がお侍じゃけん強いに決まっちょる」

「いや、源吉は嫌なことがあっても、すぐに笑い飛ばしてしまう。わたしはいつまでもくよくよと考え込んでしまう」

「それは郁太郎が頭がいいからじゃろ。おれは頭が悪いから覚えてねえだけだ。それになあ、おれは世の中には覚えていなくちゃなんねえことは、そんなに多くはねえような気がするんよ」

源吉はちょっと空を見上げて言った。

「そうか。源吉が覚えていなくちゃならないと思うのはどんなことだ」

「そらまあ、おとうやおかあ、お春のことは当たり前じゃけんど、他には郁太郎のことかなあ」

「わたしのこと？」

「友達のことは覚えちょかんといけん。忘れんから、友達ちゃ」

「そうだな、忘れないのが友達だな」

郁太郎はうなずきながら、昨日訪ねてきた水上信吾のことを思い出していた。信吾が帰った後、庄三郎は信吾のことを話してくれた。

城中でふたりは些細なことから喧嘩になり、庄三郎が斬ったために信吾の足は不自由になったのだという。そのため信吾は致仕して江戸へ行き、学問の道に進み、庄三郎は隠居の身となって、この村に来たのだ。庄三郎は時おり涙ぐんで、

「信吾はわたしのことを生涯、許してくれないと思っていた。しかし、あいつはわたしのことをいまも友だと思っていてくれたようだ」

と嬉しげに話した。郁太郎は、自分も源吉と生涯の友でいたいと思った。友がいるということが、向山村で暮らす中でどれだけ心丈夫だったたか。

そんなことを郁太郎が考えていると、源吉がうんざりした声を出した。

「こりゃあいけん。また、あのお役人が来た」

見ると、小者を連れた郡方役人がゆったりと馬を打たせてくる。源吉は郁太郎の袖を引っ張って道端に膝をつくと、頭を下げた。郁太郎もやむを得ず一緒に頭を下げた。

役人は通り過ぎずに源吉たちの前で馬を止めた。お春が泣きそうな顔になって源吉にしがみつき、

「兄やん――」

と言った。

「静かにするんよ。源吉はお春の頭を抱えて、お叱りを受けたら恐ろしいやろ」

と小声で言った。すると、矢野啓四郎は馬上から見下ろして、

「やはり先ほどの子供か。まだこのあたりをうろうろしておったのか」

と不機嫌そうな声を出した。手に握った鞭で自分の肩を軽く叩いた。

「申し訳ありません」

源吉は平伏して言った。啓四郎は馬を下りて源吉に近づくと、いきなり鞭を振り上げた。郁太郎が前に出て源吉をかばい、鋭く言葉を発した。

「なにゆえの折檻でございますか」

啓四郎は鞭を振り上げた手を止めた。

「なんだと。お前は何者だ。村の子供ではないようだが」

「この村に住む、戸田秋谷の一子郁太郎にございます。なにゆえこの者を折檻されるかをお訊ねいたしております」

秋谷の子と聞いて、啓四郎は一瞬怯《ひる》んだ顔になった。それでも虚勢を張って声を張り上げた。

「この者は先ほど庄屋の屋敷でわしを愚弄《ぐろう》しおった。それゆえの折檻だ」

「そのことなら、先ほどこの者を鞭打たれたことですんだのではございませぬか。それなのに、再度の折檻とは合点《がてん》がまいりませぬ。それに何があったにしろ、郡方が村の者に手をかけることは禁じられていると父から聞いております。お咎めならば村役人に申し付けられるべきかと存じますが」

郁太郎に理路整然と言われて、啓四郎はむっとした表情になった。

「幽閉中の者の息子が口はばったいことを申す」

苦々しげに言うと、啓四郎は馬に跨《また》がった。去ろうとして振り向き、

「そういえば、戸田秋谷は来年には切腹のはずだが、そなたもこんなところにはおら

ず、そろそろ夜逃げの支度でもしたほうがよいのではないのか」

と言って嘲笑した。

啓四郎が馬を進めようとした時、郁太郎は道端の石を拾った。啓四郎の言葉に憤って役人に礫を打とうとしたのだ。源吉はその手を押さえて止めると、郁太郎の袖に止まっていたカナブンを、指でぴしりと弾いて飛ばした。

カナブンは宙を飛んで馬の耳に入った。すると、馬は嘶《いなな》いて走り出し、啓四郎は振り落とされないように手綱にしがみついたが、半町ほど行ったところで馬上から田圃へ転がり落ちた。

その様子を見た郁太郎たちはそそくさと立ち去った。

しばらく行ってから源吉の背に負われたお春がくすくすと笑い出すと、源吉がくっくっと忍び笑いし、郁太郎も噴き出して笑った。

ふたりは笑いながら家に向かって駆け出した。

十六

秋らしいつめたい風が吹くようになった。稲穂が実り、黄金《こがね》色に波打っている。

ある日、雨がざあざあと降った。稲が少し水に浸かったが、すぐに雨が上がると何事もなかったかのように稲穂は立った。しかし、昼の日差しが妙に暖かで肌に刺すようになった。秋谷は〈三浦家譜〉を認《したた》める手をしばし休めて空模様を眺めていた。

やがて瓦岳の山頂に厚く雲がかかると、秋谷は源兵衛を訪ねて話し込んだ。さらに自らが知る郡奉行所の下役に手紙を書いた。庄三郎が、

「何事ですか」

と訊くと、秋谷は眉根を寄せて答えた。

「このように生暖かい秋には大風が吹くことがある。さらに雨が続けば土砂崩れが起きることもある」

「まことですか」

「源兵衛もさように申しておった。それゆえ、庄屋に働きかけて、今年の稲刈りを早めてはどうかと伝えておるそうだ。わたしからも郡方の下役に手紙でそのことを報せた」

「それでは、さっそく稲刈りになるのですか」

庄三郎は心配になった。本来なら、稲刈りはもう少し先のはずだ。

「源兵衛はそのつもりだが、他の百姓たちは庄屋の意向を待つであろうな。いますぐ

では穫れ高が少なくなって、年貢が納められるかどうか危ぶまれる」

「ですが、大風になってしまえば元も子もありますまい」

「さように百姓というものは哀しいものだ」

秋谷は腕を組んで考え込んだ。


数日して、市松と源兵衛が秋谷を訪ねてきた。

市松が姿を見せたのは、ひさしぶりのことだ。薫にも黙って頭を下げただけで、目を合わせようとはしなかった。

郁太郎もいる板の間で秋谷の前に座った市松は、真剣な表情で、

「村では稲刈りを早くすることにいたしました。庄屋さんもそうしようと言うてくださったんですが、郡方のお役人が許してくれません」

と告げた。秋谷は表情を厳しくした。

「馬鹿な。郡方には昔の記録が残っている。かような時に稲刈りを早めたことは何度かあって、しかもそれでよかったのだ。穫れ高こそ少なかったが、凶作になることを免《まぬが》れた。その時は殿より村方にお褒《ほ》めの言葉も頂戴いたしておるはずだ」

「それが、新しく郡方に来られた矢野啓四郎様という方がどうしても認められんと言

うのです」

「郡方の下役にはわたしからも書状で実情を報せておいた。まともな郡方なら事態は呑み込めるはずだ。新任の郡方が何と言おうと、相手にはしまい」

「いえ、矢野様には郡奉行様でも憚りがあるそうです。年貢が少のうなったらその責めを誰が負うのかと言い募るとかで、何も言えんのです」

「その矢野啓四郎なる者がなにゆえ、さように横車が押せるのだ」

　秋谷が訊くと源兵衛が口を開いた。

「中根ご家老様のお声がかりの方なのだそうでございます。それに勘定方におられた時から播磨屋とつながりがあるちゅうことで」

　市松が膝を乗り出した。

「勘定方で賄賂を取ったことがばれて郡方に回されたっていう噂ですが、そうじゃねえと思います。去年、番頭の茂兵衛がこの村で殺されたから、播磨屋の息のかかった矢野啓四郎様を中根様のお力で郡方に回したんじゃねえかと思います」

「何のためにだ」

　秋谷は眉をひそめた。

「この村の田畑を播磨屋が買い漁れるようにするためじゃねえかと思います。稲刈りを早めるのを許さねえでおいて、凶作にさせようって魂胆なんです。年貢が納められねえと、みんな金を借りんといかんようになって、この村はあっという間に播磨屋のものになってしまいよります」

市松は吐き捨てるように言った。

「庄屋殿はどのように申しておるのだ」

「矢野様に逆らうことはできません。ですが、村の者が納得せんでしょうから、きょう庄屋屋敷に矢野様がお見えになって、稲刈りを早めてはならんと直々《じきじき》に皆にお達しされるそうでございます」

源兵衛が答えると、しばらく考えた秋谷は、

「わしもいまから庄屋屋敷に参ろう」

と告げた。源兵衛は驚いて止めた。

「戸田様はお咎めを受けておられるお身の上でございます。村方と関わられては、どのようなことになるかわかりません。おやめください」

「わたしは三里四方内に出歩くことは許されておる。それに、村に住んでおるからには、庄屋屋敷まで出向いても不思議ではあるまい。たまたま郡方が村の者に達しをしておって、昔の郡奉行であるわたしに此度のことについて何事か問うこともあろう。

さすれば、わたしも存念が言える。もっとも、問われずとも言うべきことは言うつもりだがな」

秋谷は笑って立ち上がった。書斎で話を聞いていた庄三郎は、板の間に身を乗り出して、

「戸田様、さようなことなら、わたしもお連れください」

「檀野殿もか?」

秋谷は困惑したように庄三郎の顔を見た。

すると郁太郎も手をついて、

「父上、わたしもお連れください。この村の危急存亡の秋《とき》かと思います。見過ごすわけにはまいりません」

と言った。秋谷は苦笑した。

「わかった。ならば、檀野殿とともに参るがよい」

秋谷の言葉に、庄三郎と郁太郎はにこりとして顔を見合わせた。市松はうかがうような目で秋谷を見つめている。

庄屋屋敷に着いてみると、広い土間に村の主だった者たちが二十人ほど詰めかけて

膝をついていた。その中には万治と源吉父子の姿もあった。

秋谷は源兵衛、市松とともに土間に入っていった。庄三郎と郁太郎は土間の入口に控えた。板敷に座っていた庄屋の次郎右衛門《じろうえもん》は入ってきた秋谷に気づくと、ほっとした表情を浮かべた。その様子を近くに座っている矢野啓四郎が横目で見て、秋谷に鋭い視線を送ってきた。そして、咳払いしてから口を開いた。

「きょうは、そなたらに申し渡すことがある。天候不順を心配して稲刈りを早めようと願い出ておるそうだが、さような噂に振り回されてはならぬ。稲刈りを早め、年貢を納められなくなれば、これほど御家に対する不忠はないぞ。よって、稲刈りは例年通りといたす。さよう心得よ」

啓四郎は冷淡に言った。村人たちは押し黙ったままで、何の応えもない。啓四郎は苛立《いら》った。

「いかがした。承《うけたまわ》りましたと、なぜ言わぬのだ」

「恐れながら、申し上げます」

市松が跪いて声を上げた。

「何じゃ」

啓四郎はうるさげに訊いた。

「こんな天候のおりには大風や大雨になるという、村の古くからの言い伝えがあります。もしいつもの年と同じように稲刈りをすることにして、その前に大風や大雨があればどうすればよろしいのでしょうか」

「さようなことはなってみなければわかるまい」

ひややかに啓四郎は言い捨てた。市松は膝の上に置いた手を握り締めた。

「なってみねばわからぬと言われますが、凶作になれば百姓はやっていけません。そのおりには年貢は納めなくともよいのでございますか」

「年貢のことにそなたごときが口を挟むのは、不埒である。そのままには捨て置かぬぞ」

啓四郎は市松を睨み据えた。かっとなった市松が立ち上がろうとした時、秋谷が肩を押さえた。

秋谷はゆっくりと立ち上がった。土間の村人たちは、秋谷が何を言うのかと固唾《かたず》を呑んで見守った。啓四郎は冷笑を浮かべて秋谷を見据えている。秋谷が何か言えば罪に問えると思っているかのような表情をしている。

「庄屋殿、ちと世間話をいたしたいが、よろしいかな」

秋谷が訊ねると、次郎右衛門は手をついて秋谷に顔を向けた。

「何でございましょうか」

「庄屋殿は内藤作兵衛《ないとうさくべえ》のことを覚えておいでか」

言われて、次郎右衛門ははっとした。

「たしか昔、自害をされた郡方のお役人様でございます」

「そうだ。二十年前、わしがまだ郡奉行を務める前のことだ。ちょうど今年と同じような天候だった年に、内藤は稲刈りを早めることに頑強に反対いたした。古参の村方廻《むらかたまわり》の申すことゆえ、奉行も内藤の意見を容《い》れた。だが、やはり言い伝え通り、大風、大雨にたたられて凶作になった。内藤はその責めを負って自害いたした。奉行は内藤を責めはしなかったそうだが、藩内では切腹を申し付けるべきという声は強かったということだ」

秋谷の話を啓四郎は額に汗を浮かべて聞いていたが、たまりかねて秋谷に問いかけた。

「戸田殿、それはまことか」

秋谷はゆっくりと啓四郎に顔を向けた。

「これは郡方の方でござるか。問われたゆえ、お答え申すが、まことでござる。その後、郡奉行になったそれがしは、かような時、責めを負う者は切腹せねばならぬことを覚悟すべしとの申し次ぎを受け申した。いまも、その申し次ぎはなされているはずでござるが、他の方から聞かれてはおられぬか」

「聞いておらぬ」

啓四郎は青ざめ、うめくように言った。

「それはおかしゅうござるな。郡方でこのことを知らぬ者はおらぬはず。ひょっとするとお手前にやりたいようにやらせたうえで、腹を切らせようと目論んだ者がおるのかもしれませんぞ」

「まさか、さようなことがあるものか」

「ひとは信用なりませぬぞ。おのれが謀《たばか》っておるつもりで、実は誰かに陥《おとしい》れられるということもある。ご用心あって然《しか》るべきかと」

啓四郎が何も言えずに黙り込むと、秋谷は言葉を継いだ。

「されど、腹を切る覚悟で、何としても年貢を減らさぬようにしようというのは、まことに天晴《あっぱ》れでござる。それがし、感服仕《つかまつ》った」

啓四郎は秋谷を睨みつけながら立ち上がった。

「稲刈りのこと、あらためて沙汰をいたす」

村人たちの表情に喜色が浮かんだ。

「それでは、早めてもよろしゅうござるのか」

秋谷が問いかけると、啓四郎は顔をそむけて、

――勝手にいたせ
とつぶやいた。土間に下り、草鞋《わらじ》を履《は》いて出ていこうとした時、目の前に源吉がいるのに気づいた啓四郎は、つかつかと源吉に近づき、

「そなた、先日、わしが落馬したおりに笑いおったな」

と言うと、いきなりなぐりつけた。源吉は悲鳴を上げて土間に転がった。啓四郎はさらに源吉を足蹴《あしげ》にしようとした。

「わしの倅《せがれ》になにをするんじゃ」

万治が覆いかぶさるようにして源吉をかばった。啓四郎は万治を睨みつけて、

「そなた、どこぞで見たことがあるな。この村の者か」

と訊いた。万治は怯えた表情になったが、おずおずと答えた。

「万治と言います」

「なに、万治だと。そうか思い出したぞ。いつぞや、城下の播磨屋の店で見かけた男じゃ」

ひややかに啓四郎は万治を見つめた。万治は顔を強張らせてうつむいた。そして、

ぶつぶつと口の中で言い訳めいたことをつぶやいた。

「何を申しておるのだ。聞こえぬぞ」

意地悪げに言いつつ、啓四郎は土間の村人たちを見回した。

「この万治はな、死んだ播磨屋の番頭茂兵衛から金をもろうて手先になっていた男だぞ。村のことを告げに播磨屋に来たのを、わしは見たことがある。茂兵衛が、こ奴は金と酒ばかりせびりながら、いっこうに役に立たぬと申しておったわ」

啓四郎は嘲笑を浴びせて、そのまま出ていった。土間の村人たちは静まり返って万治を見つめた。重苦しい空気が漂った。源吉が万治にすがった。

「おとう、いまの話は嘘だよな。あのお役人はでたらめを言うたんじゃろ」

万治は青ざめてうつむくだけで何も答えない。傍に近づいた市松が、

「万治さん、おれはどうもそうなんじゃないかと思っちょったよ。昼間から酒飲んでふらふらしちょるあんたを何度も見かけたからな」

哀しげに言って、背を向け言葉を継いだ。

「村を出ていけとは言わねえが、おれはあんたとの付き合いはご免被《こうむ》る。たぶん、他の者もそうだろう。だけど恨んでもらっちゃ困る。村を守らなきゃならねえ大事な時なんだからな。裏切る奴を放っておくわけにはいかねえ」

うなだれた万治を顧みずに市松が出ていくと、他の村人たちも後に続いて去った。

「おとう、違うなら、違うち言うたほうがいいぞ。村の衆に見捨てられたら、わしら、村で生きていけんごとなるじゃねえか」

源吉がかきくどくように言ったが、万治は何も言わない。郁太郎はそんな万治父子の様子を黙って見ていた。秋谷が戸口に来て郁太郎の肩に手を置いた。

「帰るぞ、郁太郎。村の中のことに、わしらは口を出すわけにはいかぬ」

秋谷にうながされて、郁太郎も出ていった。源吉が万治に訴える声がいつまでも聞こえてくるのが辛かった。

秋が深まった。

大風は突如吹き始めた。葉の茂った木々の梢が突然ねじ伏せられるようにたわんだ時には、すでに刈り終えていた稲田に向かって猛烈な風が天から吹き下ろした。土煙が上がり、野良仕事をしていた村人たちは目を開けることもできなかった。

同時に横なぐりの風が吹き付け、足をすくわれて倒れた時、山頂へと舞いあがっていく竜巻を見た。山沿いの家は一瞬で屋根を吹き飛ばされ、木々が根こそぎ倒されていった。

恐怖のあまり腰が抜けたようになった村人の顔に雨が落ちてきた。それも日ごろにない大粒の雨で、地面めがけて叩き付けるように降ってくる。風に襲われた後はすぐに豪雨になった。瓦岳の崖をざあざあと雨水が流れていったかと思うと、飛沫をあげて田に迫った。

村人たちがあわてて家に駆け戻って一刻ほどたつと、遠くから、どどっ、どどっという地響きが何度も聞こえてきた。気味悪く思った村人が雨の中、蓑笠《みのかさ》をつけて外に出ると、崖がぐらりと揺れて、地割れとともに巨大な岩が動いたように見えた。それは土砂崩れの一瞬だった。崖の中ほどから水が噴き出るや否や、崖の表面が流れていった。

雨は十日間、降り続いた。

庄屋屋敷の蔵に運び込んでいた年貢米は無事だったものの、村人たちの家や田畑はひどい有様になった。どの家も屋根の一部が吹き飛び、柱が折れるなどしていた。小高い場所にある秋谷の家はそれほどの被害を受けなかったが、それでも屋根から雨漏りがするようになった。

庄三郎は連日、屋根に上がって修繕をした。大雨が嘘のような秋晴れの日となった。郁太郎が外出から戻ってくるのが屋根の上から見えた。

郁太郎はうつむいて元気がない。

「郁太郎殿、どうされた」

庄三郎に声をかけられて、郁太郎はぼんやりと屋根を見上げたが何も答えない。その様子を庄三郎のために茶を持ってきた薫が見て叱った。

「庄三郎様が屋根を直してくださっているのに、あなたはどこで遊んでいたのですか。それにどうしたのか訊かれているのに返事もしないなど、失礼ではありませんか」

郁太郎は横を向いて口を開こうとしない。庄三郎は、薫が自分の名を口にしてくれたことが嬉しくて、

「薫殿、わたしのことは気になされるな。それより郁太郎殿には、何か気がかりなことがあるのではないですか」

と屋根の上から言った。すると、郁太郎は庄三郎を見上げて、

「源吉の家は屋根が飛んでしまって大変なのです。父上は相変わらず、酒を飲んでふらふらして何もしようとしません。しかも村の者はだれも助けてはくれないのです。それで、手伝いをしようと思ったのです」

と言って唇を噛んだ。

と立っていた。

郁太郎が訪ねると、源吉はひとりで忙しく働いていて、その傍らでお春がぼんやり
「大変だろう」

郁太郎が声をかけると、源吉は振り向いて、いつものようににこりとした。

「ああ、えらいことやけど、どこの家も同じじゃから、文句は言えん」

「何かわたしにできることはないか。手伝うぞ」

源吉は笑って頭を振った。

「郁太郎の家だって、しなくちゃならんことはいっぱいあるはずじゃろ。まずは自分の家の始末をするのが先じゃねえか。若いお侍さんがいなさるからちゅうて甘えたらいけん」

「そうは言っても、源吉の父上はまた酒を飲んで、どこかをうろついているのではないか」

郁太郎が腹立たしげに言うと、源吉は仕事の手を止めた。郁太郎の顔を正面から見据えた。

「この間、庄屋さんのところでお役人になぐられた時、おとうはおれのことをかばっ

てくれた。あん時は嬉しゅうて、やっぱりおとうじゃからあげんしちくれたち思うちょるんよ。あれからおとうは村の衆から相手にされねえが、おれにとっては大事なおとうだ。たとえ郁太郎でも悪口を言うたら、許さん」

源吉にきっぱりと言われて、郁太郎はうなだれた。

「すまなかった」

「わかってくれたら、いいんだ。それに、いまおれの家は村のひとたちから除《の》け者にされちょるけん、そんな家を手伝《てつど》うたら、郁太郎の父上にも迷惑がかかるぞ。はよう帰った方がいい」

源吉はそう言うと、背を向けて再び家の修理を始めた。その背には困難に立ち向かおうとする決意が滲んでいた。

郁太郎はそれ以上、何も言えずに戻ってきたのだ。

庄三郎は郁太郎の話を聞くとうなずいて、

「それでしたら、後でわたしが源吉の家に手伝いにいきましょう」

と言った。郁太郎の顔がぱっと輝いた。

「まことですか」

「もともとわたしは村に住んでおるわけではありませんから、わたしがすることを村の者もとやかくは言わぬでしょう。郁太郎殿にはわたしの代わりに屋根に上がって、ひと働きしていただきますぞ」

「はい、さっそく用意してまいります」

郁太郎は元気に答えると、着替えるために家の中に駆け込んでいった。薫が庄三郎を見上げて、

「申し訳ございません。もともと郁太郎がしなければいけないことを庄三郎様にしていただいていたのに」

とあやまった。庄三郎は微笑して言った。

「いえ、屋根の上は気持がいいものです。しかも、かように仕事をいたしておりますと、自分にも何かができるのだ、と思えて嬉しいのです」

庄三郎は空を見上げ、さらに山々や平野を見渡した。雨に洗われた後の景色はひときわ美しく見えるようだ。きょうあたり信吾は福岡に着いたのではあるまいか、とふと思った。

吉永篤山の福岡行きは時ならぬ風雨のため遅れた。だが三日ほど前に、信吾から出発したという便りが来ていた。

（信吾の調べがうまくいってくれればいいのだが）

庄三郎はあらためてそう思った。

数日後の夕刻、庄三郎が源吉の家の修繕をほぼ終えて戻ってきた。手伝いを申し出ると源吉は何度も断ったが、庄三郎は、

「武士がいったん言い出したことを、そなたは拒むのか」

と一喝して、押し切ったのだ。屋根を仕上げると、源吉だけでなく母親やお春も出てきて涙を流さんばかりに喜んだ。源吉はうなだれて言った。

「郁太郎におれがすまんかったと言うてたと伝えてください。この前おれは、せっかく手伝いにきてくれた郁太郎につめたいことを言うてしもうた」

「さようなことは自分で申せ。友とはいつでも心を打ち明けて話せる相手のことだぞ」

源吉に言い置いた庄三郎は、やり甲斐のある仕事を終えたという満足感を抱いて秋谷の家に戻った。

家に入ると源兵衛が来ていた。秋谷と深刻そうな表情で話している。庄三郎が頭を下げて書斎に行こうとした時、秋谷が声をかけた。

「檀野殿、こちらへ。困ったことが出来《しゅったい》いたした」

　庄三郎が言われるまま秋谷の前に座ると、源兵衛が頭を下げて、

「実は郡方の矢野啓四郎様が亡くなられたのでございます」

　と言った。秋谷が言葉を継いだ。

「しかも、尋常な死に様ではなかったようだ」

　啓四郎は、先日から風水害の被害を調べるため庄屋屋敷に来ていた。村役人から田畑や家の荒れ具合や死んだ者はいるかなどを聞き取ったが、自らが歩いて見てまわるようなことはしなかった。それどころか、次郎右衛門に昼間から酒を出させてのんべんだらりと過ごしていた。ところが昨日の昼になって、啓四郎は不意に、

「村を見まわってまいる」

　と言い出し、酒が残った熟柿臭い息を吐きながら、供も連れずに出かけていった。次郎右衛門は啓四郎が真面目に見まわりに出たとは信じられず、村の女目当てに出かけたのではないかと心配していた。

　ところが、夜がふけても啓四郎は帰ってこなかった。次郎右衛門は小作の男たちに言い付けて啓四郎を捜させた。すると昼過ぎになって、鎮守の森に近い雑木林の中で啓四郎が首に鎖分銅を巻き付けられ、木に吊るされているのが見つかった。

「鎖分銅が使われたのですか」

庄三郎は緊張した。秋谷の表情が曇った。

「昔の黒崎五平太と同じだな。ただ、〈五平太騒動〉の時は吊るされたのが高い杉であったゆえ、数人の仕業であろうということになったが、此度は普通の木だ。おそらくひとりでしたことであろう」

「そうなると、また倅の市松が疑われることになります。市松は家に閉じ籠もって震えております」

源兵衛は重苦しい声で言った。庄三郎は秋谷に顔を向けた。

「戸田様、これはいかなることになるのでしょうか」

「さて、わたしにも悪しきことになるとしか言いようがない」

秋谷は暗い目をしてつぶやいた。

十七

矢野啓四郎が何者によって殺害されたのか、村役人だけでなく郡方まで出動して調べたが、下手人はわからなかった。

市松には二度、庄屋屋敷へ呼び出しがあったが、村役人の取り調べを受けただけですぐに放免された。

村には重苦しい空気が漂った。村の中に人殺しがいるのだと思うと、誰もが目を見交わすことさえためらうようになってきた。そんな中、村人たちの間で囁かれ出したのは、

「万治がやったんじゃねえか」

という噂だった。

播磨屋の番頭茂兵衛が万治を手先にしていたという話を、啓四郎は村の者がいる前で暴いた。ふたりと関わりがあって、恨みを抱きそうなのは万治だけだった。その上、万治は村人から交わりを絶たれていたから、誰もかばい立てする者はおらず、噂だけが広がっていった。

それでも、さすがに万治を訴人する者はおらず、これまで以上に万治一家が村の中で孤立しただけで、秋が過ぎた。

万治は少ない田畑で野良仕事をするほかは出歩くこともなく、家族への口数もめっきりと減って、陰気な顔が痩せ細っていった。

源吉は不満そうな顔も見せずに万治の分まで懸命に働いた。道で郁太郎や庄三郎に

会えば笑顔で話しかけて、疲れた様子も見せなかった。

やがて冬が来た。

枯野が広がって葉を落とした木々が多くなった。鉛色の雲が垂れ込めた日が続き、しだいに寒気が強まってきた。

万治が取り調べられるということもなく日が過ぎ、年の暮れを迎えようとするころ、源吉が郁太郎を訪ねてきた。

珍しく元気のない源吉を見て、郁太郎は裏庭に連れていった。竹藪の傍で誰にも聞かれないように話そうと思った。

源吉はしばらく口籠もっていたが、やがて心を決めたような顔をして、

「おとうがこの村を出ていくち言い出したんよ」

と気がかりそうに言った。

「なんだって。勝手に出ていくなんてことは許されないんじゃないのか」

「いや、ちゃんと庄屋さんに話してな、田畑を手放してからそげんするつもりらしいんよ」

「どうしてまた、そんなことを」

と言いながらも、郁太郎には理由がわかっていた。村の者から相手にされなくなっ

ては暮らしが成り立たないのだ。

「おとうは博多に行って八百屋をやるち言いよるけんど、元手がなかったら何もできんじゃろうし、日雇いの人足になるのが関の山じゃなかろうか」

「源吉はそれでいいのか」

「しかたねえち思っちょる。家のことはおとうが決めることやからな。人別《にんべつ》のことやら何やらがあるから、村を出ていくちゅうてもすぐにはできんじゃろう。年が明けて、春になってからのことじゃろね」

「そうなのか。源吉がいなくなると、さびしくなるな」

「おれもやけど、しょうがねえよ。それに、まだ先のことやし、おとうの気が変わらねえとも限らんしね。けど、急に出ていくことになったら嫌じゃけん、郁太郎には話しちょこうと思うたんよ」

言い終えた源吉は、ほっとした顔をして帰っていった。

だがその後、万治一家が村を出ていく話はなかなか進まなかった。

庄屋は万治が播磨屋の番頭や矢野啓四郎を殺したという噂を半ば信じており、万治が村を出ることを認めれば、下手人の逃亡を許したと、藩から咎めを受けるのではないかと恐れていた。

一方、万治も博多で商売をやるための金策に走りまわっていた。すでに村で爪《つま》はじきになっている万治に金を貸す者がいるはずもなかった。しかし、万治は必死で村の家々を訪ねて回り、時に叩き出されたりもしたが、それでも懲《こ》りずに食い下がった。ついには市松の家にまで行き、父親の源兵衛にも借金を頼み込んだ。源兵衛はつめたくあしらうことなく、話を聞いてやった。それに味をしめたのか、万治はたびたび源兵衛を訪ねるようになった。

そうこうするうちに年の瀬も押し詰まり、ひとびとの万治への関心は薄れていった。

年が明けて間もなく、秋谷を訪ねてきた源兵衛が板の間に座り、

「万治にも困ったものでございます。近頃では金が貸せないなら酒を飲ませろとねだるようになりました。村を出てどうにかしようとしたところまではまだよかったのですが、どうやら気力もそこで萎えたようで」

と当惑した顔で訴えた。秋谷は腕を組んで訊いた。

「それで酒を飲ませてやったのか」

「まあ、たまにですが。それ以来、庄屋様のところにも酒をせびりにいくような有様でして」

「庄屋殿はどうしておるのだ」

「万治が村から出ていっては、ひょっとして矢野様殺しの下手人を逃がしたということにもなりかねませんから、渋々酒を飲ませているようです」

「そうか。万治を村で飼い殺しにしておこうという腹づもりなのだろうな」

秋谷は顔をしかめた。これ以上、万治の暮らしが村内で成り立たないことはわかっている。だが、誰も助けの手を差しのべようとはしないのだ。

「奇妙なものでして、万治が村を出ていくと言い出した時、村の者は厄介払いができると喜んだのですが、段々に庄屋様と同じ心配をし出したらしゅうございます」

「万治が出ていけば、後で困るということか」

「はい。もともと万治がひとを殺せるなどとは誰も思ってはおりませんのですが」

言ってしまってから、源兵衛は後悔したような表情をして口をつぐんだ。秋谷は身を乗り出した。

「万治が殺したのではない、と知っておるとはどういうことだ」

源兵衛はうつむいて黙ったままだったが、しばらくして口を開いた。

「戸田様、村の者は幼いころからお互いをよく知っているのでございます。誰がどれだけ働き者か、どんな性根をしているか。何もかも知っております。鎖分銅を使ってひとを殺せるような腕が万治にないことぐらいは、皆、本当はわかっております」

「では、誰が殺したかもわかっているのではないのか」

秋谷の目が鋭くなった。

「それは誰も知らないと思います。しかし、市松がお役人のお取り調べを受けた時、村の者たちが心配したのは、市松にはそれだけの腕があるとわかっていたからです。万治が殺したのではないかと噂になったのは、嫌われ者の万治への嫌がらせと、腕のある者へ疑いがかからぬようにするためだったと存じます」

源兵衛はぽつりぽつりと話した。

「では、矢野啓四郎たちを殺すほどの腕がある鎖分銅の使い手は何人かいるのだな」

「さようでございます」

「誰なのだ。教えてくれぬか」

「お教えいたせば、どうなさいますか」

源兵衛はうかがうように秋谷を見た。

「その者と話さねばならぬ。もし一揆や強訴を企てておるのであれば、止めたいのだ」

秋谷の言葉に、源兵衛はしばらく考え込んだ。そして指を折って数えながら村人の名をあげていった。

「若い者では重次郎《しげじろう》、小助《こすけ》、作兵衛《さくべえ》あたりでしょうか。それぞれ、なかなかの腕のようです。年を取った者だと辰蔵《たつぞう》、それに――」

そこで言葉を切った源兵衛は、ひと呼吸置いて付け加えた。

「わたしです」

内心驚いて秋谷は源兵衛の顔を見つめた。陽に焼けしわが深く刻まれた木彫りの仏像のような顔には、何の表情も浮かんでいない。不気味なほど落ち着いていた。

「そうか、思い出したぞ。昔そなたがわしに仕えていたころ、城下の道場に通って剣術の稽古をいたしておったな。かなりの腕前まで進んだと聞いた覚えがある」

秋谷はさりげなく言った。

「滅相《めっそう》もないこと。百姓の剣術修行などものになるはずがございません。どうにか、お武家様の剣の振るい様は覚えましたが」

「それで、矢野啓四郎を殺めることができたのか」

源兵衛は首を横に振って答えず、話を続けた。

「その昔、御家がこの地に入られてから間もなく、一揆が起きたのはご存じでございましょう」

「たしか、寛永十二年（一六三五）であったな。蝗《いなご》の害と長雨が続き、凶作になったため、二千人におよぶ百姓が年貢減免を求めて城下に乱入いたしたという」

秋谷は〈三浦家譜〉に記したことを思い出しながら言った。

「そう伝えられております。ところが御家は、いったん百姓の求めをお聞き入れになったと見せかけて、一揆が終わった後に首謀者を獄門にかけたそうです。それ以来、この藩の百姓はお役人を信じておりませぬ」

「さようであろうな」

「でございますから一揆を起こさず、〈五平太騒動〉のように、ひどい郡方はひそかに殺めてしまえばよいと思ってきたのです。百姓は昔からそのように戦って、村を守ってきたとしか申し上げられません」

日ごろにない厳しい口調で源兵衛が言い切ると、秋谷は辛そうな面持ちをして目を閉じた。

「武士と百姓は、さように憎み合わねばならぬのであろうか」

源兵衛は首をかしげた。

「わたしにはわかりかねますが、この村の者はこれからもさようにして生きてまいります。ですから、播磨屋の番頭や矢野啓四郎様を殺したのが誰なのかは、わかってはならぬことなのです」

そう言ってから、源兵衛は申し訳なさそうに頭を下げて帰っていった。秋谷は後ろ姿を見遣りながら端坐したまま考え込んだ。


書斎で源兵衛の話を耳にしていた庄三郎は、板の間に入って秋谷に声をかけた。

「ただいまの源兵衛の話はまことでございましょうか」

「源兵衛は嘘をつかぬ男だ」

「しかし、大それたことでございますぞ。仮にも藩の役人を殺したのですから」

「源兵衛は自分がしたことだとは言わなかったぞ。それを忘れてはならぬ」

秋谷は庄三郎をたしなめるように言った。

「では、源兵衛が名をあげた者のうちの誰かが下手人だというのでございましょうか」

「いや、源兵衛が申す者たちは、たとえ鎖分銅を振るえたとしても、ひとを殺めることまではせぬであろう」

「それでは、やはり源兵衛が」

「おそらくそうだろう」

「この書斎に鎖分銅を打ち込んだのも源兵衛だったのでしょうか」

「わたしが何を考えておるか、源兵衛ならよく知っておったからな。村の者の強訴の相談を邪魔されたくなかったのであろう」

あの好々爺《こうこうや》のような源兵衛が、鎖分銅を使って播磨屋の番頭茂兵衛と矢野啓四郎を殺したのかと思うと、庄三郎は背筋が寒くなった。それだけ村の者たちの武士への恨みは根深く、強いのかもしれない。

秋谷は腕を組んで、有るか無きかの微笑を浮かべた。

「思えば、播磨屋の番頭が殺された時に気づくべきであったかもしれぬな。番頭がこの村で殺されれば、真っ先に疑われるのは市松だとはわかっておった。だからこそ、市松が太鼓を打ち鳴らしておる間に殺したのだ」

あの夜、神社の境内に源兵衛の姿があったことを庄三郎は思い出した。茂兵衛の傍《ぼう》若無人《じやくぶじん》な振る舞いに、源兵衛は憤りを募らせていたのだろう。

「されど、このまま放っておくわけにはまいりますまい」

「いや、何の証もないことだ。それに、源兵衛は、わたしが村のことにこれ以上口を差し挟まないよう釘を刺すために、先ほどの話をしたのであろう」

秋谷はさびしげに言った。かける言葉が見つからず、庄三郎は下を向いた。あらゆる事柄が絡み合い、解きほぐす糸口すら見つけられないのが口惜しかった。

その後、万治は庄屋に酒をねだって日を送るだけで、村を出る話は忘れたかのように口にしなくなり、村人の噂話にのぼることもなくなった。


春霞が山裾に棚引き、咲き始めた桜の色と相まって、のどかな春らしい風景が広がっていた。その景色の中を笠をかぶり、脇差だけを腰にした水上信吾が馬を駆って向山村に再びやってきた。

信吾は秋谷の家に着くと、庭先の木に馬をつなぎ、戸口で訪《おとな》いを告げた。庄三郎があわてて書斎から迎えに出ると信吾は笑顔で応じた。

「待たせたな。ようやく福岡から戻ってこられたぞ」

庄三郎は信吾に飛びつくようにして両肩に手をかけた。

「どうであった。わかったか」

「うむ、わかったぞ」

そう答えた信吾は表情をあらためた。すぐさま書斎へ通され、秋谷と短い挨拶を交わした後、信吾は話し始めた。

「正直、困り申した。わたしは調べてわかったことを戸田様に申し上げた後、伯父にも話さぬわけにはまいりません。さすれば戸田様に災厄《さいやく》が及ぶかもしれませぬが、よろしゅうございまするか」

信吾は眉を曇らせて言った。秋谷は笑みを浮かべて答えた。

「水上殿は、それがしが秋には切腹いたす身であることをお忘れであろうか。死する身に、災厄など何ほどのものでもござらぬ」

そうまで言われても、信吾はためらっていた。

「信吾、もはや時がないのだ。戸田様は真実を知らなければ〈三浦家譜〉を書き上げることができぬ。十年前、江戸屋敷で起きたことや、戸田様ご自身のことも記せぬ」

庄三郎が言い募ると、ようやく信吾はうなずいて口を開いた。

「調べるというほどのことではございませなんだ。福岡に着いて間もなくわかったことでござる。住田五郎兵衛は福岡藩にて無役百石の身分でござったが、有り体に申せば、播磨屋の先代作右衛門《さくえもん》でござった」

「なに、播磨屋が住田五郎兵衛だったとな」

さすがに秋谷は顔色を変えた。

「さよう。播磨屋作右衛門は、福岡藩への資金用立ての代わりに苗字《みようじ》帯刀を許されたのですが、そのおり住田家に養子縁組する形を取ったようです。ただし、これは作右衛門一代限りで、いまの当主吉左衛門《きちざえもん》は、住田家を継いではおらぬのです」

「そうか――」

秋谷は考え込んだ。庄三郎は当惑した顔を秋谷に向けた。

「どういうことでしょうか。お美代の方様は西光院様のお血筋のはず。それが播磨屋とつながりがあるとは解せませぬ」

なおも考えていた秋谷は、ふと顔を上げて信吾を見た。

「水上殿にはすでにおわかりなのではござるまいか」

信吾は黙って秋谷の目を見返していたが、不意に肩を落とし、うなだれた。

「さよう、わたしにはすべてがわかり申した」

「何がわかったのだ。信吾――」

庄三郎は膝を乗り出した。信吾は苦しげに目を閉じた。秋谷はそんな信吾を憐れみの目で見つめながら言った。

「おそらく、すべては中根大蔵様の企みであったのではござるまいか」

「どのような企みがあったと言われるのですか」

庄三郎は焦りの色を浮かべて訊いた。

「それがしの推測だが、お美代の方様は播磨屋作右衛門の娘ではないかと思う」

秋谷は静かに言った。

「なんと。しかし、西光院様のご息女だと、御由緒書にはあったではございませぬか」

「あれは偽りなのだ。中根様は西光院様と口裏を合わせ、お美代の方様を三浦家の血筋と偽って順慶院様のご側室へ上げられたのであろう」

「なぜさようなことを」

「中根様は藩内で生きのびるために播磨屋と組もうとしたのではないか。だが、商人の娘とあってはご側室に上げるのは難しい。そこで西光院様の養女としたのであろう。しかも順慶院様のお父上である義兼様には養女とは申し上げず、まことの血筋だと偽られたのではあるまいか。そのことが明らかにならぬよう、御由緒書の父の名を秋戸龍斎などとわかりにくくしたと思われる」

秋谷の言葉を信吾はうつむいて聞いていたが、ゆっくりと顔を上げた。

「わたしもさように存じます。伯父と播磨屋のつながりを考えると、すぐに合点がまいりました」

庄三郎は首を横に振った。

「しかし、血筋を偽り、商人の娘をご側室にするとは、畏《おそ》れ多いことでございます」

「まことにな。しかも、さような企みを謀った中根大蔵様と西光院様の心底には、まことに禍々《まがまが》しきものがあったのやもしれぬな」

　秋谷は腕を組んで言った。

「わたしにはよく呑み込めませぬが」

　首をひねって庄三郎が訊くと、秋谷は信吾に目を遣った。信吾は秋谷に顔を向けてきっぱりと言った。

「わたしへの遠慮なれば、ご無用に願いまする。どのような次第であったと思われたのか、お聞かせください」

　秋谷は黙したまま、机の傍の〈三浦家譜〉草稿に手を伸ばした。第一巻を広げて目を落としながら言った。

「わたしは〈三浦家譜〉を記すようになって気づいたことがある。いま現れておる出来事の根は昔にある。つまり、善行からは美しき花が咲き、悪行からは腐臭を放つ実が生《な》るとな」

「悪行から生った実とは何でございますか」

　恐れつつ庄三郎は訊いた。

「藩祖三浦兼保様は大坂の陣で兄君が亡くなられたため御家を継がれた。その際、兄君の嫡子秀治様を養育されながらも、元服された後も御家を継がせず、自らの血筋をもって本家となされた。それゆえ、秀治様の恨みが残った。恨みと申すは地に潜って流れる水の如きもので、絶えることなく続いたのではないかと思う」

「では、西光院様は、ご先祖の恨みのために偽りを企まれたと言われまするか」

庄三郎は眉をひそめた。

「おそらく中根様は本家と分家の一和のためと称して、お美代の方様を順慶院様のご側室にとの話を進めたのであろう。だが、まことは一和などではなく、御家に庶人の血筋を入れるという罠《わな》だったかと思える。中根様も、先祖が秀治様に通じたとして遠島に処せられたことの恨みを抱いておられたのではあるまいか」

「そのことに、順慶院様はお気づきだった――」

庄三郎が口にすると、秋谷はため息をついた。

「だからこそ、順慶院様はお美代の方様を正室にすることをためらわれ、お由の方様を寵愛なされたのだ。それゆえ、中根ご家老はお由の方様を狙わせたのであろうな」

庄三郎ははっとして秋谷に顔を向けた。

「だとすると、赤座与兵衛殿はお美代の方様の出自に気づいた上で、それを公にするよりも勝勢のお美代の方派に付く方がよいと考え、お由の方様を裏切ったのではございませぬか」

与兵衛はお美代の方の背後にあるものを知り、しかもその証ともなる御由緒書を握ったのだろう。御由緒書を持っていれば、寝返り者であってもお美代の方派の中で強い立場に立てると思ったに違いない。

だが、功を焦り、お由の方を息子弥五郎に襲わせたものの秋谷に阻まれて失敗した。そのためお美代の方派に重んじられることはなく、却って御由緒書を持っていることを嗅ぎつけられ、身が危うくなったのではないか。

「戸田様、もしかすると赤座与兵衛殿は自ら腹を切ったのではなく、自害に見せかけて殺されたのではありませぬか」

暗澹《あんたん》とした表情で庄三郎はつぶやいた。

「いまとなってはまことのことはわからぬ。だが、中根ご家老も赤座一族が持っていた御由緒書の行方と、わたしがお美代の方様の出自に気づいているかもしれぬということは、さぞ気がかりなことであろうな」

秋谷が苦笑すると、信吾が手をつかえた。

「申し訳ござらぬ。わたしは、さように戸田様を疑っている伯父に福岡に参って知ったことを話さねばなりませぬ。おそらく伯父は何かの手を打ってまいるでありましょう。それが心苦しゅうございます」

信吾の表情には苦悩の色が浮かんでいた。

「気になされることはない。水上殿が調べてくださらねば、わたしは何も知ることができなかったのです。十年前に何が起きたか、ようやくわかって気が晴れた思いがしており申す」

秋谷は清々しい笑顔を見せた。庄三郎も信吾を慰《なぐさ》めるように声を大きくした。

「こちらには、お美代の方様の御由緒書がある。しかも戸田様は〈三浦家譜〉を記すお立場だ。中根ご家老も軽率なことはできまい」

「そうであればよいのだが」

信吾は憂え顔で考え込んだ。

しばらくして信吾が辞去した後、庄三郎は秋谷に真剣な表情で言った。

「信吾にはあのように申しましたが、中根ご家老様は何らかの手を打ってまいりましょう。されど、それはこちらにとっても好機でございます。お美代の方様の御由緒書と引き換えに、戸田様の切腹を免じていただくべきかと存じます」

だが、秋谷はゆっくりと首を横に振った。

「御由緒書を、わたしの命と引き換えにいたすわけにはまいらぬ」

さようなことを、と言いかけて、庄三郎ははっと気づいた。信吾が来てから家の中は静まり返っている。織江や薫、郁太郎は話の内容を気配で察し、息を詰めるように成り行きをうかがっているのだ。

（一家の行く末がかかっているのだ。何としてでも戸田様を説得せねばならぬ）

庄三郎は意を決して膝を乗り出した。

十八

数日後、向山村に来たのは原市之進だった。市之進には藩内で出世しつつある男の際立った威厳があった。ふたりの供と庄三郎は隣室に控えた。

書斎に座った市之進は挨拶の後、

「単刀直入に申し上げまする。法性院様御由緒書を身どもにお渡しいただきとう存ずる。さすれば、戸田殿の扱いを悪しくはいたしませぬ」

と以前と変わらない丁寧な物言いをした。

「悪しくせぬとは、どのようなあしらいでござろうか」

秋谷は落ち着いて訊いた。

「それは御由緒書を渡していただいてから後のことでござる。ご重役方に諮《はか》らねばならぬゆえ、軽々しくは申せませぬが、それがしをお信じくだされ」

市之進が怜悧な顔で言うと、秋谷は口辺に笑みを浮かべ、

「それがしも郡奉行や江戸屋敷の用人を務めましたゆえ、家中で要職にある方が信じよと言われた時は、疑わねばならぬと心得ており申す」

「これは、また――」

苦い顔をして、市之進は顔をつるりとなでた。そして秋谷を鋭い目で睨んで、

「悪しくせぬとは、ご家族に配慮をいたし、ご嫡男がいずれ元服のおりにはお取り立ていたすということでござる。戸田殿の切腹が取りやめになるということはござらぬ。もし、さようなお考えを持たれておられるのであれば、お諦めいただくがよろしかろうと存ずる」

と告げた。語気に鋭利な刃物で切り裂くような冷酷な響きがあった。だが、秋谷は市之進の舌鋒をさらりとかわした。

「さようなことは思うており申さぬ。されど、思わせぶりな物言いをやめていただいた方が話がわかりやすうござる」

「ならば、話が早いというもの。御由緒書は渡していただけまするな」

「さようなものはここにはござらぬ」

秋谷があっさり言うと、市之進はくっくっと笑った。

「戸田殿ともあろう方が、さような虚言《ざれごと》を弄《ろう》されるとは思いも寄りませなんだ。されば、家捜《やさが》しいたしてもようござりまするか」

「ご随意になされ」

秋谷は表情も変えずに言った。市之進は書斎に堆《うずたか》く積まれた文書の山を目を細めて見まわした。供の者が立ち上がって文書に近づき、あらため始めた。だが、すぐに見つかるはずはない。しばらくして、

「たかだか書状一通でござる。隠そうと思えばどこにでも隠せまするな」

とつぶやくように言った市之進は、秋谷に胡乱《うろん》な目を向けた。

「時に、この村は不穏なことが相次いでおると聞き及びましたが、戸田殿は無論、ご存じでありましょうな」

「ひと通りのことならば承知いたしており申す」

「ほう。ならば、死んだ矢野啓四郎が、戸田殿は向山村の百姓どもを扇動いたし、一揆を企てておると申し立てておったこともご存じか」

「なに――」

秋谷は市之進を睨み据えた。

「矢野はその証拠を摑むため、この村に来たところ殺められたのでござる。さすれば殺した者は戸田殿を守ろうといたしたと考えられまするな」

「さようなことはございますまい」

否定はしたものの、秋谷には思い当たるところがあった。矢野の動きを察知した源兵衛が、秋谷を守るために殺したのではないだろうか。

「そうであるか否かは調べてみねばわかりますまい。よって、それがしが城に戻った後、ご家老様におうかがいいたし、この村を郡方目付に調べさせましょう」

「なにゆえ、さようなことを」

「一揆を企んだ証拠が摑めれば、戸田殿だけでなく村の者も引っくくれまする。それがお嫌なら御由緒書をお渡しくだされ」

無慈悲な市之進の言葉に、秋谷は目を閉じた。

「さようなことはできぬ」

「取り調べるのは明後日ごろからかと存ずる。そうされたくなくば、御由緒書を渡されることですな。庄屋にも申し伝えおきますれば、なにゆえ村の者が取り調べられるかはすぐに村中に伝わりましょう。皆、さぞや戸田殿を恨むでありましょうな」

吐き捨てるように言い放って市之進は立ち上がった。

郡方目付とは、一揆や強訴など村の不穏な動きを調べる役目だ。調べる際、口問《くちと》いと呼ばれる者たちを使うことから恐れられていた。口問いは町奉行所が使う岡っ引きと同様もともとは無法者で、どのような荒っぽい調べ方も平気で行う。

庄三郎が隣室から身を乗り出した。

「原様、お待ちください。さようなことはあまりに理不尽でございます。村の者は何の関わりもございませぬぞ」

「あるかないかわからぬゆえ、取り調べいたすのだ。それより檀野、そなたいつから戸田殿のために動くようになった。城中での刃傷沙汰で切腹せねばならぬところを助けられた恩義を忘れたか。飼い犬に手を嚙まれるとはかようなことを言うのじゃな」

市之進は厳しい声で言い残して出ていった。

これ以上、市之進にすがっても無駄だと庄三郎は悟った。先日から懸命に秋谷を説得してきた。だが、秋谷の信念は揺るがない。どうしたらいいのだろうか。

供の者たちがあわてて市之進の跡を追っていった。それを見送った織江が、薫と郁太郎とともに書斎に入ってきた。

「これから、いかなることになるのでございましょう。村のひとたちに迷惑がかかっては心苦しゅうございます」

織江が心配げに言った。薫と郁太郎も織江の傍に座って不安そうに秋谷の顔を見つめた。

「心配いらぬ。一揆の扇動などしてはおらぬのだ。たとえ郡方目付が調べても、何も出てくるわけがない」

秋谷は笑顔を見せて答えた。

「さようならばようございまするが」

織江がつぶやくと郁太郎が立ち上がった。

「父上、お取り調べがあれば、真っ先に疑われるのは源吉の父御ではございませぬか」

「さようであろうな」

秋谷は眉をひそめた。万治が茂兵衛と矢野啓四郎を殺めたのではないかという噂は村内でこそ鎮まっているが、村役人の耳には届いているに違いない。郡方目付が乗り込んでくれば、真っ先に取り調べるのは明らかだ。それも手ぬるい調べ方ではないはずだ。

秋谷は憂え顔で言い添えた。

「郡方目付の調べは荒い。牢問いにかけるであろうな」

牢問いは棒で打ち据えたり、石を膝の上に載せるなどする拷問だった。残虐《ざんぎやく》な口問いは容赦せずに拷問を行い、取り調べた者を死に至らしめることもあるという。

秋谷の言葉を聞いて郁太郎は、

「源吉に知らせてまいります」

と言うと外へ飛び出していった。

源吉は家の脇で薪を割っていた。郁太郎は緊張した面持ちで駆け寄り、声をひそめて、

「話がある」

と言った。源吉は手にしていた斧《おの》を置いて、郁太郎を家の裏へ連れていった。

「先ほど、家に藩の奥祐筆差配の原様という方が見えた」

「ああ、知っちょる。道を通っていきよるところを見かけたよ。えらく立派なお武家様みたいやった」

「その方が、矢野啓四郎が殺された一件を調べ直させると言っている。明後日には郡方目付が村に来るそうだ」

「そげんね――」

源吉は困った顔をして考えていたが、しばらくして何事か思い定めたらしく、決心した表情になった。

「郁太郎、わざわざ教えにきてくれた礼ば言わんといけんね。おれはおとうを村から逃がそうかと思うんじゃ」

「逃がすといって、どうするんだ」

「山を越えたら、関所には引っかからんじゃろう。おとうは博多に行きたがっちょるけん、そこで人足でも何でもやればよかろうよ。この村にいて、酒ばかりせびって働かねえでいるより、なんぼかましじゃろ」

「しかし、それでは父御《ててご》は無宿人になって、もうこの村に戻れなくなるぞ」

「そうじゃろうね。けんど牢問いにかけられて殺されるよりましじゃ。家族は生きてさえいてくれたら、ありがてえもんよ」

源吉はにこりと笑った。

「父御がいなくなれば、これからが大変だろうな」

郁太郎が気がかりそうに言うと、源吉は手を振った。

「おかあとお春はおれが守るけん、心配いらん。おれは男じゃから」

源吉は何でもないことのように言って郁太郎に頭を下げ、再び薪割りを始めた。郁太郎は離れたところからしばらく源吉を見ていた。源吉の体が大きく、男らしいものに感じられた。やがて郁太郎は踵を返すと家に向かって歩き出した。

その日の夜、源吉は懐に握り飯をしのばせて万治を山道に連れ出した。朧月夜《おぼろづきよ》で山道がぼんやりと見える。郡方目付がもうすぐ村に来ると話して、

「おとう、このまま逃げれ。おとうが行きたかった博多へ行った方がいい」

と言った。万治はうろたえて周りを見まわしながら、

「そげんこと言うても、おれが逃げたら、お前たちがどんな目に遭うかわからんじゃねえか」

「おとうがおらんごとなったら、あとは女子供だけだ。いくらお役人だって、ひどいことはできんじゃろう。何もしちょらんのに濡れ衣《ぬれぎぬ》着せられたらたまらん。生きちょったら、なんとでんなるが」

源吉が懸命に言うのを万治はうなだれて聞いていた。近くの森から梟《ふくろう》の不気味な鳴き声が聞こえてくる。

「そんなら、お前は、おれが逃げても恨まねえか」

万治が怯えた声で言うと、源吉は励ました。

「あたりまえじゃねえか。庄屋様の屋敷で、矢野啓四郎ちゅう恐ろしいお武家におれがなぐられかけた時、おとうはかぼうてくれたじゃろ。やっぱりおれのおとうだと思うたぞ。おれはおとうに生きちょってもらいたいんよ」

目に涙を溜めて言う源吉の顔を、万治は泣きながら見返した。

「すまねえ、すまねえ」

万治は涙を流しながら源吉の肩を抱きしめた。源吉はすすり泣きつつも、懐から包みを取り出して万治に手渡した。

「ひとに気づかれんうちに早よ行きない」

万治は握り飯を手に何度も謝った後、背を向けて山の中へと走っていった。淡い月の光が山間に立つ源吉を照らしていた。

「おとう、元気でおってな。おれはおとなになったらいっぱい働いて銭ばためて、きっとおとうを迎えにいくけん待っちょってな。そしたらまた皆で暮らせる」

源吉は月を見上げて誓うかのようにつぶやいた。

市之進が予告した通り、二日後には郡方目付が三人の口問いを引き連れて向山村の庄屋屋敷を訪れた。口問いはいずれも髭面《ひげづら》で、屈強そうな体つきだった。萌黄《もえぎ》の法被《はっぴ》を着て、黒い股引《ももひき》を穿《は》き、着物の尻をからげている。

　庄屋の次郎右衛門は座敷で郡方目付に問われるまま答えていたが、最後に、万治が茂兵衛と矢野啓四郎を殺したのではないかという噂があると漏らした。

「万治なる者は戸田秋谷と関わりはあるか」

　郡方目付は厳しい視線を次郎右衛門に向けて訊いた。次郎右衛門がぎょっとした顔になって、

「戸田様と万治の家はすぐ近くでございます。そのためか、万治の息子と戸田様のご子息は仲が良いと聞いております」

　恐る恐る言うと、郡方目付はにやりと笑った。

「なるほど、それは好都合だ。万治なる者を取り調べるといたそう」

「では、さっそく万治を呼びにやらせます」

　次郎右衛門があわてて腰を浮かせると、郡方目付は首を振った。

「いや、呼び出せば逃げられるかもしれぬ。こちらから出向くゆえ、案内いたせ」

　郡方目付の言葉を聞いて、土間に控えていた口問いたちが立ち上がった。

　次郎右衛門は郡方目付の様子がただならぬことに気づき、不安を覚えながらも万治

の家まで先導するほかなかった。

半刻《はんとき》ほどして、郡方目付の一行は万治の家に着いた。郡方目付があごで指図すると、口問いの三人が家の中に素早く乗り込んだ。

　郡方目付と次郎右衛門が続いて入った。しかし、家の中には万治の女房と源吉、お春がいただけで、万治の姿はなかった。

「万治はどこにいるのだ」

郡方目付が万治の女房に訊くが、震えるだけで答えられない。業《ごう》を煮やした郡方目付は、

「逃げたのかもしれぬ。家族の者を残らず引っ立てい」

と命じた。すると、源吉が立ち上がった。

「待ってください。おとうは昨晩からおらんごとなったけど、最後まで一緒におったのはおれだけで、おかあもお春も何も知らんのです。お取り調べするんなら、おれだけを連れていってください」

郡方目付は源吉をじろりと見て、

「そうか。そなたは戸田秋谷の息子と仲がよいそうな。ちょうどよいかもしれん」

と言い、口問いたちに源吉を引っ立てるように命じた。口問いが手荒く源吉に縄を

かけたのを見て、お春がわあっと泣き出した。源吉はお春を振り向いて声をかけた。

「お春、なんも恐ろしくはねえぞ。ほら、おれの顔を見れ」

源吉が眉を八の字に下げ、団栗眼《どんぐりまなこ》をぐりぐり回して舌をぺろりと出したおかしな顔をして見せると、お春はすぐに泣きやんだ。

源吉は笑顔を残して口問いに引っ立てられていった。どんよりと雲が低く垂れ込め、時おり小雨が降る日だった。


郡方目付は庄屋屋敷の土間に源吉を引き据えると、板の間の上がり框《かまち》に腰をかけた。次郎右衛門も傍らに控えている。

郡方目付は鞭を手にして、

「万治はどこに逃げた。有り体に申せ」

と糾問した。しかし、源吉は首を横に振った。

「知らんです」

「なに、先ほど、その方は万治と最後まで一緒だったのは自分だと申したではないか。あれは偽りか」

「いいえ、昨晩、おとうと山に薪拾いに行ったんじゃけど、道に迷うてはぐれてしもうたんです。おれが家に戻ってもおとうは帰ってこんかったんです。どっかの沢にでも落ちたのかもしれんです」

源吉は顔を上げてはっきりと答えた。

「もし、さようであるなら、いまごろ皆で捜しておるはずであろう。そうしておらぬのは、万治が逃げたことを知っていたからではないか」

「いままでにも、そげん風にして、翌日ふらりと帰ってきたこともありました。だから捜さんかったんです」

源吉のしっかりとした受け答えに、郡方目付は苦い顔をして問いを変えた。

「そなた、矢野啓四郎に無礼を咎められたことがあろう。矢野の下僕がそう申しておったぞ」

源吉は急に違うことを訊かれて戸惑いの色を見せた。

「叱られたことはあります」

「そのおり、傍に戸田秋谷の息子がいたのではないか」

郡方目付の目が鋭さを増した。

「よく覚えておらんです」

「いや、いたのだ。そして戸田の息子はそなたが折檻されようとするのをかばったそうな。それは、そなたの父万治と戸田の間に行き来があったからであろう」

郡方目付は決めつけるような口調で言った。

「そげんことはないです」

「万治が播磨屋の番頭茂兵衛と矢野啓四郎を殺めた疑いを持たれておることは聞いておろう。そなたの父親は秋谷に言われてやったのではないか。そなたも何か知っておるであろう。どうじゃ」

「なんも知らんことを訊かれても、答えられんです」

源吉は郡方目付を睨みつけた。すると郡方目付は口問いに目を向けた。

「こ奴、なかなかにしぶとい。体に訊くしかあるまい」

口問いは樫《かし》の棒を持つと源吉の背後に立ち、

「素直にお答えしねえと、五十叩きにかけるぞ」

と野太い声で脅した。源吉は黙って首を横に振るだけだ。しかしその額には、何をされるかがわかって汗が噴き出ていた。口問いは、

――ひとーつ
と声をかけて、源吉の背中を棒で打った。源吉はうめき声を上げたが、歯を食いしばって何も答えない。

――ふたーっ

口問いはさらに棒で強く打った。源吉はうめいて前に倒れたが、他の口問いがすぐに体を引き起こした。次郎右衛門は凄惨《せいさん》な拷問が始まったのを見て目をそむけた。

――みーっつ

三度目の叩きで源吉は前に倒れて気を失った。口問いは汲み置かれた桶の水を源吉にかけた。源吉が意識を取り戻すと、郡方目付は、

「どうだ、そうだとさえ言えば、助けてやるぞ」

と声をかけた。源吉はあえぎながらも答えた。

「おれは嘘が嫌いじゃから、知らんもんは知らんとしか言えん」

「まだ、強情を張りおるか」

郡方目付は立ち上がり、源吉の傍に行くと鞭を振り上げた。

「吐かぬか」

びしっと鞭が振り下ろされる音がした。源吉の着物が破れ、血が滲んだ背中がむき出しになった。その背に郡方目付はさらに鞭を振り下ろした。それでも源吉は、

「知らねえ。知らねえ……」

とうめくように言い続けるだけだった。

源吉の取り調べは三日にわたって続けられた。

三日目の夜――

秋谷の家に市松が駆け込んできた。

「戸田様、源吉が――」

市松は荒い息遣いで言葉が出なかった。秋谷が緊張した面持ちで、

「源吉がいかがしたのだ」

と訊くと、市松は青ざめた顔で答えた。

「先ほど庄屋様が源吉の遺骸を家に運んでまいりました」

何ということだ、と秋谷はうめいた。市松の話を聞きつけた郁太郎が、真っ青な顔をして部屋から出てきた。

「嘘だ。源吉が死ぬなんて、そんなことがあるわけない」

郁太郎は叫びながら土間から飛び出して、源吉の家に向かった。秋谷と庄三郎が市松とともに跡を追った。織江と薫は不安げな様子で秋谷たちを見送った。

源吉の家では、板敷に敷かれた藁筵に源吉が横たえられ、上に継ぎの当たった薄い布団がかけられていた。枕元に次郎右衛門と源兵衛が座り、裾の方で源吉の母親が泣

き崩れていた。傍らでお春が何がどうなったのかわからないのだろう、呆然と突っ立っている。源吉の顔には白い布がかけられていた。

郁太郎は源吉の傍に座り込み、青ざめたままかける言葉もなかった。秋谷たちが入ってきて板敷に上がると、次郎右衛門はうなだれた。

「たいそう、きついお調べでございました。ですが、源吉は、偉《えろ》うございました。万治に言いつけて人殺しをさせたのは戸田様だろうと問い詰められ、五十叩きされても、決してそうだとは申しませんでした」

「哀れな。かような酷《むご》いことがあろうか」

秋谷は悲痛な声で言った。

さすがにいたたまれなくなったのか、次郎右衛門は明日の葬式には手伝いの者を寄越すと言い置いて帰っていった。すると源兵衛は手をつかえた。

「戸田様、わたしは源吉に申し訳ないことをいたしました。わたしのせいで源吉は命を落としたのです」

涙を流しながら言う源兵衛に、秋谷は、

「そなたは村のためと信じてやってきたのだ。そなたが咎を受けるのを、源吉は決して望んでおらぬであろう」

と声をかけた。

泣き伏していた母親が源吉の傍らに這い寄り、顔にかけられた布をとった。

「こん子には苦労ばっかりかけてしもうて。最期の顔ば見てやってください」

お春も傍らに来て源吉の顔を覗き込み、

「兄やん、笑《わろ》うちょるね」

とつぶやいた。源吉は目を閉じているものの、引っ立てられる時、お春に見せた表情のままに舌を少し出して剽《ひょう》げた笑い顔をしている。

郁太郎は泣きながら源吉の顔を見た。

「源吉の奴、お春坊に悲しい思いをさせたくなかったんだ。だから命の際《きわ》まで笑い顔を見せて――」

郁太郎の目から大粒の涙が次から次へと流れ落ちて止まらない。秋谷は、

「まことに武士も及ばぬ覚悟だ」

とつぶやいて合掌《がっしょう》した。秋谷の後ろで庄三郎が慟哭《どうこく》した。

源吉の葬儀は翌日行われた。

慶仙和尚が小坊主を連れてきて読経した。小坊主が小振りの棺桶の蓋《ふた》を開けて、源

吉の顔に剃刀《かみそり》をちょっと当てて顔剃《かおそ》りを行った。棺桶は荒縄で十文字に縛られ、晒《さらし》木綿が巻かれた。その上に松板を合わせた天蓋《てんがい》を載せた。白提灯が二張り掲げられた。

野辺送りは村人総出で行われ、郁太郎はお春を背負って葬列の中を進んだ。源吉の母親が位牌を持ってとぼとぼと歩いていく。

秋谷は幽閉中の身であることを憚って加わらなかったが、織江は薫や庄三郎とともに歩んだ。葬列の後ろに鉦《かね》を首から下げた者が続き、時おりさびしげに響く音を打ち鳴らした。

よく晴れた日で雲ひとつなかった。近くの山裾は桜色に染まっている。

葬儀が終わって家に戻ると、郁太郎は書斎で秋谷の前に座った。庄三郎や織江と薫も部屋の隅に控えている。

「父上、源吉を死なせた咎は誰にあると思われますか。郡方目付でしょうか、それとも口問いですか。庄屋の次郎右衛門殿、あるいは逃げた源吉の父御でしょうか。もしくは――」

郁太郎は思い詰めた表情で言葉を切り、思い切ったように言った。

「源吉に災いをもたらしたのは、父上なのでしょうか」

秋谷はじっと郁太郎を見返した。

「ひとの恨みはさらに恨みを呼ぶ。怨根《えんこん》は果てるということがない。それゆえ、年少のそなたに申すべきではないと黙っていたが、源吉は命をかけてわれらを守ってくれた。それに報いねばならぬゆえ、話して聞かせる」

秋谷はそれぞれの顔に目を向けてから、おもむろに言葉を継いだ。

「此度のことの源は、中根ご家老がお美代の方様に関わる秘密を守り抜こうとしたことより発しておる。それゆえ、わしは中根ご家老に咎があると思うておる」

「向山村は中根ご家老様の知行所でございます。源吉のことをご存じでしょうか」

郁太郎は膝を乗り出して訊いた。秋谷は沈痛な面持ちで郁太郎を見返した。

「いや、知るまいな」

「さようでありましょう。わたしもそう思います」

自分に言い聞かせるように郁太郎はつぶやいた。

この日の夜、郁太郎は皆とともに夕餉をとった後、ひとり静かに部屋に籠もった。

文机の前に座り、身じろぎもせずに何事か考え込んでいる様子だった。郁太郎を案じて織江が部屋へ行こうとした時、秋谷は、

「いまは何も申さぬ方がよい」

と言って止め、書斎に入った。庄三郎も秋谷の傍らで〈三浦家譜〉の清書を始めた。

夜が更けたころ、部屋にいた郁太郎は脇差を差して立ち上がり、暗い板の間から土間に下りて草鞋を履いた。音を立てないように、そっと戸を開けて外に出た。

郁太郎は家に向かって頭を下げた。そしてゆっくりと背を向けて歩き出した。何処《いずこ》へ向かうのか、しっかりとした足取りだった。

十九

秋谷は書斎で書き物をしていた。郁太郎が足音をしのばせて出ていったのに気づいていたが、表情も変えず、立とうともしなかった。庄三郎は、

——戸田様
と声をかけて書斎の襖を開け、敷居際で膝を突いた。

「郁太郎殿のこと、おまかせいただけましょうか」

ひたと目を向けて言う庄三郎を、秋谷はゆっくりと振り向いた。

「行ってくださるか。かたじけない」

返事を聞いた庄三郎は、黙ってうなずき、部屋に戻って刀を手にした。土間に下りて外に出ようとした時、戸がきしんで鋭い音を立て、ひやりとした。織江と薫に気づかれなかっただろうか。

そっと戸を閉めて空を見上げると、東の山の端《は》に細い月が出て、辺りを薄く照らしている。生暖かい夜気に漂うかぐわしい花の香りに包まれて、庄三郎は迷わず歩き始めた。郁太郎が向かった先は城下だろう、と察していた。夜だけに脇道に入るとは思えない。城下への道をたどれば、間なしに追いつくはずだと高を括《くく》っていたが、少し前に出たはずの郁太郎の姿をすぐには目にすることができなかった。道沿いの灌木《かんぼく》が淡く浮かび、風に揺れた。

やがて谷川沿いの道に出た。渓流の水飛沫が銀色に輝き、さやさやと風が吹き抜けていく。ふと、郁太郎と初めて会ったのがこの川の畔だった、と思い出した。郁太郎は礫を打って狙った枝を折り、庄三郎を驚かせたのだった。

あの時の郁太郎の笑顔が懐かしく思い起こされる。やがて友を失うことなど知らず、ひとを疑うことも知らぬ笑顔だ。ひとはなぜ、これほどの哀しみを抱いて生きていかねばならないのか。憤りが湧くのに加えて郁太郎を案じる心持がないまぜになり、庄三郎は気が急《せ》いて足を速めた。

ほどなく庄三郎は郁太郎の背を見つけた。郁太郎は脇目もふらず、黙々と先を急いでいた。

「郁太郎殿――」

庄三郎が声をかけると、郁太郎の足がぴたりと止まった。ゆっくりと振り向いて庄三郎に顔を向けた郁太郎は、

「わたしを止めても無駄です」

と気負った様子で告げた。庄三郎はゆっくりと近寄った。

「かような時分にどこへ、何をしに行かれるおつもりか」

郁太郎は一語一語、絞り出すような声で答えた。

「城下へ参り、中根ご家老様にお会いします」

庄三郎は息を呑んだ。郁太郎は何事かを心に決めて家を出たのであろうが、直に中根家老の屋敷に乗り込もうと考えているとは思いも寄らなかった。

「会ってどうされる」

「源吉の仇《かたき》を取ります」

郁太郎はきっぱりと言った。

「中根ご家老を討つおつもりか」

さすがに庄三郎は緊張した声音《こわね》で訊いた。郁太郎は首を横に振った。

「討とうとは思っておりません。ただ、源吉の痛みを思い知らせるために一太刀浴びせたいだけです」

庄三郎は眉を曇らせた。一太刀浴びせるだけといっても、相手は一藩の家老だ。いわば謀反《むほん》にも等しい大事件を郁太郎は引き起こそうとしているのだ。

「ご家老に刃を向けたとあっては、ただではすみませんぞ」

「わかっています。父上や母上、姉上にもご迷惑をかけることになるでしょう。ですが――」

泣きそうになるのか、のどを詰まらせながら郁太郎は言葉を継いだ。

「源吉があのように死なねばならなかったことに、わたしはどうしても納得がいきません。すべてを命じられたご家老様が、源吉のことを知らないままでいるのは許されないと思います。だから、どうしてもご家老様に一太刀浴びせたいのです」

「気持はわかるが……」

庄三郎は言いよどんだ。友の死に衝撃を受け、思い詰めた郁太郎にかける言葉が見つからなかった。声を震わせて郁太郎は言い足した。

「源吉は本当にいい奴でした。わたしは源吉の生涯の友でいたいのです。いま何もしなかったら、源吉の友とは言えません」

そうか、と庄三郎がため息をついて、

「わかった。止めはせぬ。ご家老の屋敷へ行くのであれば、わたしが道案内をいたそう」

と告げると、郁太郎はおもむろに口を開いた。

「道案内していただけるのはありがたいのですが、これはわたしがひとりでなさなければならぬことです。お手出しは無用に願います」

「いかにも、郁太郎殿を見届けるだけといたそう」

庄三郎の笑みを含んだ言葉に、郁太郎はようやくほっとした気配になった。頭を下げて踵を返し、歩き出した郁太郎の後ろから庄三郎が見守るように足を進めた。遠くの田から蛙《かえる》が鳴く声が聞こえてくる。

月明かりが、ふたりの影を道に長く落とした。

庄三郎が郁太郎を追って家を出た後、織江は薫とともに書斎にいる秋谷に声をかけた。

「おじゃまいたしてもよろしゅうございましょうか」

秋谷は書き物の手を休めて、ふたりに入るよううながした。

「郁太郎はいずこへ参ったのでございましょう」

入るなり、織江が不安そうに訊ねると、秋谷は穏やかな面持ちで答えた。

「源吉の友として、なさねばならぬと思い定めたことを果たしにまいったのであろう」

「やはりさようでございましたか」

織江がうつむくと、薫は膝を進めて秋谷に真剣な目を向け、口を開いた。

「それは危ういことでしょうか」

「おそらくはな」

うなずきつつ、郁太郎は命を賭《と》しているはずだと口にしそうになった秋谷は、そこまでふたりに言うのは酷いと思って言葉を呑んだ。

薫は案じるように問いかけた。

「庄三郎様も郁太郎の後から家を出られたのでしょうか」

庄三郎が出ていく音を、薫は灯りを消した部屋の中で聞いた。しのびやかな足音に、自分や織江への気遣いが感じられた。

「郁太郎を追ってくれたのだ」

秋谷の返答に、織江はすがるような目を上げた。

「檀野様が郁太郎を連れ戻してくだされればよいのですが」

「武士《もののふ》の心があれば、いまの郁太郎は止められぬ。檀野殿は郁太郎を見守るつもりで追ってくれたのであろう」

薫は息を詰めて目を見開いた。

「それでは、郁太郎が大それたことをしでかせば、庄三郎様にまで咎が及ぶのではございませんか」

「檀野殿は武士だ。おのれがなそうと意を固めたならば、必ずなさずにはおられまい。檀野殿の心を黙って受けるほかないのだ」

秋谷の物言いはゆるぎのないものだった。庄三郎に対してたしかな信頼を、知らず知らずの間に秋谷が持つようになっていると薫にも伝わる言葉だった。

織江が誰に言うともなくつぶやいた。

「郁太郎と檀野様が無事に戻ってこられればよいのですが」

「ふむ、そう願うばかりだが――」

秋谷はそれ以上言わずに腕を組んだ。織江と薫は、秋谷がふたりは戻らないかもしれないと考えているのではないかと、怯えた表情で顔を見合わせた。

秋谷は黙ったまま、厳しい表情で目を閉じた。

夜の静寂《しじま》が秋谷の家を包んでいた。


郁太郎と庄三郎が城下に入ったころ、空が明るんできた。

朝靄が濃くかかり、町並みはぼんやりと煙っている。幼いころ、郁太郎は城下の屋敷で暮らしていたはずだが、記憶は定かではない。

親戚の家を一度、訪ねたことがあるのを覚えているだけだった。このように、ひさしぶりに城下を訪れてみると、どうやって中根家老の屋敷に行けばいいのか皆目見当がつかない。導くように先を歩いていく庄三郎の背を見ながら、

（檀野様がいてくださってよかった）

と思いつつ、このようにひとに頼ろうとする心は軟弱ではないか、とひそかに恥じる気持もあった。

庄三郎は曲がりくねった道筋を迷わずに進み、やがて大手門に近い中根屋敷の門前に着いた。庄三郎は郁太郎を振り向いて、

「ここがご家老のお屋敷です。ご家老のもとには、早朝から願い事がある者や側近が訪れておることでしょう。おそらく原市之進様も、すでに屋敷に入っておられるはず

です。いまごろご家老は、朝粥《あさがゆ》を召し上がりながら原様らと打ち合わせなどしておられるころあいではあるまいか」

と告げた。郁太郎は緊張した面持ちで鉄鋲《てつびょう》が打たれた大きな門を睨んだ。

「ご家老様はわたしに会ってくださるでしょうか」

郁太郎の言葉に、庄三郎は苦笑いして言った。

「正面から、ご家老に会うつもりだったのですか」

はい、と郁太郎はためらいもなく答え、

「わたしは、正々堂々とご家老様に問い質すつもりでおります」

と付け加えた。庄三郎は少し考えてから口を開いた。

「戸田様のご子息が願いの筋があるゆえお連れしたとわたしが申し上げれば、恐らく門前払いはされないでしょう。ですが、戸田様は幽閉中の身でありますから、その家族を座敷に上げるわけにはいかぬと言われて、庭へ回されることになると思われます」

そう告げられた郁太郎は、困った顔をした。

「それでは、檀野様を巻き込んでしまうことになりはしませんか」

気がかりな様子で問うてくる郁太郎に、庄三郎はにこりと笑いかけた。

「わたしも源吉を好きでした。源吉は穏やかながら、常にしっかりとした考えを持ち、自らを律し、家族のために尽くすことを知っていました。おとなになれば、村のひとびとを助け、多くの者を幸せにしたのではないかと思います。源吉のために何かをなすのは、武士としての自分の務めです」

門に近づいて庄三郎は声を高くした。

「檀野庄三郎でございます。ご家老様に、急ぎお報せいたさねばならぬことが出来《しゅったい》いたし、参上いたしました」

その声を聞きつけたらしく、門の潜り戸《くぐど》が開いて、門番が顔をのぞかせた。庄三郎と郁太郎はそろって頭を下げた。

門番は訝しげにふたりを見つめた。

中根兵右衛門は着流し姿のまま、広間で市之進ら自らの側近四人と粥を食べながらこの日の打ち合わせをしていた。このように朝食をともにすることを、

――朝粥の会

と兵右衛門は称している。若手の吏僚《りりょう》たちは出世の糸口を摑もうと、この会に顔を出せるようになるのを目標としていた。

この朝、詰めていたのは市之進のほか、近習頭の浅井又兵衛《あさいまたべえ》、書院番の久藤勝五郎《くどうかつごろう》、そして勘定方の井上俊也《いのうえとしや》だった。いずれも藩校で秀才と評判が高かった将来を嘱望されている男たちだ。

兵右衛門は、登城前にその日の執務についてどのような判断を下すか決めておく。この会で何が話されたかを知らなければ、仕事上で後《おく》れを取ることになる。

今朝の打ち合わせでは、近頃、殿が度々《たびたび》風邪で寝込まれることが多く、御殿医《ごてんい》の診立《みた》てが不審であるため、長崎から蘭方医を呼びたいと又兵衛が最初に述べた。

次に勝五郎が、家中の者同士の諍《いさか》いが続いており、その源は出仕の月番交代が不規則になって不満を持つ者がいるためらしいと報告、俊也は領内の河川工事にかかる費用の見積もりを告げた。

兵右衛門はどの報告にもうなずきつつ短い言葉で指示を与えた。

最後に市之進が、向山村での郡方目付の取り調べが進んでいないことを恐る恐る報告した。聞いたとたんに兵右衛門は眉間にしわを寄せた。その様を見た市之進は、取り調べを受けた村の少年が死んだことを兵右衛門に告げなかった。

朝粥の会に連なる者たちは、いずれも出世を競い合っている。

市之進が自らの失態をこの場で報告すれば、残る三人はたちまち非難を浴びせてくるのはわかっていた。特に又兵衛は市之進への競争心が露骨なだけに、激しくあげつらうのは明らかだった。

市之進が源吉のことにはふれずに、取り調べはもう少し時間がかかるが、いずれ秋谷を追い詰めることはできるだろう、と見込みを述べた。すると、兵右衛門は少し機嫌をなおして、

「秋谷め、手間をかけさせおる」

と吐き捨てるように言った。

「まことに、さようでございます。されど、いずれにしましても戸田殿は八月までのお命でござれば、何ほどのこともできぬと存じます」

市之進の言葉に、兵右衛門が眉をひそめて、

「さようであったな」

とつぶやくと、又兵衛が、

「彼《か》のひとは随分としぶとうございまするな」

とさりげなく付け加えた。秋谷は職務に精勤する能吏だったが、派閥には一切かかわらずにきた。そのことが家中での信望を集めるとともに、出世を目指す者たちにとっては目障《めざわ》りでもあった。

「だがそれも、間もなく終わりましょう」

勝五郎が冷淡な言い方をすると、俊也も口をそろえた。

「そうなれば、なんとのう清々《せいせい》した気持になりましょうな」

いずれも兵右衛門に媚《こ》びようとして口にした言葉だった。だが、聞くにつれ、兵右衛門は眉を曇らせた。

「もうよい。わしは秋谷を昔から知っておる。わしが奴を疎《うと》んじるのはそれだけのわけがあってのことだ。その方らの謗《そし》りは聞き苦しい」

急に不機嫌になった兵右衛門に、側近たちは首をすくめて口を閉じた。その時、中根家の家士《かし》が広縁に来て膝をついた。

「申し上げます。檀野庄三郎殿が、戸田秋谷の子息が願いの儀ありと申され、連れ立って参られております」

兵右衛門は訝しげに市之進に顔を向けて、

「秋谷の息子が、いったい何の願いがあると申すのであろうか」

と訊いた。秋谷の息子は郡方目付の取り調べで死んだ村の少年のことで来たに違いない、と思った市之進は顔をしかめた。

兵右衛門に訴えて、郡方目付を罰するよう願うのではないか。そうなれば、自分も責任を問われることになる、と恐れた。

市之進は咳払いしてから言った。

「かような時分に幽閉中の者の家族がご家老様をお訪ねいたすなど、身の程知らずと申すものでございます。それがしがきつう叱ったうえで追い返してまいりましょう」

市之進がすぐにでも立ち上がろうとするのを、兵右衛門は手で制した。

「まあ、待て。檀野が連れてきたからには、話を聞くぐらいの値打ちはあるかもしれぬ」

ふたりを庭に回せ、と家士に命じてから兵右衛門はおもむろに箸をとり、

「これは面白いことになるかもしれぬな」

と含み笑いしながら粥を口に運んだ。

側近たちも幽閉中の秋谷の息子が来たことに興味津々《しんしん》の顔をしている。皆、胸中で市之進の失態が明らかになりはしまいか、と期待を抱いているかのようだ。

市之進はひとり苦い顔をしている。

庄三郎と郁太郎は、間もなく中庭に案内された。広縁には市之進始め四人の側近たちが控え、兵右衛門は広間で茶を喫していた。

ふたりが中庭に入ってきて片膝をつくと、兵右衛門はゆっくりと広縁に出てきた。

「願いの儀があるそうだが、申してみよ」

兵右衛門は傲岸《ごうがん》な口調で訊いた。庄三郎は郁太郎に目を遣った。郁太郎は臆することなく身を乗り出し、兵右衛門を見据えた。

「恐れながら、ご家老様にお訊ねいたします」

郁太郎を睨みつけるだけで、兵右衛門からは、うんともすんとも返事がない。すかさず市之進が、

「戸田殿の息子とやら、ご家老様に対し、無礼であるぞ」

と郁太郎を叱責した後、庄三郎に目を向けた。

「檀野、かような者をご家老様のお屋敷に伴ってまいるとはいかがしたことだ。さっさと連れて戻らぬか」

市之進の苛立った声を庄三郎は平然と聞き流した。すでに腹を括っている。郁太郎とともにどこまでも突き進むつもりだった。

「原様、さように仰せにならずとも、郁太郎殿の申されることに耳を傾けられてはいかがか」

「なんだと──」

市之進は目を剝いた。庄三郎の抗うような物言いが意外だった。最近は秋谷の側に

立つような振る舞いが増えたとはいえ、かつての庄三郎は市之進の言いつけに逆らいもせず従っていたのだ。面と向かって逆らうなど、思いの外《ほか》のことだった。

庄三郎は落ち着きのある声で言った。

「いまから郁太郎殿が申されることを、皆様に性根を据えて聞いていただきたく存ずる」

これを聞いて、兵右衛門はにやりと笑った。

「そなた、向山村に行っておる間に、どことのう秋谷に似てきたな。不埒の段については追って沙汰いたすが、とりあえず、秋谷の息子が訊きたいこととは何か聞こう」

兵右衛門にうながされて、郁太郎は口を開いた。

「ご家老様には、向山村の源吉なる者をご存じでございましょうか」

「知らぬ」

兵右衛門はにべもなく答えた。郁太郎が拳《こぶし》を握りしめて、

「源吉はわたしの友でございましたが、郡方目付の厳しい調べを受けて命を落としました。いいえ、殺されたのだとわたしは思っています」

と言い切ると、兵右衛門は初めて聞いたという風にぎょっとした顔になった。

「村の者が死んだだと。まことか」

兵右衛門は市之進に目を向けて質した。市之進はあわてて、

「郡方目付が調べておりましたところ、死んだ者がおるそうでございます。されど、それは心ノ臓の急な病でございまして、郡方目付の調べのせいではございませぬ」

と取り繕おうとした。すると、

「嘘だ――」

たまりかねたように立ち上がって叫んだ郁太郎は、凄《すさ》まじい怒りの形相をして言葉を継いだ。

「わたしは、源吉の遺骸を見ました。体中に鞭打たれた痣《あざ》があって無残でした。ですが、顔は笑っていました。源吉は、妹が泣きそうになると、いつもおかしな顔をして笑わせていましたから、その時と同じ顔をしようとしたのだと思います。自分が死んだら妹が悲しがるに違いないと思って、命の際まで笑顔を作ったのです」

郁太郎の言葉に、さすがに兵右衛門は驚いた素振りを見せ、市之進も口をつぐんだ。他の側近たちも息を凝らして郁太郎を見つめている。ぴんと張りつめた空気が漂った。

郁太郎はそろりと一歩踏み出し、広縁に近づいた。庄三郎がさりげなく郁太郎の背後に立つ。郁太郎は話を続けた。

「わたしは源吉のために何ができるだろうかと考えました。源吉は、わたしの父をめぐる藩内の確執から死に至らされたようなものです。それなのに、源吉が死んだことをご家老様がご存じないのは許せないと思いました」

兵右衛門が苛立たしげに口を挟んだ。

「待て、わしは藩を預かる家老である。さような百姓の小倅《こせがれ》のことまでいちいち気にかけておるわけにはいかん」

それが当然だ、と言わんばかりの口ぶりだ。しかし、郁太郎は怯まなかった。兵右衛門を睨みつけて言い放った。

「いえ、自らがなさったことで、領民がひどい目に遭ったことを、藩の家老として、向山村を治める者として、ご家老様には知っていただかねばなりません。そのために、わたしは参りました」

言い終えて、郁太郎は脇差の鯉口に指をかけた。それを見た市之進が一喝した。

「貴様、何をするつもりなのだ」

郁太郎にただならぬ覚悟があるとようやく見て取った市之進たちの顔に緊張が走った。又兵衛が、

「無礼者、下がれ、下がらぬか」

と怒鳴った。だが、郁太郎はたじろがず、兵右衛門は思わず一歩後ずさった。

「源吉の痛みをご家老様にも知っていただきとう存じます」

郁太郎が詰め寄ろうとした時、市之進と又兵衛が兵右衛門をかばうように前に立った。

「慮外者、さっさと立ち去れ」

市之進が大声で叫んだ。

「いやです」

郁太郎はきっぱりと答えて、広縁に向かって走った。

――こ奴
市之進と又兵衛が脇差を抜いた瞬間、郁太郎は手に隠し持っていた礫を目にも留まらぬ早業《はやわざ》でふたりの顔面に投じた。鼻筋に命中したらしく、市之進と又兵衛はうめき声を上げて手で顔を覆い、頽《くずお》れた。

すかさず郁太郎が広縁に飛び上がるのを見た兵右衛門は、恥も外聞もなく広間へ逃げ込んだ。

「狼藉者《ろうぜきもの》、許さんぞ」

勝五郎と俊也が郁太郎を取り押さえる寸前に、庄三郎は広縁に駆け上がって、二人の前に立ちはだかった。白刃が一閃した。

勝五郎と俊也はぎょっとして立ちすくんだ。一瞬の後、羽織の紐がはらりと落ちた。

庄三郎は居合でふたりの羽織の紐を斬っていた。庄三郎は素早く刀を鞘に納め、居合の構えを崩さず、腰を落としたまま厳しい声で言った。

「動くな。一歩でも動けば命はないぞ」

ふたりから目を離さず、庄三郎は郁太郎に声をかけた。

「誰にも邪魔はさせぬ。郁太郎殿、存分におやりなさい」

「ありがとう存じます」

郁太郎は広間に兵右衛門を追った。庄三郎と向かい合った勝五郎が、

「檀野、かようなことをいたしてどうなるかわかっておろうな」

と脅すような口調で言った。

「承知いたしてござる」

庄三郎が毅然《きぜん》として答えると、俊也が、

「出合え、出合え。狼藉者だ」

と声を張り上げた。家士たちがどっと広間に駆けつけてきたが、居合の構えをした

庄三郎の気迫にたじろぎ、立ちすくんだ。兵右衛門が床の間の刀架から刀を取って振り向くと同時に、郁太郎は脇差の柄に手をかけて詰め寄った。兵右衛門は刀を抜かず、片手で郁太郎を制した。

「待て、抜くな――」

「この期に及んで未練でありましょう」

郁太郎は腰を落として間合いを詰めた。

「抜けば、そなたは死を免れぬ、家族もただではすまぬぞ」

兵右衛門は額に汗を浮かべて言い募った。

郁太郎が斬りかかってきても返り討ちにできるくらいの心得は兵右衛門にもある。しかし、若年の者に屋敷に踏み込まれ、斬り合いをしたなどという不面目は避けたかった。まして郁太郎の切っ先を浴びて、わずかでも傷を負えば、家老の座に留《とど》まることはできないだろう。

なんとしても郁太郎に脇差を抜かせてはならないと思いを巡らした兵右衛門は、唇を湿らせて、

「咎めを受けるのはそなたの家族だけではないぞ」

と口にした。郁太郎がじりじりと近寄り、

「ほかに誰がいるというのですか」

と訊くと、兵右衛門は目を光らせて言い足した。

「死んだ源吉とやらには、妹がいると申したな。そなたがかような乱暴を思い立ったのは、源吉の家の者に唆《そその》かされたからに相違なかろう。よってそなたの家族だけでなく、源吉の家族を捕らえさせて残らず磔にいたすぞ」

「まさか——」

郁太郎は絶句して青ざめた。郁太郎が怯んだのを見て、兵右衛門は嵩《かさ》にかかった。

「それでもよいのか。そなたが脇差を抜けば、源吉の妹は磔になるのだぞ」

「これは源吉の家族に関わりはございません」

必死に言い返す郁太郎を兵右衛門は嘲るように鼻先で笑った。

「そうはいかぬ。そなたは言ってみれば源吉の家族に代わってわしを仇と狙ったのだ。であるならば、源吉の家族も同罪である」

怖がりのお春は磔にかけられるなどしたら、どれほど怯えることだろう、と郁太郎は思った。源吉はお春に怖い思いをさせたくないばかりに、死に臨んだ時、笑顔を残したのだ。

郁太郎は唇を噛んで脇差の柄から手を離した。

「卑怯《ひきょう》――」

うめいた郁太郎は頽れるかのように膝をついた。兵右衛門はほっと安堵の表情を浮かべた。うつむいた郁太郎の目から涙がぽたぽたと畳に落ちた。

庄三郎が傍らに寄って片膝をつくと、郁太郎の肩を抱いた。

「郁太郎殿、見事であったぞ。いま、ご家老は武士にあるまじき言葉を吐かれた。武士として生涯、消せぬ恥辱となろう。郁太郎殿は、源吉のために間違いなく一太刀浴びせることができましたぞ」

庄三郎は憐れむような視線を兵右衛門に向けたまま、刀と脇差を鞘《さや》ごと抜いて前に置いた。

「われらは、もはやなすべきことはいたしてございます。手向かいはいたしませぬ。ご存分になされてくださいませ」

凛然《りんぜん》たる言葉をかけられ、兵右衛門は忌々《いまいま》しげに庄三郎を睨みつけた。

二十

郁太郎と庄三郎は、中根屋敷の座敷牢に閉じ込められた。郁太郎から礫をぶつけられて負傷した市之進は、別室で医師の手当てを受けた。

兵右衛門は、この日の登城を取り止め、水上信吾を呼び寄せる使いを出した。

中根家老の屋敷で異変があったらしいと聞いて、信吾はすぐに駆けつけた。待ち受けていた兵右衛門は、前置きもなしに郁太郎と庄三郎が乗り込んできたことを告げた。

「秋谷の小倅は、あろうことか百姓の子の仇を討つなどと言い立てて、わしに斬りかかろうとした。檀野はそれを止めるどころか助力したのだ」

兵右衛門は口にするのも腹立たしい様子で言った。

「庄三郎がさように思い切ったことをいたしたのでございますか」

信吾は驚いて目を瞠った。

「そうなのだ。あの男は向山村に参ってから、秋谷に心服いたしたのであろうか。ひとが変わったようだな」

「まことにさようでございます。庄三郎がさほどの男になるとは思いも寄りませんでした」

うなずきながらも、信吾の口ぶりには感嘆する響きがあった。

さりげなく兵右衛門が、

「あの者たちは座敷牢に入れておる。だが、村の者を死なせたことが公になれば、わしの落ち度ということにもなりかねぬゆえ、できれば此度のことは穏便にすませたい」

と狡猾さを浮かべた目をして口にした。

「と申されますと」

警戒しつつ信吾は訊いた。兵右衛門の言葉の裏には、何か罠がありそうな気がする。

「そなたは秋谷と面識があると聞いた。そなたの言うことなら秋谷も信じるであろうゆえ、今より向山村に使いをいたせ」

「使い、でございますか?」

「そうだ。法性院様御由緒書をわしに渡せ、さすれば息子と檀野庄三郎は返してやると伝えるのだ」

「庄三郎たちは御由緒書を取り戻すための人質だということですか」

信吾はげんなりとした心持になった。兵右衛門は策謀を好み過ぎるとかねてから思っていた。這い上がって家老になっただけに、その地位を守りたいのだろうが、そのためには手段を選ばないところがある。

信吾の胸の内など知らぬげに、兵右衛門は平然と答えた。

「そういうことだ。本来ならば家老の屋敷で暴れたふたりは死罪になるところを、許してやろうというのだ。寛大なものではないか」

「さようではございますが」

秋谷を騙して御由緒書を取り上げようとしているのではないか、と疑った信吾は、そんなことに関わりたくないと思い、返事を渋った。すると兵右衛門は信吾の心中を見透かしたように付け加えた。

「そのうえで、こう申せ。秋谷が〈三浦家譜〉をまとめ終えたならば、その功に免じて、切腹の儀は取り止めといたすよう、わしから殿に願い出ようとな」

「ほう、それはまた――」

気前がよろしゅうございますな、と言いかけて、さすがに不謹慎だと思い直した信吾は口をつぐんだ。それにしても、兵右衛門が秋谷の命を救うとまで言い出した意図はうかがいしれない。

あくまでお美代の方にまつわる秘密を表沙汰にしたくないのだろうか。もしかして御由緒書を取り上げるための方便ではないかという気もする。うっかり兵右衛門の話に乗るととんでもないことに巻き込まれかねない。信吾が考えをめぐらせて黙っているうちに、兵右衛門は苛立ってきた。

「どうして返事をせぬのだ。そなたが行かぬのであれば、家士に行かせるまでだぞ。だが、家士の口では秋谷は信用せず、話に乗ってこないだろう。このままでは庄三郎と秋谷の息子は死罪になってしまうぞ」

兵右衛門に急き立てられて、信吾はやむなく応じた。

「わかりました。それでは向山村に参りましょう。戸田様が御由緒書を渡せば、庄三郎と戸田様の子息は無事に戻されること、さらには戸田様も切腹せずにすむよう殿に言上なさることに間違いございませぬか」

念を押すように信吾は言った。兵右衛門は莞爾《かんじ》として笑った。

「間違いない。わしの言質《げんち》として秋谷に伝えて構わぬぞ」

信吾はうなずいて立ち上がった。気がすすまないまま用意をととのえた信吾は、中根屋敷の馬に乗って向山村に向かった。

そのころ兵右衛門の居室に、市之進がそろそろと入ってきた。医師の手当てを受け、鼻のあたりに白い布を巻いた痛々しい姿だ。

「はや動いてよいのか。浅井はいかがいたしておる」

兵右衛門は素っ気なく声をかけた。

「大事ございませぬが、鼻に傷が残るであろうと医師は申しております。浅井はまだ、床に臥せってうなっております。日頃の大言《たいげん》に似ぬ軟弱なことでござる」

答えながらも市之進は競争相手である浅井又兵衛を巧みに貶《おとし》める。

薄ら笑いを浮かべただけで、兵右衛門は相槌すら打たない。側近たちが引き立てを得ようと競い合うことは、兵右衛門にとって己《おの》が足場を固められるだけでなく、自尊心を満足させるものだった。

市之進は膝を正して訊いた。

「信吾殿が向山村に行かれたとのこと。秋谷の息子らを無事に帰し、さらには秋谷も赦免すると伝えるために赴かれたと耳にいたしましたが、それはまことでございまするか」

「ああ、その通りだ」

平然と答えた兵右衛門は煙草盆を引き寄せた。煙管《キセル》に煙草を詰めてうまそうに吸う兵右衛門を見つめつつ、市之進は口を開いた。

「信じられませぬな。あのような乱暴を働いた秋谷の息子と檀野でございますぞ。死罪は当たり前ではございませぬか。さらに秋谷の切腹を許すなど、あってはならぬことと存じまする。秋谷が生きておっては、この後なにかと面倒なことになるのは目に見えております」

激して言い立てる市之進の言葉を黙って聞いていた兵右衛門は、煙草盆の灰吹きにぽんと煙管を打ち付けて灰を落とした。

「そなたの申すことはもっともだが、秋谷の息子を罰しようとすれば、わが屋敷であ奴らに暴れられたという失態が明らかになってしまう。とりあえずは帰して、別な機会に罪に問えばよかろう。それに秋谷の切腹の件は、取り止めることをわしから殿に願い上げると口にしただけであって、殿がお取り上げにならねばそれまでのことだ。殿はお由の方様を守った秋谷をいまも快くは思っておられぬゆえ、まずお許しになることはあるまい」

兵右衛門の声には冷徹な響きがあった。

「それでは、最初から秋谷を謀《たばか》るおつもりでございましたか」

市之進はしてやられたという表情をした。

「これ、人聞きの悪いことを申すな。わしは屋敷で乱暴を働いたふたりを帰してやろうとしているうえに、秋谷の赦免についても願い出るのだぞ。何ら嘘をついてはおらぬではないか」

兵右衛門は、ふっふっと低く笑った。

郁太郎と庄三郎は座敷牢の中で所在なげに過ごしていた。

「きょうのことで、やはり家族に罪が及びましょうか」

郁太郎はため息をつきながらつぶやいた。庄三郎が励ますように、

「いや、源吉を死なせた失態があるゆえ、ご家老もさほど強気には出られないはずです。咎はわれらだけで受けるという覚悟を示せば、話が大きくならずにすむかもしれません」

と言うと、郁太郎ははっと思い至ったような顔をした。

「檀野様を巻き込んでしまったことをまず詫びねばなりませんのに、わたしは家族の身を案じるばかりで、申し訳ございません」

恥じ入るように頭を下げる郁太郎に、庄三郎は笑って言い添えた。

「男子がいったん思い立って行ったことです。さように気を遣うものではありません。口に出せば愚痴になりましょう。志《こころざし》を果たしたと思うのなら、源吉のように笑っておればよいのです」

源吉の名を聞いたとたんに、郁太郎は毅然とした表情になって力強くうなずいた。

（これでよい――）

と庄三郎は思った。

これから何が起ころうとも、落ち着いて対処できるだけの覚悟が郁太郎には定まったようだ。そして、自分にも、相応の覚悟があると思えることが庄三郎は嬉しかった。

弟の治兵衛や母にも迷惑をかけるが、やむを得ない。

城中で信吾との斬り合い騒ぎになったころは何の覚悟も出来ていなかった、といまならわかる。あの時は切腹しなければならなくなることが恐ろしく、ひたすら生きたいと願った。しかし、向山村で秋谷と接するうちに、しだいに考えが変わっていった。

ひとは心の目指すところに向かって生きているのだ、と思うようになった。心の向かうところが志であり、それが果たされるのであれば、命を絶たれることも恐ろしくはない。

そう思いつつ、庄三郎は薫の顔を脳裏に浮かべた。自分が目指している先に薫がいる気がする。

そう考える自分は、武士として恥ずかしい生き方をしているのだろうか。だが秋谷ならば、そんな情を抱く気持もわかってくれるのではないか。秋谷は、ひとを大切に思う気持を持った武士だ。

（だからこそ、わたしはあのひとを信じることができるのだ）

座敷牢に閉じ込められながらも、自分は満ち足りた思いでいると気づいて庄三郎は思わず頬をゆるめた。

笑って死ぬというのは、こういうことなのかもしれないと思った。


信吾が馬で向山村に入ったのは、その日の夕刻だった。

深刻な事態に気がふさぐ思いを抱きつつ、暮れなずむ山間の村に入ると、いまが春であることにあらためて気づかされる。

樹木の芽吹く匂いが濃く漂い、谷川のせせらぎも春めいて盛んな音を立てている。巣に戻る鳥の囀《さえず》りに混じって、時を撞《つ》く寺の鐘の音がかすかに聞こえてきた。

山間の日が落ちるのは早い。はるか山の端が茜色に輝くのを目にしながら馬を進めるうちに、やがて秋谷の家の屋根が坂の上に見えてきた。茅葺屋根は黒ずみ、暗く沈んでいるように見えた。

おそらく秋谷と家族は、郁太郎と庄三郎の身を案じて昨夜から一睡もしていないのではないか。家からは、そんな気配が漂ってくる。だが、ひとを案ずる思いに満ちている家というものは、何と温もりが感じられるものかと胸を打たれた信吾は、馬を下り、戸口に近づいた。訪いを告げると、すぐに薫が出てきた。

「伯父より使いを命じられて参りました」

信吾が告げると、薫は表情を硬くして、しばらくお待ちくださいませと会釈し、奥に向かった。ほどなく出てきた薫は信吾を書斎へと案内した。堆く積まれた文書に埋まった床の間を背に座っている秋谷と向かい合った信吾は、

「ご子息の郁太郎殿は今朝方、中根屋敷に乗り込まれ、伯父に斬りつけようとして庄三郎ともども捕らわれてございます」

とうつむき加減で言った。

「さようでござるか」

秋谷は落ち着いて答えた。郁太郎が何事かをしでかすであろうと予想していたらしく、驚いた様子はなかった。

「それで、伯父は法性院様御由緒書を渡せば、郁太郎殿と庄三郎を返し、さらに戸田様の助命を殿に願い出ると申しております」

信吾が助命と口にした時、秋谷は苦笑した。兵右衛門の狙いを一瞬で見破ったのだろう。信吾はその表情を見て、

「すでにおわかりとは存じますが、それがしも助命については方便にて申したまでだと存じます。伯父の言葉をそのまま信じるわけにはまいりませぬ」

と口にした。せめてこのことは伝えておきたいと思っていた。はたして秋谷はうなずいた。

「さようでありましょうな。では、ふたりを返すというのも偽りでございますかな」

秋谷はうかがうような目を信吾に向けた。

「さて、それは――」

信吾にも兵右衛門の腹の内はわからなかった。郁太郎と庄三郎を返すつもりはありそうに思えはするものの、そう断言するのは憚られる気もする。信吾がはっきりした返答ができずに考えをめぐらせていると、秋谷は言葉を継いだ。

「郁太郎のなしたることを表沙汰にいたせば、郡方目付の調べでこの村の者が死んだことが公になり申す。中根ご家老としてはその話を秘匿《ひとく》したいのでござろう。それゆえ、郁太郎たちを戻すということはあり得るかもしれませぬ」

「ではございますが、何分、伯父は策略の多いひとでございますゆえ」

「いかにも、昔からさようでござった」

戸田様はご存じでしたかと言いかけて、信吾は口をつぐんだ。若いころから家中で重職に就いてきた秋谷が、兵右衛門と接する機会が多かったのは当然だが、だとすると、兵右衛門をよく知る秋谷が見え透いた策略に乗ろうとするのは不可解に思える。

信吾が困惑する様子を見た秋谷は、有るか無きかの微笑を浮かべて、

「水上殿は、馬にて参られたか」

と訊いた。信吾は怪訝な顔をして答えた。

「さようでございますが」

「すまぬが、馬をお貸し願えまいか。それがしは、ただいまより、郁太郎たちを引き取りに参ろうと存ずる。今夜のうちに話をつけたいゆえ、馬で参ることができればありがたい」

信吾は胸が騒いだ。秋谷は幽閉中の身でありながら、城下へ向かうというのだ。そんなことをすれば、助命する話などなくなってしまう。

「馬を貸すのはかまいませぬが、それでは戸田様が――」

信吾が言いかける言葉を遮《さえぎ》るように、秋谷は板の間にいる織江に声をかけた。

「聞こえたであろう。わしは城下へ参るゆえ、羽織と袴の支度をいたせ」

板の間で織江と薫は身を硬くして信吾との話に耳を澄ませていた。

織江が強張った顔をして書斎に入り、薫もその後ろで膝をついた。織江は声を震わ

せて口を開いた。

「お前様、水上様のお話では、ご家老様には助命を願《ねご》うてくだされるお考えもあるとのこと。せっかくご尽力くだされますのに、幽閉を破り、城下に参れば、切腹を免れなくなるのではございませぬか」

織江の言い条《じょう》はもっともだと思い、信吾は膝を乗り出し、声を励まして言い添えた。

「さようでござりまするぞ。伯父は信じるに足りぬところはございますが、一度口に出したからには何もせぬということはないと存じます。それがしも耳にいたした以上、督促いたしまする。助命の儀がかなわぬと定まってはおりませんぞ」

秋谷は穏やかな表情でうなずいた。

「お口添え、ありがたく存ずる。しかし、それがしは中根殿という御方をいささか存じており申す。甘い手を打つ方では決してござらぬ」

信吾は首を横に振った。

「だからこそでござる。わたしを遣わしたのはあるいは戸田様をおびき寄せようとする策略かもしれませぬ」

「たとえそうであろうと、郁太郎と檀野殿を取り戻し、今後も手を出させぬ方策として他に手立てはござらぬ。それがしが出向いてご家老と話をつけるのが、もっともよかろうと存ずる」

言い終えて秋谷は、支度をするよう織江に目でうながした。だが、織江は腰を上げようとせず、

「お前様が自分のために命を投げ出したと知れば、郁太郎はどのように悲しむことでございましょう。どうか、城下へ行かれるのはおやめくださいませ」

と必死の面持ちで言った。薫も傍から言葉を添えた。

「母上の言われる通りでございます。庄三郎様も父上にそうしてほしいと望んではおられないと思います」

秋谷は、ははっ、と明るく笑った。

「わしの命は郁太郎が引き継いでくれるであろう。親が先にあの世へ参るのは自然の理《ことわり》ではないか。何の不都合があろう」

さらりと言いのけた秋谷は、織江に目を向けた。

「そなたにとって郁太郎は何物にも代えがたい大切な息子ではないか。その息子を取り戻しに参るのだぞ」

秋谷の言葉に、織江は胸を突かれた表情をした。郁太郎を助けたいと願うのは、母

として当然の切なる思いではある。織江が黙り込むと、秋谷は薫を慈《いつく》しみ深く見つめた。

「檀野殿は信ずるに足るひとだ。いずれそなたの伴侶《はんりょ》となってくれることをわしは望んでいる。わしはそなたのために檀野殿を取り戻したいのだ」

妻と娘の願いをかなえるため、秋谷は自らを投げ出そうとしている。織江と薫は言葉もなく涙ぐんでうつむいた。

信吾はもはやかける言葉が見つからなかった。ただ黙って唇を嚙みしめるばかりだ。伯父の兵右衛門の振る舞いを身内として恥じ入るしかなかった。

織江と薫が涙ながらに用意した羽織と袴を身につけた秋谷は、脇差のみを腰にして、信吾とともに外へ出た。

戸口の傍らで妻と娘を一瞥しただけで素早く戸を閉め、歩み去った。

信吾は木に馬をつないでいた。秋谷が近づくと、馬はぶるっと首を震わせて鬣《たてがみ》をゆらした。まるで気負い立つ秋谷の気迫に応じるかのような武者震いに見えた。

「水上殿は今宵、わが家にお泊まりくだされ。明日にはふたりを連れて戻りますゆえ」

言い置いて、秋谷はひらりと馬に跨《また》がった。馬上ですっくと背筋を伸ばした秋谷の姿は、戦場に臨む武人を思わせた。

秋谷が信吾に会釈すると同時に、カッカッと蹄《ひづめ》の音を響かせて馬が坂道を下り始めた。

遠くの山々は日暮れの色を濃くして連なっている。峰々が重なり合い、山裾にいくにしたがって黒みを帯びていた。

道沿いの木々が風にざわめき、不穏な響きを運んでくる。空には風に吹き飛ばされた薄紫のちぎれ雲が浮かんでいた。

刻々と道は暗くなり始めている。

道が見えるうちに山を下りなければ、と秋谷は馬腹を蹴った。

二十一

秋谷が城下に入ったのは、深更のことだった。わずかな月明かりを頼りに中根屋敷に着いた秋谷は馬を下り、門前に立った。馬の手綱を引き、門を拳で強く叩いて、

「戸田秋谷、参上仕《つかまつ》った。開門お頼み申す――」

と大きな声で、二度、三度、呼びかけた。夜の静寂《しじま》に秋谷の凛乎《りんこ》とした声が響き渡

った。寝静まっている様子だった屋敷の中で、ひとが動く気配がした。やがて門の内側から、

「かような時分にどなたでござるか」

家士らしい男の声がした。

「戸田秋谷でござる。一子郁太郎と檀野庄三郎殿を引き取りに参った。ご家老にお取り次ぎ願いたい」

秋谷が落ち着いた声で言うと、門内からは、

「しばし、お待ちあれ」

という驚いたような男の声がして、ばたばたと屋敷の中へ駆け込む足音がした。秋谷が門前で佇んでいると、ほどなく門が開いた。手燭《てしょく》を持った数人の家士が油断なく秋谷を迎えた。屋敷の中は相変わらず、しんと静まり返っている。

「上がられよ、との主《あるじ》の仰せでござる」

五十代ぐらいの痩せた家士が丁重な物腰で告げた。秋谷はうなずいて門をくぐり、家士に従って玄関に向かった。手綱を渡した家士のひとりが馬を連れていく。秋谷が式台に上がろうとした時、痩せた家士が、

「腰の物をお預かりいたす」

と声をかけた。秋谷は表情も変えず、黙って脇差を家士に渡した。無腰になった秋谷は家士に案内されるまま廊下を進み、やがて蠟燭が明々と点された広間に通された。

甲冑《かっちゅう》が飾ってある床の間を背に兵右衛門が着流しで座り、傍らに白い布を顔に巻いた原市之進が羽織袴姿で控えている。他の家士の姿はなかった。ふたりだけで秋谷に対するつもりのようだ。

秋谷が黙って兵右衛門の前に座ると、間なしに郁太郎と庄三郎が家士に引き立てられて連れてこられた。郁太郎は、秋谷の顔を見て目を疑うような表情をして座り、手をついた。ふたりを連れてきた家士は頭を下げてから踵を返し、そのまま下がっていった。

「父上、申し訳ございません」

郁太郎は絞り出すような声で言い、頭《こうべ》を垂れた。目に悔し涙が滲んでいた。秋谷は思い遣る目をして、

「何をあやまることがあろうか。そなたは、友のためになさねばならぬと思い定めたことをやったまでだ。武士としてなんら恥じることなき振る舞いだ。わたしはそなたを誇りに思うぞ」

郁太郎に顔を向けてやさしく言った。郁太郎の後ろに座った庄三郎が、

「郁太郎殿の振る舞いは見事でござりました。源吉のために一矢《いっし》報いましたぞ」

と声を大きくして告げた。それを聞いた兵右衛門は、苦虫を嚙み潰したような顔になった。

「さような話は後でいたせ。秋谷、幽閉中の身でありながら、城下に出てまいるとはいかなる所存だ。いかにわしでも幽閉を破った者を咎めなしにはできぬぞ」

秋谷はゆっくりと兵右衛門に顔を向けた。物腰に悠揚《ゆうよう》迫らぬ重みがある。

「いかにも承知いたしており申す」

「では、命乞《ご》いに参ったわけではないというのか。たとえ、さようであろうと、もはやかなわぬがな」

兵右衛門は抑えるように言い放った。家老としての貫禄で秋谷を圧伏しようと目論んでいるようだ。

「それがしは、郁太郎と檀野殿を引き取りに参っただけでござる」

「そのためには、何をなせばよいか、水上信吾に伝えるよう申し付けたが、聞いておらぬのか」

「聞き申した」

「自ら出てまいったということは、法性院様御由緒書をあくまで渡さぬつもりだな」

兵右衛門は憎々しげに秋谷を睨みつけた。秋谷は首を横に振った。

「さにあらず。お渡しいたそうと、かように用意して参りました」

「なんだと――」

目を見開いて驚く兵右衛門にかまわず、秋谷は懐から折り畳んだ一枚の紙を取り出して、膝前に置いた。一斉に皆の視線がその紙に注がれた。

「父上――」

郁太郎はうめくように言った。庄三郎が血相を変えて、

「戸田様、それを渡してはご家老の思うつぼでございます」

と叫んだ。ふたりが案じるのを気にする様子もなく、秋谷は、

「よいのだ」

と手短に応じただけだ。あわててにじり寄った市之進が紙を手に取り、間違いないか詮議するような目で見た後、

「法性院様御由緒書に相違ございません」

とかすれ声で告げて兵右衛門に差し出した。兵右衛門は黙って紙を受け取り、しげしげと書かれている文字を見つめ、ゆっくりと秋谷に目を向けた。

「確かに法性院様の御由緒書だ。しかし、そなたはなにゆえこれを水上信吾に渡さなかったのだ。渡しておりさえすれば、切腹せずともすむように執り成すこともできたであろうに。禁を破るなどすれば、もはや逃れる術はないぞ」

兵右衛門の言葉に、郁太郎は唇を噛んでうつむき、庄三郎が口惜しげに畳を叩いた。だが、秋谷は表情すら変えずに口を開いた。

「それがしは、念を押しに参っただけでござる」

「念押しだと？」

「御由緒書を水上殿にお渡ししても、約束事など反故《ほご》になるのは自明のことかと。ならば、それがしが間違いなく腹を切るとお示しした方が、倅たちをお許しいただけるのではないかと慮《おもんぱか》りました」

秋谷が淡々と言葉を続けると、兵右衛門は鼻白《はなじろ》んだ顔つきをした。郁太郎と庄三郎は訝しげに顔を見合わせた。どのような成算があって、秋谷がこれほど大胆に振る舞うことができるのであろうかと、ふたりは不審に思った。

「わしの言葉を信じなかったというわけか」

兵右衛門は獲物を狙う獣のように目を細めた。

「それゆえ、ご家老にお目にかかろうと思い立ったしだいでござる」

平然と言いのける秋谷に、市之進は膝を乗り出して声を高くした。

「戸田殿、幽閉の禁を破った身で、ただいまの申されようは不遜《ふそん》でござろう。ご子息はご家老様に斬りかかろうとしたのでござるぞ。そのことをまず詫びられよ」

「詫びは申さぬ」

にべもなく秋谷は答えた。付け入る隙を与えない、毅然とした物言いだった。

「父上、わたしは――」

郁太郎が途方に暮れた顔をして手をつかえた。詫びることで秋谷の命が助かるのなら、自ら詫びの言葉を口にした方がいいのではないかと考えた。郁太郎は胸中に父への思いがあふれ出て、声を詰まらせた。

秋谷は包み込むような慈愛に満ちた視線を郁太郎に向けた。

「そなたは、詫びねばならぬほど、恥ずかしきことをいたしたのか」

「いえ、決してさように思ってはおりませぬ」

郁太郎が言うと、庄三郎も声を励まして言い添えた。

「郁太郎殿は、源吉の恨みを報いるべくご家老に迫りました。ところがご家老は言葉巧みに逃れられた。恥じねばならぬのは、ご家老でございますぞ」

これを聞いた兵右衛門が顔を強張らせた時、市之進は目を怒らせて荒々しく声を張り上げた。

「かほどの乱暴を働いておきながら、ご家老様を謗《そし》るとはいかなる所存でござるか。それがしの顔の傷はご子息が打った礫で負ったものですぞ。ご家老様に詫びを申してから、それがしにも詫びるのが筋でござろう」

ちらりと横目で市之進の顔を見た秋谷は、ふふ、と笑った。

「何を笑うか」

いつもの怜悧な吏僚としての顔をかなぐり捨て、市之進は激昂《げっこう》した。だが、秋谷は冷静さを失わず、落ち着き払って言葉をかけた。

「倅が手加減をいたしたと思うたがゆえにござる。倅の礫は木の枝を折ることもでき申す。されば、そこもとが、ただいまかように話をしておられるのは、倅が手加減いたした証でござろう。まともに礫を急所に受けておれば、いまごろ生きてはおられぬはず」

「なんと――」

青ざめて、市之進は口をつぐんだ。郁太郎がかすかにうなずくのを見た秋谷は、穏やかな目で市之進を見返すと、諭すように言った。

「それがしは先ほど、武士としてなんら恥じることなき行いをいたしたと倅を褒め申した。それに引き換え、武士が礫を避けることもできず、手傷を負わせた相手に謝れと言うなどそれこそ恥とするところと、それがしは心得ており申す」

市之進が悔しそうな顔をして口をつぐむと、兵右衛門は堪えきれぬという様子で噴き出した。

「はっはっは、秋谷は相変わらずきついことを申す男だな」

「さようでござろうか」

秋谷は首をかしげて兵右衛門を見た。突如、口調を変えた兵右衛門は、昔を思い出すかのようにゆったりとした口振りで言った。

「わしとそなたは、年がさほど変わらぬ。同じころ藩校に通い、剣術道場で稽古をいたしたこともある。わしが用人頭の嫡男で、そなたは勘定奉行の四男であった。父親の身分ではそなたの方がやや上であったが、四男ゆえ、馬廻役の家に養子となった。わしとそなたのいずれが出世いたすか、そのころはまだわからなかった。それだけに、わしはそなたのことをずっと気にしておった」

「さて、さようなことをそれがしは思ったことはございませなんだが」

「さようであろうな。だが、わしはそういうわけにはいかなかったのだ……」

兵右衛門はひややかな笑みを浮かべた。

「いかなるわけがあったのでござろうか」

「わしの父は、そなたを買っておった。ことあるごとに、そなたの名を出しては、わしと引き比べたのだ」

秋谷は目を瞠った。

郁太郎と庄三郎は、兵右衛門が昔話を語り出したことに驚いた。市之進は顔をしかめて気遣わしげに兵右衛門をうかがい見ている。

「それは存じませなんだ」

「それだけではないぞ。まだ若年であったそなたを郡奉行に推《お》したのは、わしの父であったと知っておるであろう」

不気味に薄ら笑いを浮かべた兵右衛門は、話を続けた。

「耳にいたしております。されど、五年後に郡奉行から退けられ、江戸詰めの用人とされたのも、お父上の計らいであったように聞いております」

「そうだ。そなたが郡奉行になったころ、わしは江戸詰めの中老だった。ある日、そなたは郡奉行として手柄をたてるに違いない、うかうかしておれば追い抜かれるぞ、と父が手紙を書き送ってきた」

「まさか、さような」

「いや、そなたは勘定奉行として辣腕《らつわん》の評判が高かった柳井与市殿の息子だ。藩の重役たちは皆、そなたの力量を測ろうとしておった。はたして郡奉行としてのそなたの評判は上々だった。わしはそなたに追いかけられているような気がしたものだ」

「それがしは、ただお役目を果たすことのみを考えており申した」

憐れむような目で秋谷は兵右衛門を見た。兵右衛門は、うなずきながらも唇の端をゆがめて笑っている。

「であろうな。だが、わしはそうはいかなかった。それゆえ、江戸から国許へ戻って執政のひとりとなった時、そなたを郡奉行からはずし、江戸詰めとしたのだ」

「では、それがしの江戸詰めは、ご家老の差し金でござったか」

秋谷は苦笑いを浮かべた。

「父が順慶院様に申し上げたということにしておいたが、実はわしが執政会議に持ち出したのだ。他の重役たちも、そなたがこれ以上、郡奉行として名を高めれば、自分たちを脅《おびや》かすことになると恐れておったゆえ、あっさりと決まった」

大きく息を吐いて兵右衛門は言葉を継いだ。

「父が亡くなったのは、そなたが江戸へ行って一年後の寛政八年（一七九六）のことであった」

兵右衛門は遠くを見る目をして話した。

大蔵の容態は日を追って悪くなり、兵右衛門は毎日、病床を見舞い続けた。秋も深まり、色づいた庭の木々の葉が地面に散り敷いて錦《にしき》をあやなしていた。

ある日、大蔵は気分がよかったのか、兵右衛門を枕元に呼び寄せた。澄んだ日が差しかけている障子を開けると、薬湯の臭いが部屋から漂い出た。

大柄で血色がよかった大蔵だが、病に臥して痩せ衰え、顔も脂《あぶら》気《け》が抜けた土気《つちけ》色をしていた。それでもまだ眼光の鋭さは残っている。大蔵は兵右衛門に厳しい視線を向け、

「わしがあの世へ参れば、そなたへの風当たりは強くなるぞ。そのこと、心得ていような」

とつぶやくように言った。兵右衛門を突き放すかのような言葉つきだった。兵右衛門はしかたなくうなずいた。父はいまわの際まで自分に情が薄いのかと、忌々しかった。

「いかにも、承知いたしております。されば、身を守るためには何をなせばよろしゅうございましょうか」

問わずともそんなことはとうに知っていると思いはしたが、念のため父の腹の内を知っておこうと思った。

「お美代の方様の御子を、なんとしても藩主になし奉《たてまつ》ることじゃ。さすれば、わが家は安泰となるようにわしが仕組んでおいた」

「それだけでようござりましょうか」

兵右衛門は重ねて訊いた。それしきのことなら、十分にわかっている。あれほど切れ者であった父も、末期《まつご》を迎えてさすがに耄碌《もうろく》したらしい、と軽んじる気持が湧いた。

「もうひとつあるが、それを言うても、そなたは聞く耳を持たぬであろう」

そう言って大蔵はため息をついた。思わせぶりに言いかけたままで逝かれてはたまらないと思った兵右衛門は、身を乗り出した。

「なんでございましょうや。お教えいただきとう存じます」

兵右衛門の切羽詰まった語気に、大蔵は頬をゆるめた。

「戸田順右衛門を、そなたの派閥に加えることだ」

もったいをつけて大蔵が口にした名を聞いた兵右衛門は、意外な思いで、

「戸田を派閥に入れよと言われまするか」

と言い、眉をひそめて父親から視線を逸らした。

「あの者は曲がったことができぬ。武士として、まっとうな生き方をいたしておる。わが家は先祖が御家の争いにより、流罪となって軽格に落とされた。それゆえ、わしは策をめぐらし、謀《はかりごと》を用いて用人頭まで昇った。しかし、それより上の役に就きたくば、武士として恥じぬ生き方をせねばならぬと気がついたのだ。たとえば戸田のようにな――」

「それで、わたしを戸田と競わせようとなされたのでございますか」

兵右衛門は呆気《あっけ》にとられて、まじまじと父親の顔を見つめた。大蔵がそのようなことを考えているとは思いも寄らなかった。

「わし亡き後は、戸田を味方にせよ。それがお前にとって、もっともよいことだ」

兵右衛門が何も答えずに黙っていると、大蔵はいままで見せたことがない物悲しげな表情をして、顔を曇らせた。

「そなたと戸田を競わせようとしたわしのやり方は、やはり間違いであったやもしれぬな」

応える言葉が見つからず、兵右衛門は父親の顔を呆然と見つめるだけだった。三日後、夜が明ける前に大蔵は息を引き取った。大蔵が最期に遺した言葉を、兵右衛門は聞き入れることもなく出世を遂げたのだった。

「まことに合点がいかぬが、父はそなたを味方につけろと言い遺したぞ」

兵右衛門は皮肉な視線を秋谷に向けた。郁太郎と庄三郎は、身じろぎもせず兵右衛門の話に聞き入っていた。秋谷はたじろぐことなく、

「ご家老のお父上はまこと懐深き御方にて、いかようなお考えでおられたか、それがしにはわかり申しませなんだ」

と告げた。

「不思議だな。そなたは目立ったことをなすわけでもないのに、関わる者は生き方を変えていくようだ。心がけの良き者はより良き道を、悪しき者はより悪しき道をたどるように思える」

「それはいかなることにござろうか」

兵右衛門の含みのある物言いに秋谷は首をかしげた。

「赤座与兵衛のことだ」

「赤座でござるか?」

「与兵衛は、勘定方の不正に加われと誘ったにも拘わらず、そなたが断ったのを根に

持っておったのだ。嘲られた気がした与兵衛は、そなたと関わりのあるお由の方様をご側室に差し出し、鼻を明かしたつもりだったのであろう。お由の方様が殿のご寵愛を受けて、有頂天になっておった」

兵右衛門は遠慮のない口振りで冷淡に言った。

「何ゆえ、与兵衛を亡き者にされたのでござるか」

秋谷は確かめるように訊いた。

「奴はしたたかであったな。いつの間にか書庫からお美代の方様の御由緒書を持ち出しおった。御由緒書さえ握っておれば、わしの首の根を押さえられるとでも思ったのであろう」

「されど、ご家老はそれをお許しにならなかったのですな」

「奴はいつ裏切るかわからなんだゆえな。屋敷に呼び出して、長年、商人から賄賂を取り続けた証拠を突きつけ、腹を切らねば、家を取り潰して一族にも累が及ぶと脅したら、真っ青になりながら腹を切りおった。もっともその前に、御由緒書を松吟尼様に預けておったとは気づかなんだが」

兵右衛門は、くっくっと思い出し笑いをして肩を揺すった。秋谷はひややかな目で静かに兵右衛門を見つめていたが、やがて口を開いた。

「言いたいことはそれだけでござろうか」

「それがしに聞かせたきことはそれで終《しま》いであろうかと、お訊きいたしており申す」

「なんだと――」

厳しさが漂う秋谷の顔を、兵右衛門は腹立たしげに見返した。

「この期に及んでも虚勢をはるとは愚かなことよ。そなたが御由緒書を差し出したゆえ、冥途《めいど》の土産に聞かせてやったまでだ。父があれほど認めておったそなたが、とうとうわしの前に跪いたと思うと、小気味よいわ」

「それがしは、別に跪いてはおりませんぞ」

秋谷が平然として応じると、兵右衛門は嗤《わら》って、手にしている御由緒書をひらひらと振って見せた。

「これこそ、そなたがわしに屈服した証ではないか」

秋谷は憐れむように頭を振った。

「それは、もはやただの紙切れ同然でござる」

「なに――」

「御由緒書は、長久寺の慶仙和尚にお見せし、寺の記録として記すよう頼み申した」

淡々と話す秋谷を睨み据えた兵右衛門は、怒りで顔を赤黒く染めた。

「そなた、さような真似をしでかしておったのか」

「御由緒書についてては、それがしも〈三浦家譜〉に記しまするが、これを抹消いたすなど、ご家老には造作《ぞうさ》なきことでござりましょう。されど、名僧として京にも知られる慶仙和尚が住持を務める長久寺の記録には、たとえご家老であろうと手をつけるのは許されますまい」

「貴様、何を企んでおるのだ」

兵右衛門はうかがうような目を秋谷に向けた。その目に恐れる色が浮かんでいる。

「企みなどはござりませぬ。ただ、法性院様御出自につきましては、長久寺の記録として永く残ると申しておるだけでござる。いずれ、その秘密に気づく者も出てまいりましょう」

「この不忠者めが」

兵右衛門はあえぎながら罵《ののし》った。

「御家の真《まこと》を伝えてこそ、忠であるとそれがしは存じており申す。偽りで固めれば、家臣、領民の心が離れて御家はつぶれるでありましょう。嘘偽りのない家譜を書き残すことができれば、御家は必ず守られると存ずる」

「偽りを申すな。御由緒書の一件を楯《たて》に、助命を願うつもりではないのか」

身を乗り出した兵右衛門は、わめくように言い募った。

「さような考えはまったくござりませぬ。法性院様御出自は、藩が抱えていかねばならぬことでございますれば、それがしの命と引き換えにいたすべきものではないと存ずる。郁太郎と檀野殿を引き取り、それがしは腹を切るまででござる」

秋谷の言葉を耳にした兵右衛門は、がくりと肩を落として目を閉じ、絞り出すような声で言った。

「ならば、このままふたりを連れて戻るがよい」

秋谷は、郁太郎たちを振り向いた。

「聞いたであろう。お許しが出たゆえ、帰るといたそう」

「父上、わたしのために命を捨てるのはおやめください」

郁太郎は手をついた。涙が頬を伝っている。自分のしたことで父が切腹を逃れられなくなったのだ、と胸がつぶれる思いをしていた。

庄三郎も懇願《こんがん》するように言い添えた。

「さようでございます。戸田様が切腹されることはありませぬ」

秋谷は苦笑して口を開いた。

「ふたりとも、わからぬことを申すではない。子のために身を捨てるのは、親の苦になりはせぬ。まして、わが命を延ばすために藩の大事を使《つこ》うては、武士の誇りが廃《すた》れる」

ふたりに言い聞かせてから、秋谷はおもむろに兵右衛門に顔を向けた。

「さて、これにて辞去いたすが、その前になさねばならぬことがあり申す」

「何をすると言うのだ」

兵右衛門は怯えた表情で秋谷を見た。傍らに控える市之進の顔が強張った。秋谷は膝を正して、

「御由緒書をお渡しいたしたからには、それがしはもはや死人《しびと》同然でござる。されば、死人のなすことゆえ、堪えられよ」

と言うや否や素早く片膝を立てた。兵右衛門の胸倉《むなぐら》を掴むと同時に拳を振り上げ、思い切り顔をなぐりつけた。

兵右衛門の体は弾かれたように激しく倒れた。秋谷は眉ひとつ動かさず兵右衛門を静かに見つめた。

「源吉が受けた痛みは、かようなものではなかったのでござる。領民の痛みをわが痛みとせねば、家老は勤まりますまい」

そう言い捨てた秋谷は、

「さて、帰るぞ」

と、郁太郎と庄三郎をうながして立ち上がった。市之進がうろたえて、

「ご家老に対し、何たることを」

逃がすな、と家士に声をかけた時、兵右衛門はうめきながらも身を起こして、一喝した。

「騒ぐな――」

「されど、このままにては」

「これ以上、わしに恥をかかせるでない」

兵右衛門は顔をなでつつ吐き捨てるように言った。

その声を背に、秋谷は何事もなかったかのように玄関へ向かった。郁太郎と庄三郎があわてて跡を追った。

中根屋敷の家士たちは、秋谷に恐れをなして後ずさった。悠々と玄関を出た秋谷は、玄関脇につながれていた馬の手綱を取って門をくぐり、夜空を見上げた。

満天の星が瞬いている。

「向山村に戻るころには、日が高くなっているであろう」

秋谷は明るい声で言った。

二十二

秋谷が中根屋敷に乗り込んだ数日後、源吉を取り調べて死に至らしめた郡方目付と口問いは追放処分となったが、原市之進に咎めはなかった。

〈三浦家譜〉の編纂を続けることに、藩から何の達しもなかったため、秋谷は以前と変わらず、庄三郎とともに〈三浦家譜〉の完成に向けて勤《いそ》しんだ。

五月になって、庄三郎と薫は祝言《しゅうげん》を挙げた。

秋谷が幽閉中であるのを憚って双方の親戚は姿を見せず、慶仙和尚と水上信吾のふたりだけが媒酌人《ばいしゃくにん》として祝いの席に連なった。

織江が幾日かかけて縫い上げた白無垢《しろむく》を着た薫は、裃《かみしも》姿の庄三郎の隣に楚々《そそ》として座り、杯事《さかずきごと》は滞《とどこお》りなく進められた。信吾は若いに似ぬ味わい深い謡《うたい》を披露した。

控え目ながらも温かい宴がたけなわのころ、ほとほとと戸を叩く音がした。郁太郎が出てみると、源兵衛と市松が祝いの品らしい魚と野菜を入れた竹籠を手に立っていた。その後ろには、万治とお春を負った源吉の母親がいた。

郁太郎が驚きのあまり言葉を出せずにいると、源兵衛は竹籠を差し出した。

「これは、村の者からのお祝いでございます。また、昨夜、万治が村に戻りましたこともあわせてお報せいたします」

郁太郎は、しばしお待ちくださいと口にして、皆に家の中に入るよううながし、祝言の席へ戻って秋谷に源兵衛の訪れを告げた。

すぐさま板の間に出た秋谷は、土間に立っている源兵衛たちを嬉しげに見て、

「気遣いをさせてすまぬな」

と言った後、万治に目を向けた。

万治は、肩を落として面目なさげに前に出ると頭を下げた。

「そなた、村に戻っておったのか」

秋谷に訊かれて、万治は震えながら、

「博多に行こうと思うたんじゃけど、国境を越えるのが恐ろしゅうなって山に潜んじょりました。そうしたら山ん中で村の者にばったり会《お》うて、源吉のことを教えられたのです」

と答えて堪えきれずに泣き出した。源兵衛が万治の肩に手を置いて、

「どうしていいかわからなくなったのでございましょう、昨夜万治がわたしの家に転

がり込んできたのです。それできょう、お知恵をお借りしようと庄屋様のもとへ連れて行きましたところ、国抜けをしようとしたのではなく、山の中で道に迷っただけだと、取り繕ってくださることになりました」

「庄屋殿はそれでよいと言われたか」

秋谷の問いに源兵衛はしっかりとうなずいた。

「庄屋様も源吉を死なせたことを悔やんでおられましたから、どうにか言い繕ってくださるようです。村の者も同じように思っております。皆、源吉が好きでしたから、供養のためにも万治一家が暮らしていけるよう、力を貸してくれるはずでございます」

なおも嗚咽《おえつ》を漏らす万治に、秋谷は声をかけた。

「そなたは、これから源吉のためにも懸命に働き、家族を養っていかねばならぬぞ」

「わかりましてございます」

万治は涙を流しつつ、深々と頭を下げた。郁太郎が前に出て、

「お春坊、父上が帰ってきてくれてよかったな」

と話しかけた。お春は母親の背中でにっこり笑った。

「おとうは、きっと帰ってきてくれるち兄《にい》やんが言いよった」

「そうだな。源吉は嘘をついたことがないからな」

「うん、兄やんは、あの世から、うちをずっと見ちょってくれるよ」

お春は信じきった目をして言った。

「源吉はきっと見守ってくれている。そうだ、わたしは源吉の友なのだから、これからは源吉に代わってわたしがお春坊を守ろう」

郁太郎がきっぱりと言うと、お春は嬉しそうにこくりと頭を振った。そこへ庄三郎と薫が出てきた。市松は花嫁姿の薫を一瞬まぶしそうに見つめて目を伏せた。庄三郎が、

「お春坊、ちょくちょく遊びに来るのだぞ」

と言葉をかけると、薫は微笑んで言い添えた。

「お春坊が来てくれると、妹ができたようでにぎやかになって嬉しいです」

ふたりに言われて、お春は恥ずかしげに母親の背に顔を隠した。源兵衛はそんなお春に目を遣った後、秋谷を振り向いて、

「わたしは頭を丸めて長久寺に入り、源吉や亡くなられた方々の菩提《ぼだい》を弔《とむら》いたいと存じます」

と告げた。播磨屋の番頭茂兵衛と矢野啓四郎の霊も弔うつもりだと察した秋谷は、

静かに問うた。

「さようか。いつ出家いたす所存だ」

源兵衛はためらいがちに口を開いた。

「この秋にと思っております」

「わたしと時を同じくして俗世を離れると心を決めたか」

秋谷は淡々と言った。

その言葉を聞いた者は皆、粛然として下を向いた。庄三郎と薫が祝言を挙げたのは、秋谷が切腹する前に薫の花嫁姿を見せたかったからだとわかっていた。

家の外では音もなく五月雨《さみだれ》が降り始めていた。


七月には郁太郎の元服の儀が行われた。烏帽子《えぼし》親は庄三郎が務め、前髪を落とした凛々《りり》しい郁太郎の姿を秋谷は満足そうに見守った。

郁太郎が元服を終えてほどなく、秋谷と庄三郎は〈三浦家譜〉の清書を仕上げた。

お美代の方の出自については、尾張徳川家に仕えた後、牢人となった秋戸龍斎の息女であるとのみ記された。また、十年前、お由の方が江戸の下屋敷で襲われた一件は、

――御側室ニ不意ノ凶事アリ、江戸屋敷用人戸田順右衛門罰セラル

と簡略に記録した。すべての清書を終えた時、秋谷と庄三郎はため息を漏らし、顔を見合わせた。

「やりおおせたようだ」

つぶやく秋谷の顔にはなすべきことを果たしたという満ち足りた表情が浮かんでいた。

「さようでございます」

庄三郎の目に涙が滲んだ。

この日、秋谷は〈蜩ノ記〉に、

――三浦家譜成ル

と一行記し、それ以外の感慨を書かなかった。

翌日、秋谷は〈三浦家譜〉の原本を風呂敷に包み、長久寺へ向かった。清書した家譜は藩に届けるが、原本は慶仙和尚に預ける心積もりにしていた。藩が〈三浦家譜〉

を改竄《かいざん》するであろうと見越しての用心だった。

秋谷が寺の門をくぐり、訪れを告げると、すぐに本堂に通された。勤行していた慶仙は、秋谷が携えた風呂敷包みを見て、

「そろそろ仕上がるころだと思っておったが、ようよう、出来たようですな」

と顔をほころばせた。

「さよう。出来ましてございます」

秋谷は安堵した表情を浮かべて言った。

「ならば、もはや思い残すことはないか」

慶仙はさらりと訊いた。秋谷は首肯《しゅこう》して答えた。

「薫の祝言と郁太郎の元服も見届けることができ申した。もはや、この世に未練はござりませぬ」

「さて、それはいかぬな。まだ、覚悟が足らぬようじゃ」

慶仙は顔をしかめた。秋谷は片頰をゆるめた。

「ほう、覚悟が足りませぬか」

「未練がないと申すは、この世に残る者の心を気遣《きづこ》うてはおらぬと言っておるに等しい。この世をいとおしい、去りとうない、と思うて逝かねば、残された者が行き暮れ

よう」

「なるほど、さようなものでござりまするか」

秋谷は考えを巡らすように中庭に目を遣った。初秋の日差しが照りつけて、山々を青く輝かせている。

慶仙はふむとうなずいて言葉を続けた。

「まさしく源吉はさような思いで逝ったに違いなかろう。おのれの生死を忘れ、いまも家族や友をいとおしんでおるのではあるまいかな」

秋谷は目を閉じてしばらく考えてから瞼《まぶた》を開いた。

「ご教示ありがたく存じます。仰せの通り、未練なくあの世へ参るなどと申しては、生悟りだと謗られてもやむを得ませぬな。やはり逝くのはせつないものでござりまする」

「そなたの未練はほかにもありそうじゃな。茶室に参り、心行くまでゆるりと一服喫されるがよろしかろう」

意味ありげに言う慶仙の言葉に首をかしげながらも、秋谷は言われるままに茶室のある庵へと向かった。本堂の北側にある庵に入った時、茶釜が沸《わ》く松籟《しょうらい》の音が聞こえた。

茶室の障子を開けると、炉の傍らに松吟尼が座っているのが見えた。秋谷は静かに障子を閉めて松吟尼の斜向《はすむ》かいに着座した。

「おひさしゅうござる」

頭を下げて秋谷が声をかけると、松吟尼は黙ったまま会釈を返し、茶を点て始めた。落ち着いた所作で秋谷の膝前に茶碗を置いたが、その手がわずかに震えた。

「心が乱れました。お恥ずかしゅうございます」

松吟尼は悲しげにつぶやいた。

「いえ、頂戴いたします」

秋谷はわずかに笑みを浮かべて茶を喫した。

「結構なお点前でござった」

「江戸で匿《かくも》うてくだされた日と同じでございますね」

松吟尼は昔日《せきじつ》を思い出すかのような声音で秘めやかに言った。秋谷はうかがうような目をして、

「何が同じなのでござりましょうか」

と訊いた。

「討手を逃れて一夜を過ごしたおり、秋谷殿は、若かりしころの自分をいとおしむ想

いから、わたくしをお助けくだされたとおっしゃいました。ですが、その後は互いに何も言葉を交わすことなく朝を迎えました。六年前、この寺にてお会いしたおりも心の内をお話しすることはありませんでした」

「さようでありましたな」

秋谷の声にも懐かしむ響きがあった。

「されど、何も言わずにいたことがいまは悔やまれます。あのおりに申し上げたかったことを口にいたしとうございますが、お許し願えましょうか」

松吟尼が伏し目がちに言うと、秋谷は寂《さび》のある声で答えた。

「なんなりと」

「あの夜、わたくしは、このまま秋谷殿とご一緒にどこか遠くへ参ることができたら、と思っておりました。とうていかなわぬこととはわかっておりましたが……」

黙して聞いていた秋谷は、しばらくして口を開いた。

「わたしがかなわぬ想いというものを知ったのは、わが家に仕えていたお由殿が知らぬ間に殿のご側室に上がったと聞いた時でござった。あのおりにどういたせばよかったものか、いまもってわかりませぬ」

松吟尼は秋谷に愁いを含んだ目を向けた。

「もしも違う道を歩めば、かように悲しいお別れをせずにすんだのやもしれませぬ」

涙を浮かべて見つめる松吟尼を、秋谷は愛惜《あいせき》の情を湛《たた》えた眼差しで見返した。

「違う道を歩みましょうとも同じであったのではありますまいか。若いころの思いを、ともに語れるひとがこの世にいてくださるだけでも嬉しゅうござる」

「わたくしは今生《こんじょう》のお別れが辛《つろ》うございます」

「かように松吟尼様とお会いいたしておりますと、それがしもこの世が名残惜しゅうなります」

「ならば、いまからにても、ご家老にお願いいたせば」

松吟尼はすがりつくように秋谷を見た。秋谷は有るか無きかの微笑を浮かべた。

「それは、未練と申すものでござる」

言い置いて秋谷は頭を下げ、静かに茶室を後にした。障子越しに松吟尼のひそやかな嗚咽が聞こえてきた。

秋谷は本堂に戻らず、山門をくぐって長久寺を去った。

八月八日の朝を迎えた。

秋谷の切腹は、長久寺の境内で行うよう数日前に藩から達しが届いていた。刻限になれば検分役が秋谷を迎えに来て、ともに長久寺へ向かわねばならない。

完成した〈三浦家譜〉は、藩に提出されており、その功により、秋谷の嫡男郁太郎に旧禄のうち百二十石を復する旨が告げられ、庄三郎には新知七十石が与えられると伝えられた。秋谷の自刃後、ふたりは城下にそれぞれ屋敷を与えられるという。

この日の早朝、目を覚ました秋谷は常と変わらず井戸端に出て顔を洗い、口を漱《すす》いだ。それから庭に出て日の出を待ち、手を合わせるのも普段と変わりはなかった。

いつもであれば、その後、皆で朝餉をとるが、この日は織江が点てた茶を喫しただけだった。切腹の際、腹中に食物がある見苦しさを見せぬための配慮だった。

織江が書斎で茶を点てる間、庄三郎と薫、郁太郎は板の間に控えた。検分役が来るのは午《ひる》だと知らされている。それまで、秋谷と織江がふたりだけで時を過ごせるように三人は気遣いを見せた。

秋谷は茶を口にしつつ、しみじみした声で訊いた。

「われらはよき夫婦であったとわたしは思うが、そなたはいかがじゃ」

織江は昨夜泣いたらしく、目の縁を赤くしていたが、それでも気丈に笑みを浮かべた。

「さように存じます。わたくしはよき縁をいただき、よき子らにも恵まれたと思うております」

「悔いはないか」

「はい、決して悔いはございませぬ」

織江が迷いのない返答をすると、秋谷は微笑んだ。

「わたしもだ」

言い切った秋谷は、織江にやさしい眼差しを向けて縁側へと誘《いざな》った。

「きょうも暑くなりそうだな」

「さようでございますね」

ともに眺める景色をいとおしむかのように、ふたりは庭を眺め続けた。時おり、風が吹き渡って竹林をざわめかせ、カナカナと蜩の鳴く声が聞こえる。

午となり、笠をかぶった羽織、裁着袴《たつつけばかま》姿の検分役ふたりが訪れると、秋谷は織江に髷《まげ》をととのえさせ、白装束の身支度をして家を出た。郁太郎たちは外に出ることなく、板の間の上がり框に座って秋谷を見送った。

秋谷は検分役を従え、暑さが残る日差しの中、長久寺への道をゆっくりとたどった。

そのころ、中根兵右衛門は登城せず、屋敷の書斎にいた。水上信吾が訪れて、兵右衛門の前に座っている。

茶碗を口に運ぶ兵右衛門に向かって、信吾は口を開いた。

「戸田様の切腹の儀、やはりお取り止めはかないませぬか」

兵右衛門は、飲みさしの茶碗を置いて信吾に顔を向けた。

「そなたは、秋谷がなにゆえ切腹の命を、何も言わず受け入れたかわかるか」

「殿の命に従い、武士の意気地を立てられたと存じまするが」

兵右衛門はゆるゆると首を振った。

「足りぬな」

「足りぬ、とは、いかなることでございましょうか」

「われらは源吉なる向山村の百姓の子を死なせてしもうた。本来ならば、わしが責めを負わねばならぬところを、秋谷はわしに代わって源吉に詫びるため切腹いたすのだ。なればこそ、向山村の百姓たちも秋谷の心を慮り、一揆を思い止まったのであろう」

「それでは、戸田様は藩と領民のために命を投げ出されるのでございますか」

思いがけない話の成り行きに、信吾は息を呑んだ。

「それが武士というものだ、と秋谷はわしをなぐって諭しおった。わしは秋谷に大きな借りが出来てしもうたな」

「ならば、なにゆえ上に立つ者はお構いなしで、郡方目付ら下回りの者だけを処分なされたのでしょうか」

「いずれ、秋谷の子がわしを倒しに参るであろうゆえ、それまでに処分などしては半端なことになるであろうからな」

兵右衛門は口辺をゆがめて苦い笑みを浮かべた。

「戸田様のご子息が成長いたせば、倒されてもよいとお考えなのですか」

「たわけ。わしはそれほど甘い道を歩いてきたわけではないわ。逆らう者は許さぬ。されど、まだ元服前だというに、わしを追い詰めたあの気迫はさすがに秋谷の子だ。十年もすれば、必ずわしの前に現れよう。それまで、なんとしても家老の座にしがみついておらねばな」

兵右衛門はしたたかさを漂わせて目を閉じた。

秋谷が切腹する刻限が迫っていた。

郁太郎と庄三郎は前庭に出て長久寺の方角に目を遣っていた。家の中では織江と薫が仏壇に向かって手を合わせている。

長久寺では慶仙和尚と松吟尼の傍らで、頭を丸めた源兵衛が本堂で経を上げているのではないだろうか。いまごろ、秋谷は境内の中庭に設《しつら》えられた切腹の場に臨んでいることだろう。

不意に蜩が一斉に鳴き始めた。郁太郎は胸にきりりと痛みを感じて空を見上げた。いまこの瞬間に秋谷は命を絶ったのだとわかった。

胸の奥から深い悲しみがとめどなくあふれ出る。従容《しょうよう》として最期を迎える秋谷の様が郁太郎の脳裏に浮かんだ。

郁太郎は両手の拳を握りしめ、顔を空に向けたまま、

「わたしは泣きませぬ」

と口にした。庄三郎も目を真っ赤にして、

「わたしも泣かぬぞ」

と言い、空の彼方を見遣った。秋谷が厳《おごそ》かに天高く昇っていくのが見えるような気がする。

「父上も源吉も立派に生きました。ふたりに恥じぬよう生きねば、泣くことは許されぬと思います」

声を振り絞って自らを励ます郁太郎の言葉を、庄三郎は黙って聞いた。

向山村に初めて来た日、郁太郎は秋谷の命が限られていると知って林の中で泣いた。その事実を漏らした庄三郎は、郁太郎の投げる礫をかわさずに受けた。いま思えば、出会ってから時を経ずして郁太郎と心が通い合ったのではないだろうか。

庄三郎は、郁太郎の横顔を見つめて言葉をかけた。

「郁太郎殿には、これからなさねばならぬことがある。わたしも助けるゆえ、ともに力を合わせてまいろう」

郁太郎は力強くうなずいて、ご助力をお願いいたしますと言った後、いつの日かそう呼びたいと心に秘めていた言葉で庄三郎に呼びかけた。

「――義兄上《あにうえ》」

蜩の鳴く声が空から降るように聞こえる。

解説——死を見つめ、淡々と明快な力強さにあふれる名作

日本文学研究者・東京大学大学院教授　ロバート キャンベル

はじめの一文から、それ自体小さなドラマを包み込んでいるように読める。物語の入口であると同時に、物語のなかで起きたほとんどすべての出来事の舞台にもなる九州の山村へのアプローチを、一筆書きふうに、ごく淡泊なタッチで描いている。緑豊かな村に初めて足を踏み入れる檀野《だんの》庄三郎《しょうざぶろう》という若侍は、歩行《かち》で山越えをすると前日から降り続いた雨が晴れている。眼下の谷川に太陽が斜めに照りつけ、川が勢いよく流れている。

口に水をはこぶ一瞬、飛沫《しぶき》の、まるで読者の頬《ほお》にあたりそうなほどの清冽さが伝わり、庄三郎といっしょに見上げる瞬間、視線を過《よ》ぎる美しいカワセミの影はわれわれをハッとさせる。

二つの小さな出来事だが、まるで扉の枠にうまくはまるように最初の一ページを占めている。歩き疲れ、川岸にしゃがむ庄三郎の姿といい、すばやく川から魚を銜《くわ》えて飛んでいくカワセミといい、何かその刹那《せつな》に宿る生命《いのち》の脆《もろ》さと無限さが、一つとして

とらえられているように感じるのである。

しかし『蜩《ひぐらし》ノ記《のき》』は、読みはじめてしばらくすると分かるように、生命の終わりを告げる物語である。死に近づくにつれて人間は何を思い、どう行動し、どのような姿でこの世を後にするのが人間らしいかを、するどく問いかけることが最大の読みどころと言えよう。

「死」と言われると晴れたイメージはないが、村の風景も人々の佇《たたず》まいも、けっして暗鬱《あんうつ》に流れることはなく、むしろ冒頭の一文のように淡々と明快な力強さにあふれているのがこの小説の身上である。

なので、世を去るべきかどうか、が問題ではない。去ると決まった以上はその日に向けて人としてどう生きるのかが肝心《かんじん》で、その一点から真価は定まる。

とくに去った者の息がかかった人々と営《いとな》みからすると、去り際でそっと示された想いや表情、言いつけなどはかなり重いもので、その人がどう記憶されるか以上に、自分たちが将来いかにして生きていくべきかという大切な指針にもなり得るから、切実である。

去り際とは一瞬の場合もあれば、長い準備期間を経て何ヶ月、何年もかかるという場合もあろう。

『蜩ノ記』は、江戸時代中期から後期にかけて九州の一隅で生を全《まっと》うした、戸田秋谷《とだしゅうこく》という武士の「その日」までの軌跡を明らかにしている。秋谷と秋谷をめぐる家族や朋友、身分の異《こと》なる地域の人々などを総動員して、推理小説にも似た骨太の展開で描ききった時代小説である。

時代小説にもいろいろあって、わたくしなどがよく連想するのは細やかな風俗描写と剣客《けんかく》バトルだが、『蜩ノ記』はこれらの要素に加えて普遍的な問いを江戸時代に託しているように思える。それも推理仕立てで、冒頭にあるような美しい叙情的な風景を随所《ずいしょ》に織り交ぜながら。

主人公・豊後国《ぶんごのくに》羽根《うね》藩士戸田秋谷は、四十過ぎの働き盛り。元々上層の役人で、その中ではもっとも在村行政に密着した郡《こおり》奉行を務めていたが、その後に江戸詰めとなる。そしてある日罪を問われ、藩主の思《おぼ》し召し一つで生命に期限を付けられ、切腹しなければならない。その間、新藩主への代替わりがあって、秋谷に助命嘆願を勧める知友もいるが、秋谷は彼らの声を聞き入れない。藩からも、救いの手が差し伸べられるわけではない。

庄三郎は、藩から送り込まれた秋谷の監視役である。彼もまた、先立って起きた刃《にん》傷沙汰《じょうざた》の責任を問われて切腹を言い付けられるところを、この奇妙な任務を引き受けることで命拾いするわけで、いちおうラッキーである。

　秋谷の罪とは、藩主の側室と一夜を過ごし、その上小姓《こしょう》を斬り捨てたという見過ごしがたい廉《かど》である。しかし話をよく聞くと不義密通の実態はなく、また手にかけた男は側室の命を狙う悪巧みの一味、藩主とすれば獅子身中《しししんちゅう》の虫にあたいする輩《やから》だ。もともと家中に、主君の家督継承をめぐる策動に奔《はし》る人々がいた。江戸屋敷に住まう側室を亡きものにしようとする。物語が始まる七年前のことで、秋谷は江戸在勤、実は子供時代から知っていた側室のことなので、「任務」と考え割り切って彼女を庇《かば》おうとしたかどうか、微妙である。咄嗟《とっさ》に側室を屋敷から連れ出すと、一晩安全な場所で過ごすが、後日、その一晩の奉仕が仇《あだ》になる。

　疑われること自体に失望と不名誉を覚える秋谷は、肯定することも否定することもないまま、家族とともに向山村《むかいやまむら》に幽閉される。

　幽閉ということは遠出ができず、日常生活においても夥《おびただ》しい不自由が伴うことだが、その上にも、先代藩主からの言い付けでさらなる任務を果たさなければならない。

　その任務とは、代々の羽根藩主の事績を丹念に調べ上げ、時系列に整理して書き上げるというものである。

開幕以来の藩の歴史をたぐり寄せながら明らかにすることによって、今は亡き前藩主は編纂《へんさん》者秋谷に対し、事件の真実を解明させようとひそかに促していたふしがある。

皮肉なことに聞こえるかもしれないが、自ら身を救うことを潔《いさぎよ》しとしなかった秋谷は、藩という権力母体が刻んだ歴史を書き記すことを、自らの心と、藩の正義を回復する営みと見なし、最後の生きがいと考えて日々を送っている。

〈三浦《みうら》家譜〉はどうしても期限内に書き上げなければならない。そのために、藩の記録を山のように書斎に運び込ませ、日がな一日、清書を手伝う庄三郎が来るまでは七年間一人で、そこからの三年間は二人で、計十年間「その日」が到来するまでに完成させるというドラマがこの小説を支えている。

ちなみに「蜩ノ記」とは、公式の家譜とは別に、秋谷が備忘録として書いている日記のようなものである。大切なツールだが、自身の心境など主観に係わることをあえて書かない。

庄三郎にタイトルの意味を問われ、こう答えている。

「夏がくるとこのあたりはよく蜩が鳴きます。とくに秋の気配が近づくと、夏が終わるのを哀しむかのような鳴き声に聞こえます。それがしも、来る日一日を懸命に生きる身の上でござれば、日暮らしの意味合いを込めて名づけました」

命のエンドを見すえ、来る日一日を家族と敬慕する地域の人々に囲まれ、知的に生きていける秋谷だからある意味では羨《うらや》ましい。武士らしく口数は少なく、「有るか無きかの微笑」をいつも浮かべている。

その心中、喜《き》怒《ど》哀楽《あいらく》は、直接本人から発せられることはほとんどなく、周囲それぞれの角度に即して視点が作られ、これに頼らざるを得ない。とくに冒頭で監視役として村に現れた庄三郎の視線から投影されることが多い。

本作にかなりのリアリティを加えているこの語りは、作者苦心の技と見受けられる。

もっとも複雑でもっとも透《す》き通った秋谷の胸中は、最後に近いくだりで、一度だけ未練に抗《あらが》うような辛《つら》い表情を見せている。

思い残すことはないのかと親しくしている僧侶に聞かれると、「もはや、この世に未練はござりませぬ」とあっさり返す。畳《たた》みかけて、僧侶は秋谷の覚悟の強さに疑問を投げかける。

「未練がないと申すは、この世に残る者の心を気遣《きづこ》うてはおらぬと言っておるに等しい。この世をいとおしい、去りとうない、と思うて逝かねば、残された者が行き暮れよう」

少しでも想いを分け与えなければ、「残された者が行き暮れよう」とここで言われるのは、口数の少ない秋谷が人格者で、父として、また夫として立派に日を暮らしてきたことを証明している。去る者の冥利《みょうり》に尽きよう。

（この作品『鯛ノ記』は平成二十三年十月、小社から
四六判で刊行されたものです）

一〇〇字書評

切り取り線

蝸ノ記

購買動機（新聞、雑誌名を記入するか、あるいは○をつけてください）

□（　　　　　　　　）の広告を見て	
□（　　　　　　　　）の書評を見て	
□ 知人のすすめで	□ タイトルに惹かれて
□ カバーが良かったから	□ 内容が面白そうだから
□ 好きな作家だから	□ 好きな分野の本だから

・最近、最も感銘を受けた作品名をお書き下さい

・あなたのお好きな作家名をお書き下さい

・その他、ご要望がありましたらお書き下さい

住所	〒				
氏名		職業		年齢	
Eメール	※携帯には配信できません	新刊情報等のメール配信を 希望する・しない			

この本の感想を、編集部までお寄せいただけたらありがたく存じます。今後の企画の参考にさせていただきます。Eメールでも結構です。

いただいた「一〇〇字書評」は、新聞・雑誌等に紹介させていただくことがあります。その場合はお礼として特製図書カードを差し上げます。

前ページの原稿用紙に書評をお書きの上、切り取り、左記までお送り下さい。宛先の住所は不要です。

なお、ご記入いただいたお名前、ご住所等は、書評紹介の事前了解、謝礼のお届けのためだけに利用し、そのほかの目的のために利用することはありません。

〒一〇一‐八七〇一
祥伝社文庫編集長　坂口芳和
電話　〇三（三二六五）二〇八〇

祥伝社ホームページの「ブックレビュー」からも、書き込めます。
http://www.shodensha.co.jp/bookreview/

祥伝社文庫

蜩《ひぐらし》ノ《の》記《き》

平成25年11月10日　初版第1刷発行

著　者　葉室《はむろ》 麟《りん》
発行者　竹内和芳
発行所　祥伝社《しょうでんしゃ》
東京都千代田区神田神保町3-3
〒101-8701
電話　03（3265）2081（販売部）
電話　03（3265）2080（編集部）
電話　03（3265）3622（業務部）
http://www.shodensha.co.jp/
印刷所　萩原印刷
製本所　ナショナル製本
カバーフォーマットデザイン　中原達治

 ISBN978-4-396-33890-9 C0193

祥伝社文庫の好評既刊

白石一文　ほかならぬ人へ

愛するべき真の相手は、どこにいるのだろう？　愛のかたちとその本質を描く第一四二回直木賞受賞作。

宇江佐真理　おうねぇすてぃ

文明開化の明治初期を駆け抜けた、若い男女の激しくも一途な恋…。著者、初の明治ロマン！

宇江佐真理　十日えびす　花嵐浮世困話

夫が急逝し、家を追い出された後添えの八重。実の親子のように仲のいいおみちと日本橋に引っ越したが…。

宇江佐真理　ほら吹き茂平

うそも方便、厄介ごとはほらで笑ってやりすごす。江戸の市井を鮮やかに描く、極上の人情ばなし！

岡本さとる　取次屋栄三《えいざ》

武家と町人のいざこざを知恵と腕力で丸く収める秋月栄三郎。縄田一男氏激賞の「笑える、泣ける」傑作時代小説。

岡本さとる　がんこ煙管《ぎせる》　取次屋栄三②

栄三郎、頑固親爺と対決！「楽しい。面白い。気持ちいい。ありがとうと言いたくなる作品」と細谷正充氏絶賛！

祥伝社文庫の好評既刊

岡本さとる
大山まいり
取次屋栄三⑨

ほろっと来て、笑える！　極上の人生劇場。涙と笑いは紙一重。栄三が魅せる〝取次〟の極意！

岡本さとる
一番手柄
取次屋栄三⑩

どうせなら、楽しみ見つけて生きなはれ。じんと来て、泣ける！〈取次屋〉誕生秘話を描く初の長編作品！

岡本さとる
情けの糸
取次屋栄三⑪

断絶した母子の闇を、栄三の取次が明るく照らす！　どこから読んでも面白い。これぞ読み切りシリーズの醍醐味。

辻堂　魁
風の市兵衛

さすらいの渡り用人、唐木市兵衛。心中事件に隠されていた奸計とは？　〝風の剣〟を振るう市兵衛に瞠目！

辻堂　魁
雷神
風の市兵衛②

豪商と名門大名の陰謀で、窮地に陥った内藤新宿の老舗。そこに現れたのは〝算盤侍〟の唐木市兵衛だった。

辻堂　魁
帰り船
風の市兵衛③

またたく間に第三弾！「深い読み心地をあたえてくれる絆のドラマ」と小椰治宣氏絶賛の〝算盤侍〟の活躍譚！

祥伝社文庫の好評既刊

野口 卓
水を出る 軍鶏侍④
強くなれ——弟子、息子、苦悩するものに寄り添う、軍鶏侍・源太夫。源太夫の導く道は、剣の強さのみにあらず。

山本一力
大川わたり
「二十両をけえし終わるまでは、大川を渡るんじゃねえ…」博徒親分と約束した銀次。ところが…。

山本一力
深川駕籠
駕籠《かご》舁き・新太郎は飛脚《ひきゃく》、鳶《とび》といった三人の男と深川から高輪の往復で足の速さを競うことに—道中には色々な難関が…。

山本一力
深川駕籠 お神酒《みき》徳利
涙と笑いを運ぶ、深川の新太郎と尚平。若き駕《か》籠舁きの活躍を描く好評「深川駕籠」シリーズ、待望の第二弾！

山本兼一
白鷹伝《はくようでん》 戦国秘録
浅井家鷹匠小林家次が目撃した伝説の白鷹「からくつわ」が彼の人生を変えた…。鷹匠の生涯を描く大作！

山本兼一
弾正の鷹
信長の首を獲る。それが父を殺された桔梗の悲願。鷹を使った暗殺法を体得して…。傑作時代小説集！